DER DUKE VON NICHTS

DER 1797 CLUB – BUCH 5

JESS MICHAELS

Übersetzt von
MARTIN WICK

Heute vor drei Jahren bin ich Indie-Autorin geworden. Vielen Dank an die Leser, Blogger und Freunde, die mich so engagiert unterstützt haben und diesen Weg so erfolgreich mit mir gegangen sind.

Und ich danke Michael, dem Duke,
nein, dem König,
meines Herzens.

PROLOG

1798

Baldwin Undercross sah zu, wie sein Vater, der Duke of Sheffield, eine weitere Münze auf den Stapel vor sich warf. Die anderen Männer, die im Kreis um den Tisch standen, murmelten und murrten und tauschten Blicke aus, die von ihrem Entsetzen und ihrem Interesse an dem, was gleich geschehen würde, zeugten.

Baldwin ging es ähnlich. Es war das erste Mal, dass er in einer Spielhölle war, und wenn er ehrlich war, hatte er den Besuch bis jetzt nicht sehr genossen. Er dachte vor allem daran, dass seine Mutter das nicht gutheißen würde, dessen war er sich sicher. Immerhin war Baldwin an diesem Tag gerade erst fünfzehn geworden. Zweifellos würde sie entsetzt sein und sagen, er sei zu jung dafür.

Aber sein Vater war da anderer Meinung. Er hatte eine lange Rede über das Erwachsenwerden gehalten und ließ Baldwin schwören, nicht zu verraten, wohin sie gehen würden. Trotzdem hatte es Baldwin widerstrebt mitzukommen, und sein Vater hatte ihn regelrecht hierherschleppen müssen.

Es hatte Baldwin dann doch noch ziemlich gut gefallen… *anfangs*. Es gab unzählige schöne Frauen, die Spielehölle war laut und voller Menschen, und es lag viel Lachen und Anzüglichkeit in der Luft. Doch nach einigen Stunden hatte ihn ein Gefühl der Beklemmung ergriffen, das durch den wilden und manchmal glasigen Blick seines Vaters noch verstärkt wurde, als der Duke immer unverblümter bei Kartenspielen, Hundekämpfen und jetzt auch Würfelspielen mitbot. Bis vor einer halben Stunde hatte er mehr verloren als gewonnen.

„Seid Ihr sicher, Euer Gnaden?", rief einer der Männer. „Ihr habt bereits auf doppelt oder nichts *und* dreifach oder nichts gesetzt. Seid Ihr sicher, dass Ihr noch einmal wetten wollt?"

Sheffield hob den Kopf und starrte den Mann wütend an. „Kümmert Euch um Eure eigenen Angelegenheiten, Carter – Ihr wurdet nicht gefragt. Ich habe heute Abend das Glück auf meiner Seite. Ich sollte meinen Jungen öfters mitbringen."

Während er sprach legte er einen Arm um Baldwin und zog ihn in den Kreis. Baldwin konnte den Alkohol im Atem seines Vaters riechen und erkannte dessen Trunkenheit an der Art, wie er schwankte.

„Du würfelst, Junge", sagte sein Vater und drückte Baldwin die Würfel in die Hand.

Baldwin schluckte schwer und starrte auf die Würfel, die er in seinen zitternden Fingern hielt. Er begann, sie erst langsam, dann immer schneller zu schütteln, während er inbrünstig betete, dass er die Zahl würfeln würde, auf die sein Vater gewettet hatte. *Elf.* Baldwins Schwester Charlotte war elf Jahre alt.

Elf, elf, elf, wiederholte er im Geiste, als ob es dann klappen würde. Er ließ die Würfel los, und sie hüpften über den Tisch, wie in Zeitlupe, während alle im Raum gleichzeitig darauf warteten, zu sehen, ob das Vierfache oder Nichts wirklich eine gute Wette gewesen war.

Einer der Würfel hielt zuerst an. Eine Sechs, und Baldwins Herz hüpfte vor Freude. *Die Hälfte war geschafft!* Der zweite Würfel prallte ab, und das Geräusch hallte in Baldwins Ohren wider, das einzige Geräusch, das er hörte, selbst als die Männer um ihn herum in die Luft sprangen und Laute von sich gaben. Der Griff seines Vaters um seinen Arm wurde fester, während sie zusahen, wie die Zahlen herumsprangen. Schließlich landete der Würfel, und Baldwin blieb die Luft weg.

Vier.

Der Croupier des Tisches lachte auf und begann, das Geld des Dukes einzusammeln, während er sagte: „Pech gehabt, Sheffield."

Baldwin spürte, wie ihm Tränen in die Augen schossen, und er blinzelte angestrengt, um sie zurückzudrängen, damit er sich und seinen Vater nicht vor einem ganzen Raum höhnisch grinsender Männer blamierte. Langsam drehte er sich um und beobachtete seinen Vater, der dem Geld nachstarrte, während es weggezogen wurde.

„Es tut mir leid, Vater", flüsterte Baldwin mit brüchiger Stimme.

Der Duke blinzelte, und es war, als würde er in die Gegenwart zurückgeholt. Er starrte Baldwin mit gerunzelter Stirn an und führte ihn dann vom Tisch, den Männern und dem Geld, das er verloren hatte, weg. „Wie bitte? Warum?"

Baldwin schüttelte den Kopf. „Das ganze Geld. Ich habe es verloren."

Der Duke warf ihm einen betroffenen Blick zu. „Sei nicht dumm, Baldwin, das hast du natürlich nicht. Es war ein unglücklicher Wurf, das ist alles. Das ist ein Spiel, nichts weiter. Aber wir... wir müssen es jetzt einfach zurückgewinnen, nicht wahr?"

Baldwins Lippen öffneten sich ungläubig. „Es zurückgewinnen? Aber... aber Vater, es war so viel!"

Für einen Moment fiel ein dunkler Schatten über Sheffields Gesicht, und er blickte zurück zum Tisch, wo die Männer sich wieder ihren Spielen zuwandten und sich eher um ihr eigenes Schicksal sorgten als um das des Dukes und seines Sohnes.

„Nun, ja", sagte er leise. „Und deshalb können wir in dieser Verfassung nicht nach Hause gehen. Komm, sie fangen dort hinten einen Boxkampf an, und das ist eine viel bessere Wettmöglichkeit als Würfeln."

Baldwin drehte sich der Magen um. „Ich weiß nicht, Vater."

Der Duke legte seinen Arm ein zweites Mal über Baldwins Schulter und drückte ihn. „Aber *ich* weiß es. War es denn nicht aufregend, als du gewürfelt hast? Vor allem, als eine Sechs herauskam?"

Baldwin wand sich. „J-ja, i-ich nehme es an. Ich dachte, ich könnte doch noch gewinnen."

„Und gewinnen wirst du", versicherte ihm der Duke. „Du wirst wieder spielen. Jetzt zeige ich dir, wie man einen Kämpfer auswählt und gebe dir das Geld, um auf ihn zu wetten. Erachte es als Geburtstagsgeschenk für dich."

Baldwin zögerte, aber schlussendlich nickte er. Wie könnte er sich widersetzen, wenn sein Vater so strahlend lächelte und ihn so liebevoll ansah? Schließlich hatten sie sich schon immer nahe gestanden. Und sein Vater würde nie etwas Falsches tun. Baldwin kannte ihn zu gut und vertraute ihm. Er war nur ein reicher Mann, der über die Mittel verfügte, sich zu amüsieren.

Wenn er sagte, es sei alles in Ordnung, dann glaubte Baldwin ihm. Also verdrängte er die Gefühle von Furcht und Angst und folgte seinem Vater durch die verwinkelten Gänge der Spielhölle in Richtung eines unvermeidlichen Sieges, dessen sein Vater so sicher war.

Ein Sieg, den Baldwin sich in diesem Moment so sehr wünschte, dass ihm der Magen wehtat. Ein Sieg, den er jetzt mehr als alles andere auf der Welt brauchte.

KAPITEL 1

Frühjahr 1811

„Hörst du mir auch gut zu, mein Lieber? Das ist sehr wichtig."

Baldwin Undercross, Duke of Sheffield, wandte sich von seinem Platz am Fenster ab und richtete seine Aufmerksamkeit auf seine Mutter. Sie saß auf seinem Sofa und hatte eine Reihe von Papieren auf ihrem Schoß, auf dem Tisch vor ihr und auf den Kissen neben ihr ausgebreitet. Sie betrachtete eines davon sehr eingehend, und er konnte sich angesichts ihrer entschlossenen Miene einen Seufzer kaum verkneifen.

„Ja", brummte er. „Wie du meinst."

Sie hob ihren Kopf und blickte in seine braunen Augen, die den ihren so ähnlich waren. „Es tut mir leid, Liebling", sagte sie. „Ich weiß, dass du das verachtest. Ich würde dir das Ganze gar nicht zumuten, wenn es nicht unbedingt nötig wäre."

Er verschränkte die Hände hinter dem Rücken und ballte sie zu Fäusten. Das Schlimmste daran war, dass sie mit ihrer Einschätzung recht hatte. Das bedeutete aber nicht, dass er das, was sie tat, guthieß. Tatsächlich widerstrebte es ihm sogar sehr.

„Das verstehe ich", räumte er ein, wobei er die Stirn runzelte und die Lippen fest aufeinanderpresste. „Immerhin könnte es sehr... schlimm sein, wenn unsere Verhältnisse aufgedeckt würden. Es ist, wie es ist. Ich akzeptiere es und übernehme die Verantwortung dafür, eine Lösung zu finden."

„Wenigstens ist Charlottes Zukunft gesichert", hauchte die Duchess. „Ich hatte das Gefühl, dass mir eine Last von den Schultern genommen wurde, als sie und Ewan sich das Jawort gaben."

Diese Bemerkung entlockte Baldwin ein sehr seltenes Lächeln. Seine geliebte jüngere Schwester hatte vor weniger als sechs Monaten einen seiner allerbesten Freunde geheiratet. Ein Mitglied seines Duke Clubs, einer Gruppe von Freunden, die sich zusammengetan hatten, um sich gegenseitig bei der Übernahme ihrer schwierigen Verantwortung zu unterstützen, die sie eines Tages tragen würden.

Natürlich hatte Baldwin keinem von ihnen von seinen Problemen erzählt, nicht einmal Ewan, Duke of Donburrow und nun sein Schwager. Auch seiner Schwester hatte er nichts gesagt. Es war zu demütigend.

Und was hätte das für einen Sinn? Charlotte würde sich nur ärgern, und jetzt war sie wenigstens vor der misslichen Lage, in der sich ihre Familie befand, geschützt.

Das konnte er weder von sich noch von seiner Mutter behaupten. Das Schlimmste war, dass *sie* nicht einmal wusste, wie schlimm es tatsächlich um sie stand.

„Wie konnte uns dein Vater in einer so scheußlichen Lage zurücklassen?", fragte sie und drückte ihre Hände auf den Stapel Papiere, wobei das Pergament knisterte.

„Das fragen wir uns schon seit fünf Jahren", sagte Baldwin leise. „Vater hat unser ganzes Vermögen verloren. Er hat uns nur den Erbteil hinterlassen, und dessen Wert ist... durch seine Fehlentscheidungen sehr gering. Unsere Lage ist unhaltbar. Ich bin es denen, die unsere Schuldbriefe besitzen und die von den Erträgen unseres Titels und unserer Ländereien leben, schuldig, dies in Ordnung zu bringen."

Seine Mutter seufzte, nahm eines der Papiere wieder in die Hand und glättete es gedankenverloren, während sie sagte: „Heirate eine nette, reiche Erbin, dann werden alle unsere Probleme gelöst."

Das sagte sie leichthin, und Baldwin zwang sich zu einem Lächeln, aber innerlich zog sich sein Magen zu einem festen Knoten zusammen. Seine Mutter hatte sich eingeredet, dass die Liste der Erbinnen in ihren umfangreichen Unterlagen Rettung für ihre Familie bringen würde, aber Baldwin war sich da nicht so sicher. Er wusste nicht, ob die Mitgift von zehntausend oder gar dreißigtausend Pfund einer jungen Frau ausreichen würde, um die finanzielle Lage, in der er sich zurzeit befand, zu verbessern.

Schließlich kannte nicht einmal er selbst die genaue Höhe aller ausstehenden Schulden. Sein Vater hatte die Bücher schlecht geführt – anscheinend mit dem Ziel, die beträchtlichen Verpflichtungen zu verbergen, die er eingegangen war. Um die Versprechen zu verbergen, die er zehnmal für dasselbe Pferd oder ein Stück unverpachtetes Land gemacht hatte.

Baldwin hatte sich ein halbes Jahrzehnt lang damit herumgeschlagen. Erst vor Kurzem war er auf mindestens fünftausend Pfund zusätzliche Schulden gestoßen, von denen er nicht einmal wusste, wem sie gehörten oder wie sie zu begleichen waren. Das war der Knackpunkt gewesen. Bis dahin hatte alles auf Messers Schneide gestanden, und jetzt… nun, jetzt gab es keinen Balanceakt mehr. Keine Vorrangigkeit mehr. Dies war ein Notfall.

Seine Mutter wusste natürlich nichts davon. Sie kannte zwar den Ernst ihrer finanziellen Lage, aber nicht die Einzelheiten, die Baldwin nachts schlaflos an die Decke starren ließen.

„Wen möchtest du mir heute vorstellen, Mama?", fragte Baldwin, wobei er gleichzeitig die düstere Wahrheit ihrer Situation abschüttelte und sich stattdessen auf die beste Gelegenheit konzentrierte, um das Problem zu lösen.

Mit grimmigem Blick hielt sie ihren Papierstapel hoch. „Wir

haben natürlich schon über ein halbes Dutzend Bewerberinnen gesprochen. Hier sind noch ein paar. Lady Winifred, die Älteste des Earls of Snodgrass. Sie hat fünfzehntausend Pfund und ein preisgekröntes Rennpferd."

Baldwin wich bei diesem Angebot zurück. Er hatte genug Rennpferde, aber er könnte das Tier natürlich verkaufen und vielleicht noch weitere tausend Pfund einbringen. Wenn Lady Winifred nur nicht so langweilig wäre.

„Sehr gut", sagte er. „Und?"

„Ich habe gehört, dass Lady Richards diese Saison wieder zur Gesellschaft zurückkehrt. Jetzt ist sie natürlich Witwe, aber sie wurde von ihrem Vater und dem verstorbenen Viscount sehr gut versorgt."

Baldwin nickte. In der Tat, die Lady war gut versorgt. Sie hatte ihr Geld sogar redlich verdient, denn in seinen Kreisen herrschte die Meinung vor, dass sie ihren armen Mann ermordet hatte. Natürlich war das keine *Tatsache*, und die Ladys sprachen nicht darüber, also war er sich nicht sicher, ob sie sich dessen überhaupt bewusst waren. Dennoch erinnerte sich Baldwin an den Gesichtsausdruck des Viscount, wenn er gezwungen war, nach Hause zu seiner Frau zu gehen, und er erschauderte.

„Es ist unwahrscheinlich, dass sie ihre Kasse unserer beifügen würde", sagte er vorsichtig. „Das ist nicht dasselbe wie eine Mitgift."

„Trotzdem können wir zwanzigtausend Pfund nicht einfach so abtun", erwiderte seine Mutter und machte einen Vermerk auf dem Papier, auf dem der Name der Lady Richards stand.

„Nein, das können wir nicht", stimmte er zu. „Und wer noch?"

Sie sortierte einen weiteren Stapel und zog ein einziges Blatt Papier heraus. „Ah, hier ist eine! Die Amerikanerin. Ihr Vater, Peter Shephard, ist eine Art... Schifffahrtsunternehmer aus Boston, glaube ich. Er hat seine Tochter für eine Saison hierhergebracht, und es heißt, dass er sich nach einem Titel umsieht."

„Heißt es das, ja?", sagte Baldwin leise. „Gibt es auch einen triftigen Grund, warum ein Amerikaner hierherkommt, um einen Titel einzukaufen, wo es doch zurzeit so viele Spannungen zwischen seinem und unserem Land gibt?"

Seine Mutter zuckte mit den Schultern. „Nicht wirklich. Ich habe gehört, dass er in der jetzigen Situation eher mit unserer Seite zu sympathisieren scheint."

Baldwin rümpfte die Nase. Obwohl er ein guter britischer Untertan war und seine Regierung in allen ihren Bemühungen unterstützte, gefiel ihm der Gedanke eines Verräters nicht. Selbst, wenn er von der anderen Seite kam.

„Eine Amerikanerin?", stöhnte er, ging im Raum auf und ab und fuhr sich mit der Hand durch die Haare. „Sind wir wirklich so weit gesunken?"

Sie legte ihre Papiere beiseite. „Das kann ich nicht sagen, Baldwin, denn ich weiß, dass du Geheimnisse vor mir hast. Aber ich denke, du kennst die Antwort bereits, nicht wahr?"

Er schürzte die Lippen und weigerte sich, in irgendeiner Weise darauf zu antworten.

Als er zu lange geschwiegen hatte, stand sie auf. „Man munkelt, dass dieser Mann seiner Tochter eine Mitgift von fünfzigtausend Pfund gegeben hat, und er ist von der Idee besessen, in einen Titel einzuheiraten. Welcher Titel könnte besser sein als der der Sheffields? Du bist der siebenundzwanzigste in der Thronfolge. Das mag dir und deinen Freunden nichts bedeuten, aber für diesen Mann und sein neues Geld fällt dies sehr wohl ins Gewicht."

„Fünfzigtausend", wiederholte er, und die Worte klangen und schmeckten sehr bitter. Mit fünfzigtausend könnte er die Gläubiger bezahlen und investieren... nicht zocken... *investieren*. „In Ordnung", flüsterte er. „In Ordnung. Ich werde die Amerikanerin in Betracht ziehen."

Das Gesicht seiner Mutter erhellte sich, und sie drückte ihm einen schnellen Kuss auf die Wange. Sie öffnete den Mund, um noch etwas zu sagen, doch bevor sie dazu kam, ertönte donnerndes Hufgetrappel im Vorhof. Beide drehten sich zum Fenster und sahen, wie die Kutsche des Dukes of Dunburrow vor dem Haus zum Stehen kam.

„Oh, Charlotte und Ewan sind da!", jubelte seine Mutter und klatschte in die Hände.

„Begrüßen wir sie", sagte Baldwin und deutete zur Tür. Sie huschte hinaus, und er folgte ihr erleichtert, das Gerede über reiche Erbinnen und alles andere hinter sich lassen zu können. Es war notwendig, das wusste er, aber diese Tatsache machte die ganze Angelegenheit nicht weniger abstoßend.

Eigentlich wurde die Last auf seinen Schultern nur noch erdrückender.

Er trat gerade auf die steinernen Stufen vor dem Haus hinaus, als einer seiner ältesten und liebsten Freunde, Ewan, Duke of Dunborrow, aus seiner Kutsche stieg. Er drehte sich um und reichte seiner Frau die Hand. Als Baldwins Schwester in Sicht kam, hielt Baldwin den Atem an. Das Glück, das sie offensichtlich empfand, war nicht zu übersehen. Es stand ihr deutlich ins Gesicht geschrieben, als sie sich nach oben reckte, um die Wange ihres Mannes zu küssen und ihm etwas zuzuflüstern.

Ewan war schon immer ein ernster Mensch gewesen. Baldwin verstand ihn. Verdammt, er war selbst ein ernster Mensch. Aber die Ernsthaftigkeit seines neuen Schwagers hatte einen tieferen Ursprung. Da er stumm zur Welt gekommen war, wurde er sein ganzes Leben lang anders behandelt, und zwar auf schreckliche Weise. Aber jetzt sah er... fröhlich aus, als er über das lächelte, was seine neue Braut ihm zugeflüstert hatte. Er legte Charlottes Hand in seine Ellbogenbeuge und führte sie die Treppe hinauf.

„Sie sind ein sehr hübsches Paar", hauchte seine Mutter und sprach damit Baldwins eigene Gedanken aus.

Er nickte. „Sie sehen besser aus, je glücklicher sie sind, denke ich."

Sie blickte ihn kurz an, und er sah, wie ein Anflug von Traurigkeit, von Bedauern über ihre Gesichtszüge huschte. Er ignorierte es, wie auch das Kribbeln in seinem Bauch bei diesem Anblick und der

Bedeutung dieses Gefühls. Seine Schwester und ihr Mann erreichten in diesem Moment die oberste Stufe und bewahrten ihn so vor noch mehr solcher Gefühle.

„Mama, Baldwin", grüßte Charlotte, als sie sich von Ewan löste und erst ihre Mutter, dann ihren Bruder umarmte. Baldwins Lächeln wurde weniger gezwungen, als sie sich von ihm löste und ihn von oben bis unten musterte. „Isst du auch genug?", fragte sie.

Ewan grinste, zog sie an sich und gab ihr schnell ein Zeichen. Normalerweise kommunizierte er schriftlich, aber er und Charlotte hatten als Kinder ihre eigene Zeichensprache entwickelt, und das machte alles einfacher.

„Ich bin nicht zu aufdringlich", lachte Charlotte, bevor sie ihrem Mann die Zunge herausstreckte. „Sag ihm, dass ich nicht aufdringlich bin, Baldwin – ich brauche jemanden, der auf meiner Seite ist."

„Doch, das bist du", erwiderte Baldwin lachend. „Aber ich vermisse deine Aufdringlichkeit. Willkommen zurück in London, kommt rein, bevor es vom Himmel gießt, und lasst uns essen, damit du aufhörst, mich wegen meines Gewichts zu necken."

Sie schlug ihm sanft auf den Arm und wandte sich dann wieder zu ihrem Mann. Sie betraten alle gemeinsam das Haus und kehrten in den Salon zurück, wo Baldwin zuvor mit seiner Mutter gesessen hatte. Die Duchess sammelte hastig ihre Papiere ein, während Charlotte den Tee für alle einschenkte. Baldwin stand etwas abseits und schaute zu, wie seine kleine Familie sich niederließ und sich alle drei unterhielten. Er freute sich für Charlotte und Ewan. Sie hatten es nicht leicht gehabt, ihre Liebe und ihre Zukunft zu akzeptieren. Aber jetzt waren sie glücklich. Und in der Tat waren sie das vierte Paar aus seiner großen Gruppe von Freunden, seinem Duke Club, das im vergangenen Jahr eine so starke und schöne Liebe gefunden hatte.

Und nun war er an der Reihe und bereitete sich auf eine Saison vor, in der er eine Frau finden musste. Das war seine einzige Aufgabe für die nächsten Monate. Er war jedoch nicht auf der Suche nach Liebe, wie Charlotte und Ewan sie gefunden hatten. Er würde keine Seelenverwandte heiraten, keine Person, die er ansah, als wäre sie der einzige Mensch auf der Welt. Niemanden, der ihn trotz all seiner Fehler und Versäumnisse lieben würde, ebenso wenig für den Adelstitel, den er um seinen Hals trug.

Nein, er war auf der Suche nach einer Geldgeberin, die ihm die Kassen füllte und sich im Gegenzug „Ihre Gnaden" nennen durfte.

Er verabscheute das. In diesem Augenblick, als Ewan eine Hand auf Charlottes Rücken legte, während sie sich angeregt mit der Duchess of Sheffield auf der anderen Seite des Raumes unterhielten, war Baldwin sogar richtig wütend darüber.

Aber es schien keinen anderen Ausweg zu geben. Er hatte den Ball zwar nicht selbst ins Rollen gebracht, aber er hatte ihn auch nicht aufgehalten. Vielmehr hatte er nach dem Tod seines Vaters mit seinen eigenen fragwürdigen Entscheidungen und ebenso verdammenswerten Impulsen die Schulden noch weiter erhöht.

Vielleicht verdiente er es also, nicht das Happy End seiner Freunde und seiner Schwester zu bekommen.

Ewan sah ihm in die Augen und legte den Kopf leicht schief. Er gab Charlotte kurz ein Zeichen und durchquerte dann den Raum. „Verdammt", murmelte Baldwin, aber er lächelte, als sein Schwager an seine Seite trat. „Donburrow."

Ewan kramte in seiner Tasche und holte ein silbernes Notizbuch und einen kurzen Bleistift heraus. Schnell schrieb er ein paar Zeilen und reichte es Baldwin. *„Was ist los?"*

Baldwin holte tief Luft. „Weißt du, das fragen mich in letzter Zeit alle. Sehe ich so schrecklich aus? Ich fange an, mich beleidigt zu fühlen."

Falls er gehofft hatte, Ewan würde über seine Scherze lächeln, wurde er enttäuscht. Stattdessen schrieb Ewan: „Ich bin dein Freund. Kannst du es *mir* nicht sagen?"

Baldwin kniff die Augen zusammen. Wie oft hatte er sich gewünscht, seinen Freunden von seiner unmöglichen Lage zu erzählen. Vor allem, als die Notlage, in der er sich befand, immer deutlicher wurde. Er wusste, dass er auf ihre Unterstützung und ihr Mitgefühl zählen konnte, wenn er seine Geheimnisse offenbarte.

Aber er würde sich auch ihrem Urteil aussetzen. Denn wie könnten sie ihn nicht verurteilen? Er hatte alles noch schlimmer gemacht, indem er sich genau wie sein Vater verhalten hatte. Sie sollten nicht wissen, dass er, während er vorgab, ehrenhaft und anständig zu sein, in Wirklichkeit Geld, das er nicht einmal besaß, verschwendete.

Außerdem wusste er, dass Ewan, wenn er ihm die Wahrheit verriete, ihm sofort Hilfe anbieten würde – in Form von Geld. Das würden alle seine Freunde tun. Und diese Demütigung war vielleicht die schlimmste. Er könnte es nicht ertragen, dass seine Freunde ihn mit Almosen überhäuften, dass sie hinter seinem Rücken in gedämpftem, anklagendem Ton über ihn sprächen, dass er ihnen noch mehr schuldete und all dies nur wegen ihrer Freundschaft.

Nein, etwas Stolz hatte er noch.

„Ich versichere dir, es ist nichts", sagte Baldwin leise und drehte sein Gesicht so, dass Ewan ihn nicht bedrängen konnte.

Sein Freund stieß einen Seufzer aus, aber falls er vorhatte, weiter nachzuforschen, wurde er in dem Moment unterbrochen, als Charlotte rief: „Hört auf, in der Ecke zu flüstern, ihr beiden, und kommt zu uns."

Ewan warf Baldwin einen letzten Blick zu. Einen, der keiner schriftlichen Übersetzung bedurfte. Dieser eine Blick sagte Baldwin, dass Ewan für ihn da war. Dass er helfen würde, wenn es nötig wäre.

Baldwin klopfte ihm auf die Schulter. „Ich weiß", sagte er. „Und jetzt komm. Du solltest besser als die meisten anderen wissen, dass meine Schwester nicht lange hingehalten werden kann."

Ewans Gesicht hellte sich ein wenig auf, und sie gingen gemeinsam zu den Ladys, um gemeinsam Tee zu trinken. Mühsam schüttelte Baldwin den Groll ab, ließ die Last auf seinen Schultern für einen Moment abgleiten. Der erste Ball der Saison war in zwei

Tagen. Bis dahin würde er die letzten Stunden seiner Freiheit genießen.

Er würde sein Möglichstes tun, um zu vergessen, was ihm die Zukunft bringen würde. Und was er tun musste, um sie alle zu retten.

KAPITEL 2

Der Rockford-Ball hatte fünf Jahre lang der Auftakt jeder Saison geprägt. Lady Rockford wählte mit großer Freude Themen aus und kleidete ihre armen Bediensteten passend ein. In diesem Jahr hatte sie *Märchenland* als Thema gewählt und ihren Ballsaal in hauchdünne blaue und grüne Tücher gehüllt. Ihre Diener waren ähnlich gekleidet, und ihrem ständigen Stirnrunzeln und ausdruckslosen Blick war zu entnehmen, dass ihnen die kleinen Flügel, die an ihrer Kleidung befestigt waren, nicht gefielen.

Baldwin hätte normalerweise über die alberne Vorstellung gelächelt, aber im Moment war er von Freunden umgeben – verheirateten Freunden. Die Dukes of Abernathe, Crestwood, Northfield und Donburrow schwärmten von Ehefrauen und Familienleben und – in James' besonderem Fall – von Kindern.

„Wie geht es der kleinen Beatrice?", fragte Simon, Duke of Crestwood. „Wie ich sehe, hast du Emma endlich davon überzeugt, sie für eine Nacht allein zu lassen."

James, Duke of Abernathe, zog eine Braue hoch. „Du hast Bibi gestern gesehen. Sie hat sich seither kaum verändert. Aber es geht ihr bestens, danke der Nachfrage. Und ich sehe sogar von der anderen Seite des Raumes, dass Emma dauernd auf die Zeit achtet, aber sie macht sich umsonst Sorgen."

Baldwin folgte James' liebevollem Blick und sah Emma, die mit Charlotte, Simons Frau Meg und Grahams Frau Adelaide zusammenstand. Sie lachten zusammen und waren gut befreundet. Würde die Frau, die er ihrer Geldschatulle wegen auswählte, in ihre Gruppe passen? Und wenn nicht, würde er dann langsam aus ihrem Kreis ausgeschlossen werden?

„Warum runzelst du die Stirn?", fragte Graham, Duke of Northfield, und stupste Baldwin sanft an der Schulter.

Baldwin grinste schalkhaft. „Ich verstehe nicht, wie ich in den Kreis der alten verheirateten Dukes geraten konnte. Ich bin immer noch frei."

Die anderen lachten, aber Baldwin sah, wie Simon und James einen kurzen Blick wechselten. Seine Brust zog sich bei diesem Anblick zusammen.

„Es geht das Gerücht um, dass du in dieser Saison eine Partnerin finden willst", sagte Simon.

Baldwin zog eine Braue hoch. „Und wer hat dieses heimtückische Gerücht in die Welt gesetzt?"

Die ganze Gruppe drehte sich gleichzeitig zu Ewan, der lässig mit den Schultern zuckte und die Hand hob, ohne auch nur den geringsten Anflug von Verlegenheit zu zeigen.

Baldwin verschränkte die Arme. „Lass mich raten. Meine Mutter hat es meiner Schwester erzählt, die es dir erzählt hat, und du hast es Simon erzählt, der es allen erzählt hat, weil er eine große Klappe hat?"

Simon funkelte ihn an, und Graham lachte: „Im Wesentlichen ist es genau so abgelaufen, ja."

Baldwin verdrehte die Augen und kämpfte in seinem Inneren verzweifelt darum, nicht mit der Wahrheit über seine Notlage herauszuplatzen. „Nun, es hat keinen Sinn mehr, es zu leugnen. Es ist wahr, ich habe vor, mir in dieser Saison eine Frau zu suchen. Es ist an der Zeit."

Graham presste die Lippen aufeinander. „Zeit hat wirklich nichts damit zu tun. Heirate, wenn du die Richtige findest, nicht, wenn es an der Zeit ist."

Ewan nickte zustimmend, als James sagte: „Wahrlich, Graham hat recht. Heirate aus Liebe, Baldwin. Du verdienst all das Glück, das wir gefunden haben, und sogar noch mehr."

Baldwin ließ seine plötzlich verschwitzten Hände hinter seinem Rücken verschwinden und zwang sich zu einem Lächeln. Sie meinten es ja nur gut. Sie kannten die Wahrheit nicht.

„Nun, ich werde deinen Rat sicherlich in Erwägung ziehen", sagte er. „Wie ihr wisst, sind alle zurzeit in der Stadt. Nun, alle außer Lucas. Wir sollten uns treffen, wenn ihr euch von euren Frauen trennen könnt."

Die Männer tauschten untereinander Blicke aus, dann nickte James. „Großartige Idee. Ich werde Vorbereitungen treffen und eine Einladung verschicken, sobald wir die Einzelheiten geregelt haben."

Baldwin atmete erleichtert auf, denn sein Vorschlag hatte etwas Licht in seine sehr nebulöse Zukunft gebracht. „Und jetzt gehe ich erst einmal an die frische Luft, bevor ich mich in dieses neue Unterfangen stürze. Schönen Abend noch. Ich bin mir sicher, dass ich euch später am Abend wiedersehen werde."

Baldwin verabschiedete sich von ihnen und machte sich daran, das Haus zu verlassen, wobei er bei jedem Schritt, den er sich von ihnen entfernte, vier besorgte Augenpaare auf sich gerichtet spürte. Er verließ den Ballsaal so schnell wie möglich und ging auf die Terrasse hinaus, wo ihm eine kühle Frühlingsbrise ins Gesicht wehte und seine erhitzten Wangen kühlte.

Lord und Lady Rockford besaßen eine große Terrasse, die sich über die gesamte Länge ihres großen Hauses erstreckte. Vor dem Ballsaal saßen Paare auf Bänken verstreut sowie kleine Gruppen, die die frische Luft genossen. Baldwin wich zurück. Das Letzte, was er in diesem Moment wollte, war, sich in sinnlose Gespräche verwickeln zu lassen. Davon würde es in den kommenden Wochen noch genug geben.

Er lächelte den Umstehenden zu und ging weiter die Terrasse entlang, vorbei an den Türen zu den anderen Salons und in eine etwas dunklere Ecke. Er wollte es sich dort gerade gemütlich machen, als eine junge Frau aus dem Schatten trat und sich mit dem Rücken zu ihm an die Brüstung stellte.

Sie war schlank und hatte kastanienbraunes Haar mit einem rötlichen Schimmer, das ihr in einem scheinbar griechischen Stil hochgesteckt worden war. Einzelne Locken fielen aus der Haarpracht und zogen dünne Bahnen über ihre Schultern, die aus dem Blickfeld verschwanden, als sie ihren Schal ein wenig enger zog.

Die Frau hatte ihn anscheinend noch nicht bemerkt, denn ihre Aufmerksamkeit war nach oben gerichtet. Sie blickte gebannt in den Himmel, und er folgte ihrem Blick und hielt den Atem an. Es war kein Mond zu sehen, aber der Himmel war mit Sternen übersät. Baldwin machte einen lautlosen Schritt auf sie zu und glaubte, sie leise flüstern zu hören, obwohl er nicht verstand, was sie sagte.

Er runzelte die Stirn. Er hatte keine Ahnung, was diese junge Lady vorhatte, aber es war offensichtlich, dass sie nicht gestört werden wollte. Er wollte sich gerade umdrehen und weggehen, als sie plötzlich verstummte. Ihr Körper versteifte sich, und dann wandte sie sich zu ihm um.

Sein Herz hörte auf zu schlagen. Sie war… atemberaubend. Das war die einzige Art, sie zu beschreiben. Mit feinen, zarten Zügen und blassgrünen Augen, die die Farbe von Frühlingsblättern spiegelten. Ihr dunkelrotes Haar umrahmte ihre porzellanfarbene Haut, die nur von der bezaubernden Röte unterbrochen wurde, die jetzt ihre Wangen färbte.

„Guten Abend", sagte sie.

Seine Augen weiteten sich noch mehr bei ihrem Akzent. Amerikanerin. Sie war *die* Amerikanerin.

„Guten Abend", antwortete er und machte einen Schritt auf sie zu. „Ich wollte Euch nicht stören."

Sie lächelte, und dabei verwandelte sich ihr hübsches Gesicht in etwas Wunderschönes. Ihr Lächeln war ein bisschen schief und hatte etwas Verruchtes an sich. Sie sah aus, als würde sie am liebsten in Lachen ausbrechen, und das brachte ihn dazu, dies auch zu wollen.

„Das habt Ihr nicht", versicherte sie ihm. „Es ist mir nur peinlich, weil ich erwischt wurde bei… nun ja, erwischt wurde."

Er runzelte die Stirn. „Ihr habt Euch die Sterne angesehen. Aber ich dachte, ich hätte Euch reden hören."

Die Röte auf ihren Wangen vertiefte sich, und sie wandte ihren Blick ab, während sie ihre Hände an der steinernen Hauswand vergrub. „Ach, du meine Güte, ich muss Ihnen ja wie ein Dummkopf vorkommen."

Er legte den Kopf schief. „Weit gefehlt. Aber ich bin neugierig. Habt Ihr einen Zauber gesprochen oder Euch einen Stern gewünscht?"

Sie lachte, und dieser Klang hallte in der Luft wie Musik. Er musste unvermittelt lächeln, und es war keines der erzwungenen oder vorgetäuschten Lächeln, die er in letzter Zeit so oft gezeigt hatte. Es war eine simple Reaktion auf ihre unkomplizierte Leichtigkeit. Als wäre sie ein Leuchtfeuer in seiner eigenen Dunkelheit, dem er folgen konnte.

Er blinzelte. War er gerade am Dichten? In seinem Kopf? Über eine fremde Person? Eine amerikanische noch dazu. Die Welt war wirklich dem Untergang nahe.

„Nichts von alledem", sagte sie. „Ich habe die Sterne gezählt."

Er blinzelte nochmal und sah langsam zu den tausenden blinkenden Lichtern über ihm hinauf, dann wieder zu ihrem Gesicht. „Ihr habt die Sterne gezählt?"

Sie nickte, als wäre das eine ganz normale Sache. Als sei das sogar der letzte Schrei. „In der Tat."

„Das klingt nach einem endlosen Unterfangen", sagte er.

Sie zuckte mit einer schlanken Schulter, und ihr Schal glitt ein wenig tiefer, sodass ihr hübsches Kleid ein wenig Haut enthüllte. Ihm stockte der Atem bei diesem Anblick. Die süße Stelle zwischen ihrem Hals und ihrer Schulter sah absolut… küssenswert aus.

„Endlos ist nicht gleichbedeutend mit zwecklos oder sinnlos", sagte sie und riss ihn aus seinen unschicklichen Gedanken. „Wie oft wird man schließlich gezwungen, etwas zu tun, das man nicht mag, und das immer und immer wieder? Wenn ich Sterne zähle, ist das immerhin eine Freude. Es erinnert mich daran, dass es vieles gibt, das größer ist als ich oder meine dummen Probleme."

Er dachte über diese Worte nach. „Ihr habt natürlich recht. Einen Großteil unseres Lebens verbringen wir mit sich ständig wiederholendem Unsinn. Sterne zählen ist eine ebenso gute Beschäftigung wie fortwährendes Nähen, nehme ich an. Oder Spielen oder in einem Salon im Kreis herumlaufen."

Sie lächelte erneut. „Nun, zufällig mag ich auch solche dummen Dinge."

„Eine vollendete Lady ist niemals dumm", sagte er galant.

„Und ein vollendeter Gentleman?", erwiderte sie keck.

„Ich kenne kaum welche", sagte er und stimmte in ihr Lachen ein. Sein eigenes Lachen fühlte sich eingerostet an, ungewohnt, denn üblicherweise war es vorgetäuscht, aber nicht jetzt.

„Das bezweifle ich", sagte sie. „Ihr seht wie ein junger Mann aus, der von diesem Fach etwas versteht. Aber darf ich fragen, warum Ihr Euch auf einer Terrasse versteckt, während drinnen eine Party stattfindet?"

„Habe ich mich versteckt?", fragte er.

Sie zuckte wieder mit den Schultern. „Ein wenig."

Er seufzte und wandte seine Aufmerksamkeit wieder dem helleren Teil der Terrasse und dem Ballsaal zu, der sein Licht auf sie warf. „Vielleicht habe ich mich ein wenig herumgedrückt. Es war zu heiß drinnen und zu… dringlich."

Er wich zurück bei den Worten, die über seine eigenen Lippen kamen. Er hatte sie nicht äußern wollen. Verdammt, er hatte sich kaum je erlaubt, sie zu denken.

„Zu dringlich", wiederholte sie leise, und das Lächeln verschwand von ihren Lippen. „Ich glaube, ich verstehe, was Ihr meint. Erwartung hängt in der Luft."

Er nickte. „Das tut sie."

Sie standen eine Weile schweigend da, wobei sie zu ihm aufstarrte und er seinen Blick nicht von ihr abwenden konnte. Es war seltsam, denn die Stille fühlte sich sowohl aufgeladen als auch irgendwie beruhigend an, als ob sie kein leeres Geschwätz benötigte.

Er schüttelte den Kopf und versuchte damit, ihn von den seltsamen Gedanken zu befreien. „Nun, äh, genau diese Erwartung gebietet es, dass ich zum Ball zurückkehre. Dann könnt Ihr zu Eurer Zählung zurückkehren, obwohl ich mir vorstellen kann, dass Ihr Euch wegen mir wohl verzählt habt."

Sie lachte wieder, eine Melodie im Wind, und zeigte nach oben. „Keineswegs. Ich habe genau dort aufgehört."

Er gluckste. „Sehr gut. Vielleicht sehen wir uns später drinnen."

Sie nickte. „Guten Abend."

Er neigte den Kopf und drehte sich langsam um, um zu den Terrassentüren und dann in den Ballsaal zurückzugehen. Erst als er sie erreicht hatte, wurde ihm bewusst, dass er den Namen der jungen Frau nicht kannte. Nicht, dass es wirklich von Bedeutung gewesen wäre. Er wusste, wer sie war.

Und nach ihrem Gespräch fühlte sich die Zukunft plötzlich etwas weniger schrecklich an.

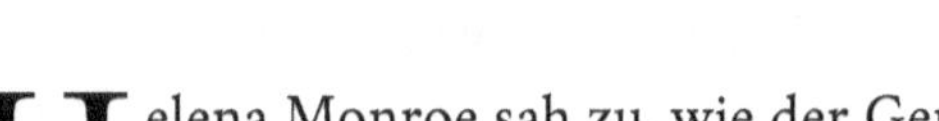

Helena Monroe sah zu, wie der Gentleman den Ballsaal betrat und die Tür hinter sich schloss. Erst als er die Terrasse verlassen hatte, erlangte sie die Fähigkeit wieder, einen tiefen Atemzug zu tun. Sie drehte sich zurück zur Terrassenbrüstung und hielt sie fest umklammert, als sie an den Eindringling zurückdachte.

Bei Gott, er sah wirklich sehr gut aus. Er war die Art von Mann, dessen Alter schwer zu bestimmen war, dank der Ernsthaftigkeit, die er an den Tag legte, aber sie bezweifelte, dass er über dreißig Jahre alt war. Er hatte dichtes braunes Haar, durch das jede Frau mit den Fingern streichen wollte, und seelenvolle, fast traurige braune Augen. Als sie ihn zum ersten Mal zu Gesicht bekommen hatte, war sein Blick sehr düster gewesen, aber in dem Moment, in dem sie ihm ein Lachen entlockte, hatte er sich verwandelt.

Sie war seit mehreren Wochen in England und hatte bereits die Gelegenheit gehabt, einige Männer kennenzulernen. Keiner war für sie interessant gewesen. Nicht, dass das eine große Rolle gespielt hätte, aber trotzdem. Sie waren nichts im Vergleich zu diesem Mann, der hier plötzlich auf der Terrasse aufgetaucht war und ihr den Atem geraubt hatte…

Nun, das war ein bedeutsames Erlebnis gewesen. Sie ertappte sich dabei, sich zu fragen, wer er war. Sie nahm an, dass sie es leicht herausfinden konnte, wenn sie danach fragte.

Plötzlich hob sie erschrocken ihre Hände zum Mund. Sie hatte ihn nicht einmal nach seinem Namen gefragt oder ihm ihren eigenen genannt. „Er muss dich für eine Idiotin halten", sagte sie kopfschüttelnd und blickte in den Garten hinunter. „Und du hast wahrscheinlich zu viel geredet."

„Wie du es immer zu tun pflegst, Helena!"

Der schneidende Ton der Stimme ihres Onkels hinter ihr ließ sie zusammenzucken. Sie drehte sich zu ihm um und setzte eine möglichst gleichgültige Miene auf, während er mit verschränkten Armen dastand und sie anschaute. Es schien die einzige Körperhaltung zu sein, die er ihr gegenüber in letzter Zeit zustande brachte.

„Hallo, Onkel Peter", sagte sie leise. „Ich wollte nur etwas Luft schnappen."

Er schnaubte verächtlich und hob eine Augenbraue. „Nun, du hast jetzt genügend Luft gehabt. Geh hinein. Du bist wegen deiner Cousine hier, nicht um deinen eigenen Dummheiten zu schwelgen. Die Gefährtin einer Lady muss bei ihrem Schützling bleiben."

Helena senkte den Kopf. Es fiel ihr sehr schwer, angesichts seiner mürrischen Grausamkeit ruhig zu bleiben und nichts zu erwidern, aber sie wusste, was passieren würde, wenn sie es tat. Seit sie zur Begleiterin ihrer Cousine Charity ernannt worden war, hatte sie mehr als einmal die schmerzhafte Bekanntschaft mit dem Handrücken ihres Onkels gemacht.

Also schluckte sie ihre schlagfertige Erwiderung hinunter und nickte ergeben. „Natürlich, Onkel. Ich werde sofort wieder hineingehen."

Er deutete auf die Türen des Ballsaals, als ob sie diese nicht allein finden würde, und wartete, bis sie sich wieder dorthin begeben hatte. Zurück in den Saal, der zu heiß und zu laut war. Zurück zu ihrer Cousine, die sie wie eine Dienerin behandelte. Zurück in die Wirklichkeit, der sie nur für einen kurzen Moment entkommen war, mit einem Himmel voller Sterne und einem gutaussehenden Mann, der sie beim Zählen erwischt hatte.

Baldwin stand am Rande der Tanzfläche und sah zu, wie sich Freunde und Bekannte in den Armen lagen und sich zur Musik bewegten. Als er ankam, hatte er damit gerechnet, von solchen Dingen abgelenkt zu werden, aber jetzt...

Nun, jetzt hatte er weitaus angenehmere Dinge im Kopf als das übliche Unbehagen, das der Anblick anderer und derer wahren Liebe auslöste. Seine Gedanken kehrten immer wieder zu der rothaarigen Schönheit auf der Terrasse zurück und zur kurzzeitigen Vertrautheit, die er zu ihr empfunden hatte.

Er war in diese Gedanken so vertieft, dass er seine Mutter erst bemerkte, als die Duchess seinen Arm berührte. „Mama", sagte er mit einem Nicken. „Ich habe dich gar nicht kommen sehen."

„Nein." Sie lächelte. „Du schienst meilenweit weg zu sein. Amüsierst du dich?"

Angesichts der Besorgnis in ihrer Stimme drückte er beruhigend ihre Hand. Ob sie ihn nun drängte oder nicht, er wusste, dass sie nur das Beste für ihn wollte, genauso wie für den Titel. Wenn er die Liebe zu einer Frau fände, die auch ihr Vermögen vermehren könnte, wäre sie überglücklich. Deshalb lächelte er, als er sagte: „Weißt du, ich habe deine Amerikanerin getroffen."

Ihre Augen wurden groß. „Wirklich?"

„Ich mochte sie", gab er widerwillig zu.

Das Gesicht seiner Mutter erhellte sich kurz, bevor ein Schatten des Zweifels darüberfuhr. „Ich bin... ich bin froh, das zu hören."

„Warum siehst du dann so verwirrt aus?", fragte er.

Sie schüttelte den Kopf. „Nun, ich frage mich nur, wie du es geschafft hast, sie zu treffen."

Er blinzelte bei dieser unerwarteten Frage. „Wie? Was meinst du mit wie? Wie lernt man sich bei diesem ewigen Zusammenschwärmen schon kennen? Ich bin auf die Terrasse gegangen, um frische Luft zu schnappen, und habe sie zufällig dort getroffen. Wir wurden uns nicht offiziell vorgestellt, aber sie war... charmant."

Er hatte erwartet, dass sich die Miene seiner Mutter noch mehr aufhellen würde, aber sie blieb verwirrt. „Das ist unmöglich, mein Schatz."

„Ich versichere dir, dass es so war", sagte er, und Ärger begann in ihm aufzusteigen. Warum in aller Welt beharrte sie darauf, dass das, was er sagte, nicht stimmte?

„Aber Miss Shephard hat die letzten dreißig Minuten getanzt, Baldwin", sagte sie und neigte den Kopf zur Tanzfläche. „Noch bevor du auf die Terrasse gegangen bist."

Er folgte ihrem Blick und entdeckte eine blonde Frau, die auf der Tanzfläche herumhüpfte. Sie trug ein offenbar sehr teures Kleid, das genau zu ihren blauen Augen passte, und unterhielt sich – wie es aussah, ziemlich laut – mit ihrem Tanzpartner.

Baldwin runzelte die Stirn. „Wer?", fragte er.

Seine Mutter neigte ihren Kopf noch stärker in ihre Richtung. „Die in Blau, Baldwin. Das ist Charity Shephard. Ihr Vater ist Peter Shephard. *Sie* ist die amerikanische Erbin."

Während Baldwin die fragliche Dame ungläubig anstarrte, bemerkte er, dass sich die Terrassentür ganz hinten im Saal öffnete.

Die Frau, mit der er auf der Terrasse gesprochen hatte, schlüpfte eben hinein, holte tief Luft und sah sich im Raum um.

„Wer ist dann die Rothaarige an der Tür zur Terrasse?", fragte er.

Seine Mutter hob sich auf die Zehenspitzen und musterte die Lady. „Ich bin mir nicht sicher, aber wenn sie Amerikanerin ist, würde ich darauf wetten, dass sie Miss Helena Monroe ist. Sie ist die Cousine von Miss Shepherd und fungiert während ihrer Saison in England als ihre Begleiterin." Sie schlug die Hände zusammen. „Ihre Lage ist… nicht vorteilhaft, wie ich höre. Es soll einen Skandal gegeben haben, und eine Mitgift ist nicht zu erwarten."

All die wundervollen Gefühle, die Baldwin empfunden hatte, seit er die Frau – Helena, wie er jetzt wusste – auf der Terrasse kennengelernt hatte, lösten sich in Nichts auf. Nein, nicht in Nichts. Sie verflüchtigten sich und wurden durch etwas anderes ersetzt. Eine schreckliche, abgrundtiefe Enttäuschung. Ein Gefühl, das er eigentlich nicht empfinden sollte, denn er hatte die junge Frau ja nur einmal und nur kurz getroffen.

„Ich verstehe", sagte er.

Seine Mutter biss sich auf die Unterlippe. „Hat dir ihre Begleiterin gefallen?"

Er zuckte mit den Schultern und warf seine Gefühle mit weniger Gleichmut als sich ziemte über Bord. „Ich habe nur kurz mit ihr gesprochen."

Die Duchess neigte den Kopf. „Es tut mir leid, Baldwin."

Er streichelte noch einmal ihre Hand. „Es ist gut, Mutter. Es ging sowieso nie um eine Herzensangelegenheit, oder? Es ist, wie es ist."

Seine Mutter schien das zu akzeptieren, obwohl er immer noch einen gewissen Ärger in ihrer Stimme hörte, als sie das Thema auf andere Ladys auf ihrer Liste möglicher Kandidatinnen wechselte. Er versuchte, ihrem Geschwätz zu folgen, aber sein Blick kehrte immer wieder zu Miss Monroe zurück.

Und die Enttäuschung, die ihn ergriffen hatte, wollte nicht verblassen, obwohl er es sich so sehr wünschte. Obwohl sie es musste, und zwar bald.

KAPITEL 3

Helena öffnete vorsichtig die elfenbeinfarbenen Knöpfe, die den Rücken von Charitys sehr teurem Kleid säumten, und schob das Oberteil dann nach vorne. Ihre Cousine riss es sich fast vom Leib und warf es nachlässig auf den Boden. Seufzend hob Helena es auf und faltete es sorgfältig, damit Charitys Dienstmädchen Perdy es für die Wäsche zurechtlegen konnte.

„… alle beobachteten mich", plapperte Charity. „Ich meine, die eifersüchtigen Blicke der anderen Frauen, Helena. Du würdest das natürlich nicht verstehen, aber es ist ziemlich anstrengend zu wissen, dass alle Männer dich begehren und alle Frauen dich dafür hassen."

Helena lächelte ihre Cousine aufmunternd an und sagte: „Das war sicher nicht einfach. Du hast sicher viel getanzt. Gab es Männer, die dir besonders gut gefallen haben?"

Charity zuckte mit den Schultern. „Sie sind alle gleich, nicht wahr? Reich und langweilig wie Toast."

Helena hütete ihre Zunge. Sie hatte nicht die Absicht, mit ihrer Cousine über den Mann zu sprechen, den sie auf der Terrasse getroffen hatte. Dieser war nicht langweilig wie ein Toast. Ganz im Gegenteil.

„Jedenfalls hat sich kein Duke auf meiner Tanzkarte eingetragen", fuhr Charity fort. „Und Papa ist sehr darauf bedacht. Er sagt, ich muss versuchen, einen von ihnen in dieser Saison zu ergattern, bevor es jemand anderes tut. Dabei warst *du* die Einzige, die einem Duke nahe kam."

Helena blinzelte. „Einem Duke? Wer?"

„Der Duke of Sheffield, natürlich. Du warst gleichzeitig mit dem Mann auf der Terrasse – hast du ihn nicht gesehen? Er ist groß, gutaussehend, braunes Haar, braune Augen. Strenger Blick. Er kam zurück auf die Party, als Papa dich holen ging. Du musst ihn gesehen haben."

Helenas Lippen spitzten sich. Charity beschrieb einen Mann, der ihrem charmanten Fremden sehr ähnlich sah. „Ich habe diesen Mann vielleicht bemerkt, ja."

Charity nickte. „Nun, er sucht eine Braut, wie es scheint. Eine Erbin, wenn man Papas Quellen trauen kann. Er steht auf meiner Liste der Männer, die ich ansprechen soll. Hast du mit ihm gesprochen? Was hältst du von ihm?"

Helena neigte den Kopf. Er war also ein Duke. Ein Duke, der auf der Jagd nach einer Erbin war. Das schloss sie im Nu aus. Sie war keine Erbin. Sie war eine Frau mit einer fragwürdigen Vergangenheit und kaum besser als eine Dienerin.

„Ich war draußen, um Luft zu schnappen", sagte sie achselzuckend. „Ich fürchte, dein Duke… nun, er ist mir nicht aufgefallen."

Charity schürzte ihre Lippen. „Das sieht dir ähnlich, dass du den wichtigsten Mann im Saal übersiehst. Meine Güte, Helena, du sollst mir doch helfen. Wenn du das nicht kannst, kommen mir Zweifel, warum wir dich mitgenommen haben." Sie wandte sich ab und setzte sich an ihren Frisiertisch.

„Es tut mir leid, Charity", sagte Helena. Es tat ihr nicht wirklich leid, aber sie hatte schnell gelernt, dass dies der beste Weg war, ihre verwöhnte Cousine zu besänftigen und einen Streit zu vermeiden.

„Nun, das ist jetzt wohl egal", sagte Charity, und die Schärfe in ihrer Stimme verschwand. „Jetzt komm und bürste mein Haar."

Helena blieb einen Moment lang an ihrem Platz stehen. „Charity, könntest du dafür nicht Perdy rufen? Sie wird dir sowieso in dein Nachtgewand helfen, und ich bin auch sehr müde."

Charity drehte sich auf ihrem Stuhl um und warf ihr einen spitzen Blick zu. „Mit Perdy macht es keinen Spaß, sich zu unterhalten, und du warst heute Abend dabei, du weißt also, worüber ich spreche. Wie auch immer, du bist meine Begleiterin, Helena. Du sollst tun, was ich dir sage, nicht wahr?"

Helena holte tief Luft. Trotz ihrer Erziehung, oder vielleicht gerade deswegen, hatte sie immer versucht, in jeder Situation das Gute zu sehen. Die derzeitige hatte so wenig davon, und ihre Wangen brannten vor Demütigung, als sie den Raum durchquerte, die Bürste von Charitys Tisch nahm und begann, damit durch das Haar ihrer Cousine zu streichen.

Währenddessen plapperte Charity weiter über den Ball. Helena verdrängte den Klang ihrer Stimme so gut sie konnte und verlor sich in den rhythmischen Bewegungen der Bürste in ihrer Hand. Sie versuchte auch, die stechende Enttäuschung zu vergessen, dass der gut aussehende Mann, der ihren Abend erhellt hatte, eindeutig außerhalb ihrer Reichweite lag.

Denn eine Frau wie sie würde für eine Duke niemals in Betracht kommen. Und das war eine Tatsache, mit der sie einfach leben musste.

~

„Bist du bereit für den Tee, Liebling?"

Baldwin blickte von dem letzten einer Reihe beunruhigender Briefe seines Anwalts auf und sah seine Mutter in der Tür zu seinem Arbeitszimmer stehen. Er blinzelte und erinnerte sich endlich daran, wovon sie sprach.

„Äh, ja", sagte er, faltete das Papier zusammen und steckte es zurück in seinen Umschlag. Er warf einen Blick auf seine Taschenuhr. „Wann fangen wir an?"

Sie schürzte ihre Lippen. „In zwanzig Minuten. Und einige der eifrigeren Mamas kommen vielleicht sogar noch früher. Ich habe gerade nachgesehen, Walker hat die Terrasse sehr schön hergerichtet. Das Wetter ist perfekt und alles ist an seinem Platz."

Baldwin stand auf und streckte seinen Rücken, während er versuchte, ein Lächeln hervorzubringen. „Danke, Mama, dass du heute gekommen bist und für einen reibungslosen Ablauf der Vorbereitungen gesorgt hast."

Sie nickte ihm freundlich zu. „Nun, ich hege die Hoffnung, dass du bald eine eigene Duchess haben wirst, die dir bei diesen Dingen helfen wird", sagte sie. „Und ich werde mich gerne mit der Rolle der Witwe begnügen."

Baldwin unterdrückte einen Seufzer. „Natürlich werde ich mein Bestes tun."

Sie trat näher an ihn heran. „Ich weiß, dass du das wirst, Liebling. Aber ich hoffe, du wirst versuchen, etwas mehr Begeisterung für dieses Unterfangen aufzubringen. Ich habe doch keine Ungeheuer für dich ausgesucht, oder? Einige von ihnen sind sogar recht hübsch. Die Amerikanerin, zum Beispiel."

Baldwin erstarrte. Seine Mutter meinte die Erbin, Charity. Niemand konnte leugnen, dass sie in der Tat schön war, aber jedes Mal, wenn die Duchess von *der Amerikanerin* sprach, konnte er nur an ihre rothaarige Cousine denken. Die geistreiche, die reizende, diejenige, die ihn mühelos zum Lächeln brachte, auf eine Art und Weise, die ihm bisher fremd gewesen war. *Helena.*

„Ja", stammelte er. „Die junge Frau ist sehr schön."

„Sehr schön", wiederholte seine Mutter. „Bitte werde nicht zu poetisch."

Er zuckte mit den Schultern. „Ich verspreche dir, dass ich mein Bestes geben werde, Mama. Ich akzeptiere den Weg, der vor mir liegt. Ich habe nicht die Absicht, mich vor meiner Verantwortung zu drücken."

Seine Mutter runzelte die Stirn, und es ihr anzusehen, dass sie das Thema gern weiter verfolgen wollte, aber bevor sie weitersprechen konnte, betrat sein Butler Walker hinter ihr sein Arbeitszimmer. „Verzeiht mir, Euer Gnaden, aber Eure ersten Gäste sind eingetroffen."

Baldwin nickte. „Ewan und Charlotte?", erkundigte er sich.

„Nein, Sir. Es sind der Duke of Kingsacre und der Earl of Idlewood. Ich habe sie auf die Terrasse geführt."

Baldwin holte tief Luft. „Kit und sein Vater?"

Earl Christopher, den alle Kit nannten, war Baldwins Freund seit ihrer Kindheit. Er war ebenfalls Mitglied des Duke Clubs, obwohl er der Einzige war, der seinen Titel noch nicht geerbt hatte. Nicht, dass sich irgendjemand an dieser Tatsache störte. Der derzeitige Duke of Kingsacre war ein wundervoller Mann.

„Wir werden sie gleich begrüßen, Walker", sagte Baldwins Mutter lächelnd. „Begleite alle hinaus, wenn sie kommen, ja?"

Der Butler verbeugte sich, und Baldwin seufzte schwer. „Kingsacres Gesundheit verschlechtert sich. Kit hat ihn in die Stadt geschickt, um weitere Ärzte zu konsultieren. Ich bin froh, dass sie beide kommen konnten."

Sie nickte. „Matthews Mutter und ich haben gerade darüber gesprochen. Es ist sehr traurig zu sehen, wie ein so tatkräftiger Mann zu schwächeln beginnt. Komm, lass uns nach draußen gehen und sie begrüßen, bevor die anderen eintreffen."

Sie gingen gemeinsam auf die Terrasse hinaus, aber als sie aus dem Haus traten, hielt Baldwin erschrocken inne. Kit und sein Vater standen zusammen in einer Ecke, aber er hätte den Duke nicht erkannt, wenn er nicht gewusst hätte, dass er es war. Der einst stramme, gut aussehende Mann war jetzt dünn wie ein Schilfrohr; er hielt einen Stock, auf den er sich schwer abstützte, und er war blass.

„Kit, Euer Gnaden", brachte Baldwin mit Mühe heraus. „Schön, dass Ihr kommen konntet."

Die beiden Männer drehten sich um und grüßten sie. Alle waren freundlich, aber Baldwin erkannte die Anspannung in Kits Augen. Kit liebte seinen Vater sehr, und dieser langsame Zerfall forderte seinen Tribut, das war klar. Baldwin drückte seine Hand ein wenig herzlicher, als sie sich die Hände schüttelten, und Kit warf ihm einen dankbaren Blick zu.

„Es ist so schön, wieder in Eurem Haus zu sein", sagte Kingsacre. „Ich habe immer gesagt, dass Ihr den schönsten Garten der Stadt habt."

Baldwins Mutter errötete bis zu den Haarwurzeln, und Baldwin konnte sich ein Lächeln nicht verkneifen. Sie war immer sehr stolz auf ihren Londoner Garten gewesen und kümmerte sich weiterhin um dessen Pflege, auch wenn sie nicht mehr im herzoglichen Haus in der Stadt lebte. Zumindest vorläufig. Wenn sich die Lage verschlechterte, war es durchaus möglich, dass sie ihr eigenes kleines Stadthaus würde verkaufen müssen.

Kit legte den Kopf schief, sah Baldwin an und warf dann seinem Vater einen vielsagenden Blick zu. Dann wandte er sich an Baldwins Mutter und sagte: „Euer Gnaden, könntet Ihr mir helfen, herauszufinden, was das für eine wunderbar duftende Rebsorte ist, die da an Eurem Spalier hängt?" Er bot der Duchess seinen Ellbogen an, während er sprach.

Sie nickte, hängte sich bei ihm ein, und dann gingen die beiden weg und ließen Baldwin mit dem Duke of Kingsacre zurück.

„Nicht sehr subtil, mein lieber Kit", lachte der Duke.

„Ich nehme an, das bedeutet, dass Ihr mit mir allein sprechen wollt?", antwortete Baldwin und wies auf zwei Stühle mit Blick auf den Garten.

Sie setzten sich, und Kingsacre holte tief Luft, bevor er wieder sprach. „Mein Sohn macht sich Sorgen um Euch. Er sagt, Ihr würdet nicht mit ihm sprechen, aber ich hatte gehofft, Ihr würdet Euch mir gegenüber öffnen."

Baldwin drehte sich halb um und warf einen Blick in Kits Richtung. „Er hat Unrecht, wenn er sich Sorgen macht. Mir könnte es nicht besser gehen."

Kingsacre hob eine Braue, und selbst in seinem schwachen Zustand sah er nicht wie ein Mann aus, den man anlügen sollte.

Dennoch war seine Stimme sanft, als er sagte: „Ich habe deinen Vater oft gesehen, weißt du. In den Spielhöllen."

Baldwin wandte seinen Blick ab und schaute stattdessen auf die grüne Wiese vor ihnen. „Nun, manch ein Mann spielt gerne."

„War das alles?", fragte Kingsacre.

Baldwin schluckte. Wieder einmal wünschte er sich, er könnte die demütigende Wahrheit einfach jemandem, *irgendjemandem*, erzählen und bekäme dann Unterstützung. Aber sein Stolz erinnerte ihn daran, dass er nicht nur die Fehler seines Vaters ausbaden musste, sondern auch seine eigenen. Er hatte diesen Mann immer gemocht – er wollte von ihm nicht als Versager angesehen werden. Auch wollte er nicht, dass seine Geschichte unter seinen Freunden verbreitet wurde und sie ihn zu einem Wohlfahrtsfall machte.

„Es ist schön, Euch wieder in der Stadt zu wissen", sagte er stattdessen und warf dem Duke einen bedeutungsvollen Blick zu. „Werdet Ihr die ganze Saison in London bleiben?"

Kingsacre nickte langsam, als ob er verstanden hätte. Dann sagte er: „Ich werde es versuchen, denn ich glaube, es wird meine Letzte sein.

Baldwin zuckte zusammen. „Sagt das nicht."

Kingsacres Gesichtsausdruck wurde weicher. „Ich bin ein alter Mann, mein Junge. Und ein kranker Mann. Ich mache mir keine Illusionen darüber, wohin mich mein Weg führen wird. Mein Sohn und meine Freunde wollen sich dem vielleicht nicht stellen, aber ich bin dazu bereit."

Baldwins Kehle schnürte sich zu. Er wusste, wie es war, einen Vater zu verlieren. Für viele seiner Freunde war dieser Mann wie ein Vater. Für Kit war er alles, was er hatte.

„Und was ist mit Eurer Tochter?", fragte er leise.

Jetzt wurde Kingsacre traurig. „Juliet ist erst vier. Sie hat keine Ahnung, was auf sie zukommt. Aber ihr Bruder wird sich gut um sie kümmern, das weiß ich. Es wird ihr an nichts fehlen."

„Ist sie auch in der Stadt?", fragte Baldwin.

„Ich halte sie so gut es geht in meiner Nähe. Wenn man die Liebe kennt, sollte man jeden Moment mit ihr schätzen."

Baldwin nickte. Die Liebe. Das schien in letzter Zeit ein großes Thema zu sein. Seine Freunde fanden sie, ermutigten ihn, sie zu suchen. Und hier saß er nun und schaute von außen zu.

„Baldwin", begann Kingsacre, doch bevor er mehr sagen konnte, öffneten sich die Türen des Hauses und Walker erschien mit einigen ihrer Gäste im Schlepptau.

Baldwin erhob sich. „Ich muss mich um meine Gäste kümmern, wie es scheint."

Kingsacre nickte, aber sein Blick blieb fest auf Baldwin gerichtet. „Ich weiß. Aber ich hoffe, wir werden bald wieder miteinander sprechen."

Baldwin verbeugte sich kurz, bevor er sich umdrehte, um seine Mutter zu holen und die Gäste zu begrüßen. Doch als er sich von Kingsacre entfernte, überkam ihn ein Gefühl der Unbehaglichkeit. Ein Gefühl, das er auslöschen musste, wenn er seine Pflicht erfüllen und den einzigen Weg, der ihm blieb, einschlagen wollte.

Die Kutsche war zu klein. Eigentlich stimmte das nicht. Die Kutsche war riesig, eine Zurschaustellung von protzigem Reichtum, die Helena die Röte in die Wangen trieb, während Onkel Peter vor entsetzten Lords und Ladys damit prahlte. Aber heute, als ihr Onkel und ihre Cousine ihr gegenüber saßen und ihre Pläne und Ziele besprachen, fühlte sie sich ganz und gar einengend, überhitzt und ungemütlich an.

„Siebenundzwanzigster in der Thronfolge", sagte Charity und faltete ihre Hände zusammen. „Stell dir vor, Helena, du könntest eines Tages die Zofe der Königin sein."

Helena schüttelte ihre eigenen Gedanken ab und sah ihre Cousine an. „Wenn der König und sechsundzwanzig andere Menschen zufällig alle auf einmal sterben."

„Das *könnte* passieren", sagte Charity mit einem Blick in Helenas Richtung. „Warum bist du eigentlich so böse?"

„Ich bin *nicht* böse", erwiderte Helena.

Und es stimmte. Sie war nicht böse. Sie war etwas ganz anderes. *Nervös* war wohl die beste Beschreibung. Sie war auf dem Weg zum Haus des Dukes of Sheffield. Dem Mann, den sie mit an Sicherheit grenzender Wahrscheinlichkeit kannte, demselben, der mit ihr auf der Terrasse gesprochen hatte.

Die Vorstellung, ihn wiederzusehen, war aufregend und entmutigend zugleich. Sie war so weit unter seinem Stand. Es wäre offensichtlich, dass sie ihrer Cousine diente, sobald er sie zusammen sah. Und doch würde sie wieder in dieses hübsche Gesicht blicken können. Vielleicht würde sie eines dieser Lächeln sehen, die die ganze Welt erhellten.

„Bist du etwas schon wieder in Tagträumen versunken?", schnauzte ihr Onkel.

Sie blinzelte und zwang sich zurück in die Realität. „Ja. Nein. Nein."

Er funkelte sie an. „Es ist deine Pflicht, in der Nähe deiner Cousine zu bleiben. Wenn sie die Möglichkeit hat, sich diesem Mannes oder einer anderen wichtigen Person zu nähern, braucht sie eine Begleiterin, damit sie nicht wie eine Dirne wirkt. Deswegen begleitest du sie."

Helena schluckte schwer, bevor sie ergeben nickte. „Natürlich."

„Ansonsten gehst du so weit wie möglich aus dem Weg", fuhr er fort. „Und Charity, dieser Mann könnte sehr wichtig für deine Zukunft sein. Du könntest eine Duchess oder, wie du gesagt hast, sogar eine Königin werden. Wäre das nicht eine Bereicherung für die Familie?"

„Was weißt du über die Verhältnisse dieses Mannes?", fragte Charity.

Er lächelte. „Abgesehen von seinem wichtigen Adelstitel hat er vier Ländereien unter seinem Schutz. Hunderte von Arbeitern. Er muss ein Vermögen wert sein."

Die Kutsche wendete, und Charity zog den Vorhang zurück, um zu sehen, wo sie waren. Helena warf einen Blick über die Schulter ihrer Cousine, und beiden Frauen stockte sofort der Atem.

„Oh, das *muss* sein Haus sein!", sagte Charity mit einem fröhlichen Lachen.

Helena neigte dazu, ihr zuzustimmen. Das Anwesen war groß und schön, mit einem herrlichen Blick auf den gegenüberliegenden Park. Es bestand kein Zweifel, dass dies das Haus eines sehr wichtigen und wohlhabenden Mannes war. Und wieder einmal brannte sich die Ungleichheit ihrer gesellschaftlichen Positionen in ihr Bewusstsein.

Die Kutsche hielt an, und ihr Onkel und ihre Cousine stiegen aus. Sie beachteten sie nicht weiter, und sie musste hinter ihnen die Treppe des schönen Hauses hinaufeilen. Sie zuckte zusammen angesichts der Schärfe, mit der ihr Onkel mit dem Butler des Dukes sprach, und schritt dann durch die Gänge zur Terrasse, wo der Tee serviert wurde.

Helena konnte nicht umhin, sich auf ihrem Weg zum Garten im Haus umzusehen. Es war innen genauso schön wie von außen. Die Möbel waren unaufdringlich und sehr gemütlich, die Wände waren in gedeckten Farben gehalten. Ein paar Porträts zierten die Wände, und sie erschrak, als sie an einem Bild des Dukes vorbeikam, der an einem Kaminsims lehnte und zwei große Hunde an seiner Seite hatte.

Das war ganz sicher der Mann, dem sie auf der Terrasse begegnet war. *Baldwin Undercross, 15. Duke of Sheffield,* stand auf der kleinen Tafel.

„Komm her, Mädchen!", rief ihr Onkel, als sie einen Salon betraten.

Sie beeilte sich, sie aufzuholen, auch wenn ihr der Kopf schwirrte. *Baldwin.* Der Name passte zu ihm, er war ganz und gar nicht gewöhnlich. Und der *Mann* war es auch nicht. Natürlich würde sie ihn nie mit seinem Vornamen ansprechen. Himmel, wahrscheinlich würde sie überhaupt nicht mit ihm reden. Der

Moment auf der Terrasse hätte gar nicht stattfinden dürfen. Sicherlich dachte er nicht mehr daran. Sie sollte ihn auch vergessen.

Der Butler öffnete die Terrassentür und trat heraus. Er verkündete der versammelten Menge die Namen ihres Onkels und ihrer Cousine. „Mr. Peter Shephard und Miss Charity Shephard.“

Helena presste die Lippen zusammen, als sie hinaustraten. Charity sah über die Menge hinweg, als sei sie bereits die Königin, die sie sein wollte.

Allein bei dem Gedanken daran drehte sich Helena der Magen um. Sie ignorierte dieses Gefühl, schob den Gedanken beiseite und folgte den beiden auf die Terrasse – wo sie wieder einmal dem Duke of Sheffield gegenüberstehen würde.

Als sie ihn erblickte, schaute er zu ihrer Überraschung weder Charity noch ihren Onkel an, während er mit einer älteren Lady an seiner Seite über die Terrasse auf sie zukam.

Er sah sie an.

KAPITEL 4

Baldwins Mutter unterhielt sich mit Mr. Shephard und seiner Tochter, aber Baldwin selbst bekam kaum mit, welche Höflichkeiten ausgetauscht wurden. Er war zu sehr damit beschäftigt, Helena Monroe anzuschauen.

Im Sonnenlicht war sie noch schöner als unter dem Sternenhimmel. Sie hatte ein schlankes, ausdrucksstarkes Gesicht. Im Moment war es allerdings von einem Ausdruck des Unbehagens geprägt. Als sie auf die Terrasse getreten war, hatte sie seinen Blick erwidert, und er hatte dieselbe Verbundenheit gespürt, die er bei ihrer ersten Begegnung empfunden hatte.

Aber jetzt schaute sie auf ihre Füße und nicht mehr in sein Gesicht. Und das gefiel ihm gar nicht.

„Baldwin", sagte seine Mutter etwas schroff.

Er richtete seine Aufmerksamkeit wieder auf sie und ihre Gäste. „Tut mir schrecklich leid. Willkommen, willkommen. Wie ich höre, seid Ihr in der Schifffahrt tätig, Mr. Shephard?"

Shephards Lippen verzogen sich leicht. „Ja, wie ich Ihrer Mutter eben sagte, sind meine Besitztümer in Boston in der Tat riesig. Und mein Vater hat im Krieg vor vierzig Jahren auf der *richtigen* Seite gekämpft – auf Ihrer."

Baldwin legte die Stirn in Falten, unsicher, ob ihn das beeindrucken sollte. Es stimmte zwar, dass die englische Seite recht hatte, aber der Gedanke, dass ein Amerikaner seinem eigenen aufstrebenden Land den Rücken kehrte, missfiel ihm.

„Sehr gut", sagte er mit einer hochgezogenen Augenbraue. „Nun, kommt bitte und amüsiert Euch. Ich bin sicher, dass wir später noch über vieles sprechen werden."

Seine Mutter warf ihm einen hastigen Blick zu und sagte dann: „Ja, lasst mich Euch zu Euren Plätzen führen."

Mr. Shephard und seine Tochter folgten ihr, und Helena wollte sich ihnen anschließen, aber Baldwin stellte sich ihr in den Weg. Er hatte das nicht geplant, es geschah eher zufällig.

Langsam hob sie ihren Blick zu seinem Gesicht hoch, und er zwang sich zu einem Lächeln. „So sieht man sich wieder, Miss Monroe."

„In der Tat, Euer Gnaden", sagte sie.

„Habt Ihr es geschafft, alle Sterne zu zählen?", fragte er.

Ihre Wangen wurden rot, aber sie lächelte trotzdem. *Dieses Lächeln.* Gott, es war aber auch zu bezaubernd. Erfüllt von Licht und müheloser Freude und Lieblichkeit.

„Nicht ganz. Ich sind noch einige übrig geblieben für das nächste Mal, wenn ich mich auf einer Terrasse wiederfinde. Ihr könnt Euch mir gerne anschließen, wenn Ihr möchtet."

Im selben Moment, als ihre Worte über ihre Lippen kamen, stellte er sich auch gleich vor, wie er genau das tun würde. Wie er mit dieser jungen Frau auf einer Terrasse, *seiner* Terrasse, stehen würde. Mit ihr die Sterne zählte, als ob er sich sonst um nichts in der Welt zu kümmern brauchte. Und dann würde er mehr tun als nur zu zählen. Mehr als diese weichen Lippen zu küssen. Mehr als es einem Gentleman erlaubt war.

Er hielt den Atem an, als seine Gedanken mit ihm Reißaus nahmen, und trat abwehrend einen Schritt zurück. „Nun, ich sollte mich um den Rest meiner Gäste kümmern. Ihr Onkel und Ihre Cousine sind dort."

Er machte eine vage Handbewegung und verbeugte sich leicht, bevor er sich von ihr abwandte. Ihm entging jedoch nicht das kurze Aufflackern von Schmerz und Verlegenheit in diesem schönen Gesicht. Wie gerne hätte er den Schaden, den er angerichtet hatte, wiedergutgemacht, aber das konnte er sich nicht leisten.

Genauso wenig konnte er Helena Monroe *mögen* oder zulassen, dass sich diese seltsame, unmittelbare und sehr körperliche Anziehung zu ihr weiter entfaltete. Es war ein Ding der Unmöglichkeit, und er musste es beiseiteschieben.

~

Helena lächelte angestrengt und nickte nur hin und wieder zu den Gesprächen an ihrem Tisch. Normalerweise wäre das keine lästige Pflicht gewesen. Sie saß zwar mit ihrem Onkel und ihrer Cousine zusammen, aber man hatte sie auch mit der reizenden Duchess of Donburrow – Baldwins Schwester – und ihrem Ehemann, dem schweigsamen, aber umwerfend gut aussehenden Duke, zusammengesetzt. Neben ihnen saßen der Duke und die Duchess of Crestwood, die ebenfalls reizende Tischnachbarn waren.

Doch trotz der interessanten Gespräche und dem reibungslosen Beisammensein mit ihrem Onkel, einem Rüpel, konnte Helena sich nicht entspannen. Sie musste immer wieder an ihre Begegnung mit Baldwin... verdammt, *Sheffield*... kurz nach ihrer Ankunft denken.

Es war demütigend, daran zu denken, wie er sich ihr genähert und sie dann abgewiesen hatte, als sie zu forsch geworden war. Wie seine Miene zusammengefallen und er fast vor ihr weggelaufen war. Sie hatte sich eingebildet, dass dieser Mann sie mochte, auch wenn nur ein kleines bisschen, als sie ein paar Abende zuvor über Sterne gesprochen hatten.

Jetzt war sie sich nicht mehr sicher, ob er sie überhaupt noch duldete.

„Miss Monroe, Ihr seid Miss Shephards Cousine, nicht wahr?", fragte die Duchess of Donburrow, während sie sich Tee nach-schenkte.

Helena schluckte schwer und ignorierte den scharfen Blick ihres Onkels. Wenn es nach ihm ginge, würde sie gar nicht erst angesprochen werden. Er wollte nicht, dass sie überhaupt gesehen wurde und erinnerte alle daran, dass sie nur dazu diente, ihrer Cousine Vergnügen zu bereiten.

Eine weitere Demütigung.

„Ja", sagte sie. „Meine Mutter ist Mr. Shephards Schwester."

„Es muss für Eure Familie schwer gewesen sein, sich von Euch zu trennen", sagte die Duchess of Crestwood. „Es ist eine so lange Reise, und ich habe gehört, dass Ihr mindestens diese Saison bei uns bleiben werdet."

Helena zögerte. Das Thema ihrer Familie war nicht einfach, und sie suchte nach einer gefälligen Erklärung, als Onkel Peter unver-hofft ein Lachen ausstieß.

„Ihre Familie kommt auch ohne sie zurecht", sagte er, den Mund voller Plätzchen. „Sie waren froh, dass sie einen anständigen Beruf ausüben konnte, anstatt…"

„Ich brauchte eine Begleiterin, und Helena hatte nichts Besseres zu tun, also sind wir hier", unterbrach ihn Charity, und Helena war noch nie in ihrem Leben so dankbar für etwas gewesen. Hatte er wirklich andeuten oder gar offen aussprechen wollen, was sie von der Gunst ihrer Familie getrennt hatte?

Plötzlich fühlte sich die Terrasse mit ihrer herrlichen Frühlings-brise und den schönen Blumen sehr beengend an. Helena konnte nicht umhin zu bemerken, wie die anderen um den Tisch sie anstarrten und sich ihre eigene Meinung über das bildeten, was ihr Onkel zweifellos hatte sagen wollen. Ihr Kopf begann sich zu drehen und ihre Hände zitterten.

„Wir sind sehr froh, dass ihr *alle* hier seid", sagte Baldwins Schwester mit einem warmen Lächeln. „Und ich sehe gerade, dass sich meine Mutter von ihrem Tisch erhebt. Sie hat einige Rasen-spiele für den Rest unserer gemeinsamen Zeit geplant."

Helena war wie benebelt und hörte nur halb zu, als die Duchess of Sheffield ihre Ankündigung über die bevorstehenden Rasenspiele machte. Dann begannen sich alle zu erheben und liefen zu den großen Steinstufen, die in den darunter liegenden Garten führten. Helena blieb zurück und starrte über ihre Schulter zum Haus. Sie brauchte einen Moment, um sich zu sammeln. Um zu versuchen, erneut das freundliche, fröhliche Gesicht aufzusetzen, das von ihr erwartet wurde und das nötig war, um die endlosen Demütigungen zu überstehen, der sie im Dienst für ihren Onkel und ihre Cousine ausgesetzt war.

Also trat sie zurück und war froh, dass ihr Onkel mehr Interesse daran zu haben schien, über die Dukes of Donburrow und Crestwood zu plaudern, als zu bemerken, dass sie verschwunden war. Sie drehte sich um und betrat das Haus, wobei sie tief Luft holte. Blindlings lief sie durch den Salon und den Flur hinunter, und wandte sich dann einem abgelegeneren Raum zu, in der Hoffnung, den Dienern aus dem Weg zu gehen, die nach dem Tee die Terrasse räumten.

Als sie um die Ecke bog und den Raum betrat, blieb sie plötzlich stehen. Dies war kein Salon, in dem sie einen Moment allein sein konnte. Dies war das Arbeitszimmer des Dukes of Sheffield, und der Mann selbst saß an einem großen Mahagonischreibtisch auf der anderen Seite des Raumes, den Blick auf einen Brief in seiner Hand gerichtet. Sie hatte nicht einmal bemerkt, dass er die Gesellschaft verlassen hatte, aber jetzt war er hier.

Sie hätte sich auf der Stelle umdrehen und weglaufen sollen. Dann hätte er nie erfahren, dass sie da gewesen war. Aber sie konnte es nicht. Sie ertappte sich dabei, wie sie ihn anstarrte und sich seinen strengen Gesichtsausdruck, die Art, wie er eine Hand hob und durch sein Haar fuhr, während er die Lippen aufeinander presste, genau einprägte.

Und dabei flatterte ihr Herz wie wild.

Er blickte auf, und der Augenblick, den sie genutzt haben

könnte, um unbemerkt zu entkommen, war verloren. Seine Lippen verzogen sich, und er legte den Brief ab, als er aufstand.

„Es tut mir so leid", stammelte sie, taumelte leicht und schüttelte den Kopf, als sie wieder auf den Boden der Realität zurückkehrte. „Ich hätte nicht in Euer Haus eindringen dürfen."

Er hob eine Hand. „Das seid Ihr nicht, Miss Monroe. Bitte, lauft nicht weg."

Sie schluckte und blieb stehen. Noch vor weniger als einer Stunde hatte sie sich von diesem Mann beiseitegeschoben gefühlt. Und jetzt, während er um den Schreibtisch herum auf sie zukam, sah sie niemanden auf der Welt außer ihn.

„Ich wusste in jener Nacht auf der Terrasse des Rockford-Balls nicht, dass Ihr ein Duke seid", platzte sie heraus.

Er runzelte die Stirn und starrte sie verwirrt an. „Mir ist später ebenfalls aufgefallen, dass wir uns *nicht* vorgestellt haben. Ich nehme an, unser Gespräch war zu interessant, um darauf zu achten. Hätte es einen Unterschied gemacht, wenn Ihr es gewusst hättet?"

Sie wandte sich ab. „Ich habe ziemlich dummes Zeug geredet, nicht wahr? Und ich habe Euch ohne den Respekt behandelt, den Euer Titel verlangt."

Er stieß ein belustigtes Lachen aus. „Ich habe genug Ehrerbietung, sowohl falsche als auch echte, Helena, das versichere ich dir."

Sie blinzelte. Hatte er sie gerade bei ihrem Vornamen genannt? Das hatte er, denn das Wort hing wie eine Liebkosung zwischen ihnen. Sie korrigierte ihn nicht. „Trotzdem, ich hätte nicht so ungebührlich sein sollen."

„Du warst charmant." Er trat noch einen Schritt näher, und sie konnte nicht umhin, den Atem anzuhalten. Er war ziemlich groß, ziemlich selbstbewusst. Sie hatte das Gefühl, dass er den ganzen Raum ausfüllte, aber nicht auf eine einschüchternde Art und Weise. Es war sogar fast tröstlich. „Ich habe unser Gespräch sehr genossen."

„Ich auch", gab sie zu, weil ihr keine Lüge einfiel, die die Distanz schaffen würde, die sie offensichtlich brauchte.

Er legte den Kopf schief, als er weniger als eine Armlänge von ihr entfernt zum Stehen kam. Er machte keine Anstalten, sie zu berühren. Wahrscheinlich war das auch besser so, wenn man die Spannung bedenkt, die jetzt im Raum zwischen ihnen herrschte.

„Warum hast du die Gartenparty verlassen?" Seine Stimme war plötzlich rau, tief, nicht anklagend, aber unnachgiebig.

Sie schürzte kurz die Lippen. Es gab keinen Grund, diesem Mann, diesem Fremden, diesem *Duke*, der ihr völlig fremd war, die Wahrheit zu sagen. Aber sie spürte, wie ihr genau diese auf der Zunge lag. Tausend Worte, die ihre eingeschränkte Stellung erklärten und das Unbehagen und die Scham, die sie deswegen auf sich geladen hatte.

„Ich brauchte einen Moment", sagte sie. *Keine Lüge.* Nicht die ganze Wahrheit. Sein Gesicht erhellte sich bei diesen Worten, und sie konnte kaum denken oder atmen, als sie fortfuhr: „Und ich bin falsch abgebogen, weil ich dachte, dies sei ein Salon, in dem ich ein bisschen Ruhe haben könnte."

„Zu meinem Glück", murmelte er, und sein tiefgründiger Blick hielt den ihren fest.

Sie schluckte schwer. „Was ist mit Euch, Euer Gnaden?"

Er zuckte zurück. „Baldwin."

„Ihr möchtet, dass ich Euch *Baldwin* nenne?", wiederholte sie, wobei ihre Stimme kaum mehr als ein Flüstern war, das selbst die geringe Entfernung zwischen ihnen kaum überwand. Ihr... Euren *Vornamen?"*

„Wenn wir allein sind, ja. Ich ziehe es vor, Baldwin genannt zu werden. Der Titel ist nicht... angenehm. Das war er noch nie." Er blinzelte, als hätte er das nicht sagen wollen. „Ich nehme an, du fragst dich, warum ich nicht auf meiner eigenen Party bin?"

Sie nickte, obwohl sie in Wahrheit schon fast vergessen hatte, dass ihr diese Frage einmal auf der Zunge gelegen hatte.

Er fuhr sich wieder mit derselben Hand durch die Haare, und sie wünschte sich, sie könnte es ihm gleichtun. Die kurzen Locken unter ihren Fingerspitzen spüren. Feststellen, ob sein Haar weich war, ob es in ihrer Handfläche kitzelte.

„Ich hatte etwas zu erledigen", erklärte er. „Etwas, von dem ich dachte, es könne nicht warten. Wie sich herausstellte, war es..." Er brach ab und blickte hinter sich auf seinen Schreibtisch. „Es war nicht das, was ich mir erhofft hatte."

Sie sah die Anspannung auf seinem Gesicht. Nicht die aufregende Art, die so unerwartet zwischen ihnen herrschte, sondern etwas weniger Angenehmes. Etwas wirklich Unangenehmes. Es presste seine Lippen fest zusammen.

„Das tut mir leid", sagte sie langsam und wünschte, sie wäre in der Lage, mehr zu sagen. Immerhin kannte sie Enttäuschung und Bedauern. Sie erkannte beides in seinem Ausdruck. Sie wusste, wann ein Mann ein offenes Ohr gebrauchen konnte.

„Das braucht es nicht", begann er mit einem Achselzucken, das all die Gefühle beiseiteschob, die er wahrscheinlich nicht hatte zeigen wollen. „Es ist schließlich nicht dein Problem."

„Es kann mir aber durchaus leidtun, dass es deines ist", entgegnete sie.

Er legte den Kopf schief, und die zeitweilige Stille zwischen ihnen war nicht unangenehm, aber auch nicht ohne Spannung oder Feuer. Er öffnete den Mund, als wollte er etwas sagen, aber ein Geräusch im Flur unterbrach ihn.

„Verdammt noch mal, Helena, wo bist du?"

Helena kniff für einen Moment die Augen zusammen. „Meine Cousine", murmelte sie.

„Wir könnten die Tür schließen", schlug Baldwin vor.

Ihre Augen flogen auf und sie starrte ihn an. Er schien es ernst zu meinen. Zu ernst. Und die Vorstellung, dass er hinter ihr zur Tür griff und sie allein mit ihm in seinem Arbeitszimmer einsperrte, war ungemein verlockend.

Und furchtbar unschicklich.

„Ich kann nicht", flüsterte sie.

Tiefe Enttäuschung machte sich in seinen Zügen breit, bevor er mit den Schultern zuckte. „Natürlich."

Sie holte tief Luft und rief dann: „Ich bin hier, Charity".

Schritte erklangen, und dann erschien Charity in der Tür. „Ehrlich gesagt, Papa wird dich – oh, Euer Gnaden."

Ihr Ton änderte sich von einem Wort zum nächsten, wechselte von streng zu lieblich. Charity glättete ihr Kleid und schob sich an Helena vorbei in Baldwins Arbeitszimmer, wobei ihre Hüften bei jedem Schritt wippten. Helena beobachtete seine Reaktion, beobachtete, wie sein Blick über ihre hübsche Cousine glitt, von ihrem perfekten blonden Haar bis zu ihren teuren Schuhen. Helena konnte nicht sagen, was er von ihr hielt. Er hatte jeglichen Ausdruck seiner Gefühle unterbunden.

„Miss Shephard", sagte er, und sein Tonfall war ebenso unergründlich wie sein Gesichtsausdruck. „Guten Tag, erneut."

„Ich hoffe, meine Cousine hat Euch nicht belästigt", sagte Charity mit einem Blick zu Helena, der ihr die Röte in die Wangen trieb. „Sie weiß offensichtlich nicht, wo ihr Platz ist, da sie unbeaufsichtigt durch Euer Haus streift."

„Im Gegenteil, ich war froh, sie zu treffen", sagte Baldwin. „Und ebenso froh, dass *Ihr* gekommen seid, um mich vor der Ablenkung zu bewahren, die mich von der Party wegführte. Sollen wir gemeinsam zurückkehren, Myladys?"

Er blickte zu Helena, doch bevor sie antworten konnte, stellte sich Charity neben ihn und legte ihre Hand in seine Ellenbeuge. „Zeigt uns den Weg, Euer Gnaden", gurrte sie und funkelte ihn mit ihren hübschen blauen Augen an.

Er räusperte sich. „Selbstverständlich."

Die beiden gingen zur Tür, und Helena trat zur Seite, als sie den Raum verließen. Sie folgte ihnen mit klopfendem Herzen, als Baldwin sie zurück auf die Terrasse und hinunter in den Garten führte, wo die Spiele bereits begonnen hatten.

Doch als sie die Wiese schließlich erreichten, blickte er zurück.

Direkt in ihre Augen. Ihre Blicke trafen sich, blieben aneinander haften, und sie schenkte ihm ein sanftes Lächeln. Er erwiderte es, dann ließ er ihre Cousine los und spielte wieder die Rolle des Dukes.

Aber sie hatte etwas Aufrichtiges in seinem Blick gesehen. Etwas, das sie nicht hätte sehen dürfen. Und sie würde es nicht so schnell vergessen, ebenso wenig wie die Gefühle, die dieser unerreichbare Mann in ihr auslöste.

Baldwin beobachtete von der Treppe aus, wie die letzten Kutschen wegfuhren und seine Gäste wieder dorthin brachten, woher sie gekommen waren. Endlich ließen sie ihn in Frieden. Nur fühlte er sich dabei nicht nur erleichtert.

„Das lief ganz gut."

Er zuckte zusammen, denn die Stimme seiner Schwester Charlotte erklang direkt neben ihm. Er hatte nicht einmal bemerkt, dass sie sich ihm genähert hatte.

Er drehte sich achselzuckend zu ihr um. „So gut wie jeder andere dieser Anlässe auch."

Charlotte starrte ihn einen Moment lang an und drehte sich dann um. „Ewan, wolltest du nicht mit Mama über die Verbesserung des Gartens in Donburrow sprechen? Du hast sogar einen Plan mitgebracht, wenn ich mich nicht irre."

Ewan hatte sich zurückgehalten, aber jetzt hob er eine Augenbraue. Dann nickte er und streckte der Duchess of Sheffield einen Ellbogen entgegen. Sie nahm ihn mit einem herzlichen Lächeln für ihren geliebten Schwiegersohn und sagte: „Oh, ausgezeichnet, ich freue mich so auf die Zeit, die ich später im Sommer mit euch verbringen werde. Wenn wir bis dahin alle Pläne gemacht haben, wird der Besuch umso angenehmer. Werden du und Charlotte uns begleiten, Baldwin?"

„Nein, ich glaube, ich würde lieber mit Baldwin spazieren gehen", antwortete Charlotte für ihn. Ihre dunkelgrünen Augen hielten die seinen weiterhin fest, entschlossen und nicht bereit, eine Ablehnung zu akzeptieren.

Baldwin wusste, wann er geschlagen war, und streckte einen Ellbogen aus. „Dann auf in den Garten", sagte er.

Ewan und die Duchess betraten gemeinsam das Haus, und Baldwin führte seine Schwester die Treppe hinunter und einen hübschen Weg entlang, der sie zu den Blumenbeeten führte. Als sie außer Hörweite waren, sagte er: „Und will Ewan wirklich mit Mama über Azaleen sprechen?"

Charlotte lachte leise. „Ja, das will er in der Tat. Er hat wirklich vor, den Garten neu zu gestalten, und Mama hat so ein großes Talent auf diesem Gebiet. Aber er weiß auch, wann ich eine Ausrede brauche, um mit meinem Bruder allein zu sprechen."

„Und er gibt dir immer, was du willst", sagte Baldwin.

Sie blickte zu ihm auf, und ihr Lächeln war sanft und voller Freude. „Das tut er", sagte sie. „Die letzten fünf Monate unserer Ehe waren die glücklichsten in meinem Leben. Ich liebe ihn, Baldwin. Das macht den ganzen Unterschied."

Baldwin nickte langsam. „Dann freue ich mich sehr für dich, Charlotte. Ich war hart zu ihm während eurer… nun, ich nehme an, wir werden es ein Werben nennen, obwohl wir uns immer sehr nahe gestanden haben. Aber nur, weil ich dich vor Kummer bewahren wollte."

„Ist das derselbe Grund, warum du mich jetzt anlügst?", fragte sie und ließ seinen Arm los, als sie endlich den Garten betraten. „Um mich vor Kummer zu bewahren?"

Er zögerte. Charlotte hatte ihn schon lange gedrängt, seine Probleme offenzulegen. Wohl schon seit Jahren. Er war ihr immer ausgewichen. Jetzt verspürte er einen noch stärkeren Drang, dasselbe zu tun. Wenn sie es Ewan erzählte, würde es jeder in ihrem Freundeskreis erfahren.

Demütigungen in Hülle und Fülle würden folgen, selbst wenn die Absichten die besten wären.

„Dich anlügen?", fragte er in leichtem Tonfall. „Du verletzt mich."

Er schritt davon, spürte aber, dass sie ihn beobachtete. Ihre Besorgnis war deutlich zu erkennen.

„Ich bin nicht dumm", sagte sie leise. „Ist es so schlimm, dass du mir nicht trauen kannst?"

Er drehte sich um. „Du nimmst an, dass auf meinen Schultern eine schwere Bürde lastet. Kannst du nicht einfach glauben, dass ich nur ein ernsterer Mensch bin als meine Freunde und es dabei belassen?"

Sie legte den Kopf schief. „Liebster Bruder, ich beobachte dein Verhalten seit fünfundzwanzig Jahren sehr genau. In den letzten fünf hast du dich sehr verändert. Seit Vaters Tod."

Er zuckte mit den Achseln. „Nun, wie könnte ich mich nicht verändern? Ich bin ein Duke geworden, nicht wahr? Das bringt Verantwortung mit sich…"

„Es ist mehr als das", unterbrach sie ihn und ergriff seine Hände. Er ließ es zu, auch wenn er darum kämpfte, seine Miene passiv zu halten. Sie starrte einen Moment lang in sein Gesicht und seufzte dann. „Nun gut, ich sehe, dass ich die Dinge mit meiner Neugier eher verschlimmere als verbessere. Du weißt, dass ich dich liebe und für dich da bin, wenn du deine Meinung änderst."

Er nickte, bevor er sich herunterbeugte, um sie auf die Wange zu küssen. „Ich weiß diese beiden Dinge zu schätzen, das versichere ich dir."

Ihre Besorgnis war immer noch deutlich zu sehen, aber sie lächelte trotzdem. „Dann lass uns das Thema wechseln."

„Nur zu!", ermutigte er sie lachend, während er ihr ein Zeichen gab, mit ihm weiterzugehen.

„Mama scheint entschlossen zu sein, dir diese Saison eine ganze Reihe von Ladys vorzuführen. Es gab heute so viele 'Anwärterinnen', dass mir ganz schwindelig wurde. Ist dir eine von ihnen besonders ins Auge gefallen?"

Baldwin schluckte, als sich die einzige anwesende Lady in seine Gedanken schlich, die sein Interesse geweckt hatte – Helena. Im Augenblick, in dem sie in sein Arbeitszimmer eingedrungen war, hatte er sich unvermittelt Dinge gewünscht, und zwar solche, die ihm sein normalerweise sehr anständiges Gehirn verbieten würde. Er war ein Gentleman, von einem Gentleman erzogen. Man dachte nicht daran, Ladys in die Arme zu nehmen und zu küssen. Auch nicht daran, die Arbeitszimmertür zu schließen und… nun ja, mehr zu tun als nur zu küssen.

Dass Helena diese Impulse bei ihm auslöste, war, offen gesagt, erschreckend. Es brachte ihn aus dem Gleichgewicht.

„Ich werde dieselbe Frage an dich richten", antwortete er. „Du hast heute alle Kandidatinnen getroffen. Gibt es welche, die du dir als Schwester vorstellen könntest, ohne das Gesicht zu verziehen?"

Ihr Gesichtsausdruck wurde weicher. „Ich würde jede akzeptieren, die du heiratest, vorausgesetzt, sie macht dich glücklich."

Baldwin legte den Kopf schief. Glück stand im Moment nicht auf seiner Liste. „Das zählt nicht als Antwort. Du hast immer eine Meinung."

„Ich kenne die meisten deiner Interessentinnen seit Jahren", sagte sie langsam. „Sie sind alle anständige Menschen. Keine von ihnen hat den… den Funken, den du meiner Ansicht nach suchst. Die einzige Fremde in unserer Mitte war dieses amerikanische Mädchen, Charity Shephard."

Baldwin schluckte schwer. Charlotte kam der Wahrheit sehr nahe. Zu nahe. „Sie ist zumindest interessant, würde ich sagen."

Charlottes Augenbrauen hoben sich. „So könnte man es auch ausdrücken. Sie ist anders, aber ich nehme an, das kommt daher, dass sie in einem ganz anderen Umfeld aufgewachsen ist als wir."

„Du magst sie nicht", sagte Baldwin schlicht, und am Gesichtsausdruck seiner Schwester konnte er erkennen, dass er die Wahrheit erraten hatte.

„Vielleicht wächst sie mir noch ans Herz", sagte sie achselzuckend. „Weißt du, wer mir heute gefallen hat?"

„Wer?", fragte er zurück.

„Ihre Cousine, Helena."

Baldwin atmete scharf aus. Ja, natürlich. Natürlich würde Charlotte Helena mögen. Denn das Universum war schonungslos und ungerecht. „Ja, sie ist sehr sympathisch", sagte er. „Du saßt mit ihr und ihrer Familie zusammen, nicht wahr?"

„Ja." Charlottes Lächeln wurde breiter. „Sie hat diesen kleinen Funken, der mich einfach anzieht. Sie wirkt wie jemand, der mir eine gute Freundin sein könnte. Die auch zu Emma, Meg und Adelaide passen würde."

Sie zählte die Ehefrauen seiner verheirateten Freunde auf, und Baldwin nickte zustimmend. Er konnte sich Helena gut in ihren Gruppe vorstellen. Emma und Adelaide würden sich von ihrer Liebenswürdigkeit angezogen fühlen, und Meg würde es lieben, dass sie die Art von Frau war, die sich nicht rechtfertigen musste, um Sterne zu zählen.

„Nun, sie ist die Gefährtin ihrer Cousine", sagte er, um sich selbst daran zu erinnern und seine Schwester in Kenntnis zu setzen. „Ich bezweifle, dass man sie als Anwärterin betrachten kann."

Charlotte runzelte die Stirn. „Ich habe noch nie erlebt, dass du so ein Snob bist, Baldwin. Ihre Familie in Boston scheint genauso angesehen zu sein wie die ihrer Cousine. Und wir haben es in unseren Kreisen noch nie so genau genommen."

Baldwin schüttelte resigniert den Kopf. Wieder einmal waren sie bei einem Thema angelangt, über das er nicht reden konnte… *wollte.* „Nun, ich bin sicher, dass sie einen Partner finden wird, wenn sie das möchte. Warum gehen wir nicht zu Mama und Ewan?"

Seine Schwester starrte ihn einen Moment lang argwöhnisch an, zuckte dann aber mit den Schultern. „Natürlich, wenn du möchtest. Ich denke, wir haben heute alle mehr als genug frische Luft bekommen."

Sie wandte sich der Terrasse zu, und Baldwin schritt neben ihr her. Doch selbst als er versuchte, sich zusammenzunehmen und die Themen, die seine Schwester angesprochen hatte, zu verdrängen, stellte er fest, dass er immer wieder an dunkelrotes Haar, leuchtend grüne Augen und ein Lächeln denken musste, das ihm die Last auf seinen Schultern vergessen ließ.

Ausschließlich Bilder von einer Frau, die er nicht umwerben konnte, so angenehm dieser Gedanke auch war.

KAPITEL 5

„Wir haben etwas zu besprechen."

Helena blickte von ihrem Teller auf und sah, wie ihr Onkel sie voller Groll anstarrte. Sie schluckte. „Wir? Meinst du dich und mich?"

„Wir alle", warf Charity ein.

Helena kämpfte gegen den Drang an, laut aufzuseufzen, und legte ihre Serviette neben ihrem unangetasteten Frühstücksteller ab. „Was ist?"

Sie kannte die Antwort bereits. Aber sie tat alles, um das Unvermeidliche hinauszuzögern.

„Charity hat mir erzählt, dass sie dich gestern mit dem Duke of Sheffield allein angetroffen hat, nachdem du dich von der Party weggeschlichen hast", sagte Onkel Peter und warf ihr einen durchdringenden Blick zu.

Helena schaute kurz zu Charity hinüber. *Natürlich* war sie gleich losgerannt, um sie bei ihrem Onkel zu verpetzen. Es lag in ihrer Natur, ermutigt von ihrem Vater und ihrer verstorbenen Mutter, jede augenscheinliche Ungerechtigkeit oder unbedeutende Kleinigkeit, die sie als gegen sich selbst gerichtet empfand, aufzuspüren und dann der gesamten Welt davon zu erzählen. Das war bei

Charity von Geburt an so gewesen, und sie ging davon aus, dass es bis zu ihrem Tod so bleiben würde.

„Ich habe mich nicht weggeschlichen", sagte Helena vorsichtig. „Ich brauchte nur einen Moment für mich. Es waren so viele Leute da, so viele Fremde."

Er schlug mit der flachen Hand auf den Tisch, um sie zu unterbrechen. „Wie kann ich mich dir gegenüber noch deutlicher ausdrücken, du Tölpel von einem Mädchen? Du bist hier, um deine Cousine zu unterstützen, und nicht, um auf dich aufmerksam zu machen oder zu versuchen, dir Ärger einzuhandeln, wie du es in Boston getan hast."

Charity blickte weg, als Tränen in Helenas Augen schossen, gefolgt von einem stechenden Schmerz, den sie sich nur selten zu fühlen erlaubte. „Das – das hat nichts gemein mit dem, was in Boston passiert ist", flüsterte sie und versuchte, die schrecklichen Bilder zu verdrängen. Schmerzhafte Bilder. Bilder, die ihr Leben verändert hatten, die ihr ganzes Wesen verändert hatten.

Er hob die Brauen. „Es ist genau das, was jetzt hier geschieht. Du wirst deine Pflicht tun, Mädchen. Und sei froh, dass wir dich in die Zukunft deiner Cousine miteinbezogen haben. Das ist ein viel besseres Ende für dich, als du es hättest erwarten können, oder etwa nicht?"

Helena schluckte leer. In Tat und Wahrheit hatte er nicht Unrecht. Ihr Leben mit Charity und Onkel Peter mochte schwierig sein, aber es war nichts im Vergleich zu dem, was ihre Familie ihr zu Hause angetan hatte.

„Ja", flüsterte sie. „Ich entschuldige mich, Onkel. Ich werde meinen Platz nicht wieder vergessen."

Er richtete sich mit einem zufriedenen Grunzen auf. „Deine Cousine und ich gehen aus", schnauzte er. „Wir werden den ganzen Tag weg sein, also schlage ich vor, du überlegst dir währenddessen deine nächsten Schritte sehr genau."

Helena nahm an, dass dies eine Strafe für sie sein sollte, aber ihr Herz schlug höher, während sie nach außen hin einen düsteren, niedergeschlagenen Ausdruck bewahrte. „Natürlich. Ich verstehe vollkommen."

„Gut." Er wandte sich an Charity. „Geh nach oben und zieh dein bestes Kleid an. Wir machen ein paar Besuche."

Charity seufzte und winkte Helena zu sich. „Dann komm schon."

Helena stand auf und folgte ihr aus dem Raum. Dabei hüpfte sie geradezu. Sie würde einen ganzen Tag für sich haben, um zu lesen und sich zu entspannen, um frei zu sein von den bedrückenden Fesseln, die ihr ihre Stellung auferlegt hatte. Und vielleicht hatte ihr Onkel sogar Recht. Ein Tag Auszeit würde sie wahrscheinlich in eine bessere Stimmung versetzen, um sich dann wieder ihren Pflichten zu widmen.

Schließlich hatte sie keine andere Wahl.

～

„Ich bitte um Verzeihung, Miss Monroe."

Helena blickte von ihrem Buch auf und lächelte den Butler ihres Onkels, Aniston, an. Er war ein sehr freundlicher Mann – sie hatte festgestellt, dass er sie immer mit der gleichen Rücksicht behandelte wie Charity, trotz ihrer unterschiedlichen Positionen.

„Was ist los?", fragte sie, legte ihr Buch beiseite und erhob sich.

„Ihr habt Gäste, Miss."

Sie wich zurück. „Gäste? Wer ist es?"

„Die Duchesses of Abernathe, Crestwood, Northfield und Donburrow", erklärte er, während er leicht mit den Händen vor sich rang.

Ihre Lippen öffneten sich vor Schreck. „Ich... oh! Das ist sehr überraschend. Ich habe niemanden erwartet, schon gar nicht jemanden von solchem Rang."

„Soll ich den Ladys sagen, dass Ihr nicht zu Hause seid?", fragte er.

Sie dachte einen Moment über die Frage nach. Es war eine Ausrede, um sich zu verstecken, um sich zu schützen. Aber dann dachte sie an die Duchess of Crestwood und an Baldwins Schwester, die Duchess of Dunborrow. Beide waren bei der Gartenparty am Vortag sehr freundlich und liebenswürdig gewesen. Sie würden Bescheid wissen, wenn Aniston zurückkam und sagte, dass sie nicht zu Hause war.

Sie wollte keine Gefühle verletzen und auch vermeiden, den Zorn ihres Onkels noch mehr auf sich zu ziehen, als sie es ohnehin schon getan hatte. Sie konnte sich seine Reaktion gut vorstellen, wenn sie vier Duchesses wegschickte.

„Natürlich bin ich zu Hause. Führ sie herein und lass Tee für uns servieren, falls sie länger bleiben."

Er nickte und kam innerhalb weniger Augenblicke mit den vier Ladys zurück. Helena konnte nicht anders, als bei ihrem Anblick zu staunen. Alle vier waren so schön, wenn auch auf sehr unterschiedliche Weise. Dunkel und hell, schüchtern und aufgeschlossen. Natürlich waren alle ihre Kleider perfekt, womit ihr eigenes, abgetragenes Kleid, das sie von Charity geerbt hatte und das sie ändern lassen musste, noch stärker in ihr Bewusstsein rückte.

„Guten Tag", begrüßte sie sie und zwang sich, mit einem zuvorkommenden Lächeln nach vorne zu treten. „Es tut mir leid, falls ich vergessen habe, dass Ihr Euch angemeldet hattet."

Die Duchess of Donburrow ergriff ihre Hände und drückte sie sanft. „Das habt Ihr nicht, liebe Helena. Wir waren zusammen einkaufen und sind vorbeigefahren. Es war sehr unhöflich, uneingeladen bei Euch hereinzuschneien, aber ich wollte Euch unbedingt sehen und Euch meinen Freundinnen vorstellen." Sie wies auf die anderen drei Frauen. „Ihr kennt Meg natürlich schon von der Party meines Bruders. Das ist Emma, die Duchess of Abernathe, und Adelaide, die Duchess of Northfield."

Helena schluckte. „Ich wünsche Euch allen einen guten Tag. Willkommen, obwohl ich fürchte, dass mein Onkel und meine Cousine im Moment nicht zu Hause sind, um Euch zu empfangen."

Zu ihrer Überraschung leuchteten die Augen der Duchess of

Crestwood auf. „Oh, wie schade", sagte sie, aber die Erleichterung in ihrer Stimme war nicht zu überhören.

Die Duchess of Abernathe warf ihr einen Seitenblick zu. „Eigentlich wussten wir das bereits. Wir waren in der Apotheke und hörten zufällig, wie ein Freund sagte, dass Euer Onkel mit Eurer Cousine unterwegs sei und Besuche mache. Wir sind gekommen, weil wir *Euch* sehen wollten."

„Mich?", keuchte Helena.

„Ja", sagte die Duchess of Northfield mit einem warmen Lächeln. „Meg und Charlotte haben in den höchsten Tönen von Euch gesprochen, und Emma und ich wollten Euch unverzüglich kennenlernen."

Eine angenehme Wärme durchströmte Helena, sowohl die stechende Art, die von Verlegenheit herrührte, als auch die aufregende Art, die von Freude kam. Sie hatte Baldwins Schwester und die Duchess of Crestwood sehr gemocht. Dass sie sie ebenfalls mochten, war in der Tat sehr schön.

„Ich… nun, kommt und setzt Euch, Euer Gnaden? Euer Gnaden, Euer…"

„Oh je!", unterbrach die Duchess of Crestwood sie. „Das wird nicht gehen. Wenn wir alle zusammen in einem Raum sind, ist es viel zu verwirrend, uns mit unserem Titel oder Euer Gnaden anzusprechen. Wir sind *Freundinnen*, oder wir werden es bald sein, darauf wette ich. Warum sprechen wir uns nicht mit unseren Vornamen an?"

Helena zögerte. Ihr Onkel hatte ihr und ihrer Cousine die Bedeutung des Ranges einer Person in England immer wieder eingebläut. Man hatte ihr beigebracht, dass Menschen mit Adelstiteln immer gerne mit ihnen angesprochen wurden und dass es als unverschämt galt, etwas anderes zu tun, aber diese Grundannahme war erst von Baldwin und jetzt von diesen Ladys widerlegt worden. „Ich weiß nicht…"

„Das tun *wir!*", sagte Adelaide lachend. „Wir sind Emma, Meg, Adelaide und Charlotte, und *du* bist Helena, und damit hat sich's!"

Helena lachte zusammen mit den anderen Frauen. Es war unmöglich, es nicht zu tun. Schließlich nickte sie. „Das macht es einfacher, nehme ich an. Bitte setzt euch. Aniston bringt uns gleich den Tee."

„Ausgezeichnet", sagte Charlotte und setzte sich auf einen der Stühle.

Die anderen nahmen ebenfalls ihren Platz ein, Helena in der Mitte des Sofas, flankiert von Adelaide und Emma. Emma hob das Buch an, das zwischen die Kissen gerutscht war, als Helena vom Butler unterbrochen worden war, und lächelte.

„Oh, das ist eins meiner Lieblingsbücher", sagte sie und blätterte vorsichtig durch die Seiten. „Bei welchem Teil der Geschichte bist du?"

Helena wurde rot. „Nur so weit, dass sie aus dem Fenster klettert."

Emma nickte mit Begeisterung. „Magst du lieber Lord Evans oder Lord Winter?"

„Lord Winter, natürlich. Er ist ziemlich diabolisch."

„Eine Frau nach unserem Geschmack", lachte Adelaide. „Ich denke, wir *alle* sind der Beweis dafür, dass diabolische Männer am besten sind."

Charlotte verschränkte die Arme in gespielter Verärgerung. „Mein Ewan ist nur dann diabolisch, wenn es sich ziemt."

„Ich glaube, dein Ewan ist ein maskierter Teufel", stichelte Meg.

Helena beobachtete das Ganze mit freudigem Erstaunen. Sie hatte erwartet, dass Ladys von solchem Rang spießig sein würden. Diese Frauen waren alles andere als das. Sie lachten und scherzten, und sie fühlte sich nie ausgeschlossen, obwohl es offensichtlich war, dass die vier gut miteinander befreundet waren. Es war das erste Mal, dass sie sich richtig wohlfühlte seit… nun, seit sehr langer Zeit.

„Aber wir sind nicht hier, um über diabolische Ehemänner zu sprechen", sagte Emma und errötete, was ihr gut stand. „Das ist *kein* angemessenes Thema, auch wenn es noch so erfreulich ist. Wir sind hergekommen, um dich kennenzulernen, Helena."

In diesem Moment kam das Dienstmädchen herein, und Helena stand auf, um die Anrichte freizuräumen. Als das Dienstmädchen gegangen war, begann sie, den Tee einzuschenken. Sie war überrascht, als Charlotte ihr zu Hilfe eilte um den Tee nach dem Geschmack ihrer Freundinnen zu versüßen und die Tassen entsprechend zu verteilen.

„Du bist nicht verpflichtet, unsere dreisten Fragen zu beantworten", beruhigte Charlotte sie, als sie endlich zur Gruppe zurückkehrten.

Helena wand sich unbehaglich unter ihrem Blick. „Ich bin mir nicht sicher, ob du überhaupt schon etwas gefragt hast. Was wollt ihr wissen?"

„Boston ist weit weg von hier", sagte Emma. „Vermisst du dein Zuhause?"

Helena stieß einen Seufzer aus. „Um ehrlich zu sein, nicht wirklich. Ich war dort in letzter Zeit nicht sehr glücklich. Ich sehe dies als ein Abenteuer."

Adelaide lächelte. „Diese Einstellung gefällt mir. Da dein Name anders ist, nehme ich an, dass dein Onkel…"

„Mütterlicherseits", sagte Helena mit einem Nicken. „Er ist der ältere Bruder meiner Mutter. Er, äh, na ja, er hat mich aufgenommen."

Das entsprach zwar nicht ganz der Wahrheit, war aber weit weniger demütigend, als zuzugeben, was wirklich passiert war. Sie sah, wie Adelaide und Emma einen kurzen Blick austauschten, und wurde rot.

„Er hat dich zu uns gebracht", sagte Meg. „Und dafür sind wir dankbar. Offensichtlich teilen du und Emma die Liebe zu Büchern. Hast du noch andere Freizeitbeschäftigungen?"

„Ich spiele ein wenig Klavier. *Sehr* wenig und auch ziemlich schlecht."

Emma hob lachend eine Hand. „Dann könnten wir zusammen die Anwesenden auf einem Ball quälen, denke ich!"

Helena schüttelte ungläubig den Kopf. Es war schwer, die

Duchess of Abernathe mit ihrem süßen Gesichtsausdruck und ihrem perfekten Haar und ihrer Kleidung, mit ihrer subtilen Kultiviertheit, die von ihr auszugehen schien, anzusehen und sich vorzustellen, dass die Lady nicht in jeder Hinsicht vollendet war.

„Es ist wahr", sagte Meg mit einem schelmischen Augenzwinkern in Emmas Richtung. „Einmal hat Emma versucht, einige *irische Melodien* zu spielen und..." Sie brach in Kichern aus, ebenso wie die anderen Frauen im Salon.

Emma hob ihr Kinn, aber obwohl sie so tat, als sei sie beleidigt, konnte man an ihrem funkelnden Blick erkennen, dass sie das Ganze genauso lustig fand wie ihre Freundinnen. „Sogar eine Katze fing an zu heulen. Ich schäme mich nicht dafür. Ich fand, wir führten ein bezauberndes Duett auf."

Helena hob eine Hand, um ihr eigenes Kichern zu verbergen. „Das ist mir auch passiert. Nur waren es die Hunde meines Onkels, die mich begleiteten. Bis..." Sie brach ab, als die anfangs amüsante Erinnerung traurig wurde. Onkel Peter war sehr wütend gewesen.

Adelaide warf ihr einen durchdringenden Blick zu und lächelte dann fast mitfühlend. Schnell wechselte sie das Thema, und im Laufe der nächsten Stunde war Helena von ihren vier neuen Freundinnen hingerissen. Die Frauen waren nett und einnehmend, lustig und freundlich. Emma erzählte von ihrem entzückenden Baby Beatrice, die alle Bibi nannten, und Helena ertappte Meg dabei, wie sie ihren Bauch berührte, wann immer das Thema aufkam. Es war alles so angenehm, und Helena wünschte, es würde nie enden.

Aber schließlich stand Charlotte auf und rief: „Ach du meine Güte, wir haben deine Zeit mehr als nötig in Anspruch genommen."

Helena folgte ihrem Beispiel und erwiderte aufrichtig: „Ich versichere dir, es hat mich nicht gestört. Ich habe unsere Zeit sehr genossen."

Charlotte warf den anderen einen Blick zu und sagte: „Gut. Dann hoffe ich, dass du in drei Tagen zum Abendessen zu mir nach Hause kommst."

Helena starrte sie an, überrascht von der Einladung. Und sie wusste, dass sie sie auf keinen Fall annehmen konnte, selbst wenn sie es wollte. Sie durfte nicht so tun – vor allem nicht heute – als gehöre sie in die Welt dieser Frauen. Ihr Onkel würde sie niemals auch nur ein winziges Plätzchendarin einnehmen lassen.

„Ich…", begann sie und verstummte gleich wieder, während sie unbehaglich nach einer Möglichkeit suchte, höflich abzulehnen, ohne jemanden zu beleidigen, den sie wirklich mochte.

Megs Gesichtsausdruck wurde weicher, und sie trat vor, um Helenas Hand zu nehmen. „Meine Liebe, es ist offensichtlich, dass du dich unwohl fühlst, und Charlotte würde dich niemals dazu zwingen. Sag einfach, was du sagen musst, und mach dir keine Gedanken über mögliche Folgen, denn es wird keine geben."

Helena blickte zu Charlotte hinüber und stellte fest, dass sie nickte. Sie holte tief Luft und sagte: „Ich würde mich euch natürlich gerne anschließen. Mehr als alles andere nach dem heutigen Tag. Aber ich könnte nicht… ich könnte nicht ohne meine… ohne…"

Emma nickte. „Ich verstehe. Du könntest es nicht ohne deine Familie tun."

Charlotte runzelte die Stirn. „Es gibt eine einfache Lösung für dieses Problem. Ich werde euch alle einladen, auch deinen Onkel und deine Cousine. Sie brauchen nicht zu wissen, dass es wirklich *du* bist, mit der wir unsere Zeit verbringen wollen."

Helena starrte sie fassungslos an. „Ich weiß nicht, womit ich deine Freundlichkeit verdient habe, aber ich weiß es sehr zu schätzen. Ich kann nicht für meinen Onkel sprechen, aber ich bezweifle, dass er es wagen würde, eine Einladung von einer so wichtigen Gruppe von Ladys abzulehnen."

Charlotte lächelte. „Dann bin ich gerne bereit, Ewans Titel ins Spiel zu bringen. Ich werde eine formelle Einladung schicken, sobald ich zu Hause bin. Tu dein Bestes, um verblüfft und ehrfürchtig zu erscheinen."

Helena lachte. „Ich werde üben."

Sie gingen ins Foyer, wo Aniston mit den Hüten und Handschuhen der Ladys auf sie wartete. Als die Duchesses sich versammelt hatten, warf Charlotte Helena noch einen vielsagenden Blick zu. „Vielleicht interessiert es dich auch zu wissen, dass mein Bruder bei meiner kleinen Zusammenkunft anwesend sein wird."

Helena kämpfte mit aller Kraft, ihren Gesichtsausdruck angesichts der kleinen Explosion, die gerade mitten im Foyer in ihrem Kopf stattgefunden hatte, ruhig zu halten. Sie hatte keine Ahnung, warum Charlotte auf die Idee gekommen war, Baldwin ihr gegenüber zu erwähnen. Alles, was Helena wusste, war, dass die Nähe des Dukes sie… nervös machte, oder besser aufgeregt.

„Ich bin sicher, dass sich mein Onkel darüber auch sehr freuen wird", brachte sie hervor. „Nochmals vielen Dank für euren Besuch."

Eine Kutsche hielt vor dem Haus, die Ladys verabschiedeten sich und stiegen ein. Helena trat auf die Treppe, um ihnen zuzuwinken, doch bei dieser Handbewegung merkte sie, dass ihre Hand zitterte.

Sie freute sich auf das Wiedersehen mit Baldwin noch mehr als auf die Zeit mit ihren neuen Freundinnen.

KAPITEL 6

Baldwin fuhr mit der Spitze seines Füllfederhalters noch einmal über die Zahlenreihe und rechnete im Kopf nach. Er runzelte die Stirn und ging die Zahlen noch einmaldurch. Es war sinnlos. Er konnte so oft addieren, wie er wollte, das Problem blieb dasselbe.

Sie waren am Verbluten, und die drei in Kürze fälligen Schuldenzahlungen schwebten wie ein Damoklesschwert über seinem Kopf. Er tauchte seine Feder in Tinte und kritzelte eine Zahl in das unterste Feld, dann schob er den ganzen Stapel von Papieren und Schreibgeräten mit einem leisen Fluch beiseite.

„Das ist ein schlechter Anfang", sagte Charlotte, als sie mit einem Lächeln auf dem Gesicht in sein Arbeitszimmer trat. Ein Lächeln, das schnell verblasste, als sie seinen Gesichtsausdruck sah. „Ist dies kein guter Zeitpunkt?"

Baldwin sprang auf und kam um den Schreibtisch herum. „Charlotte, ich hatte keine Ahnung, dass du mich besuchen würdest. Ich entschuldige mich für mein schlechtes Benehmen."

Sie schüttelte den Kopf und strich ihm über die Wange. „Ich habe darauf bestanden, selbst zu dir zu kommen und nicht angekündigt zu werden. Gibt es etwas, was ich für dich tun kann?"

Sie nickte zu seinem Schreibtisch, und er warf einen Blick über seine Schulter und schüttelte dann den Kopf. „Nein, nein. Ich bin nur verärgert über einige…“ Er suchte nach einer Lüge. „Einige Angaben von den Pächtern in Sheffield. Nichts, worüber du dir Sorgen machen müsstest.“

Sie legte die Stirn in Falten, als würde sie ihm nicht ganz glauben, woraufhin er ihren Arm ergriff und sie zum Kamin führte. Er ließ sich auf dem Sofa nieder und gab ihr ein Zeichen, sich ebenfalls zu setzen. „Setz dich zu mir. Möchtest du einen Sherry?“

„Um elf Uhr morgens?“, fragte sie.

Er blinzelte. Er hatte ganz vergessen, wie spät es war. „Ah, ich bitte um Entschuldigung. Nein, natürlich nicht. Aber es muss einen Grund für deinen Besuch geben.“

„Natürlich“, sagte sie, und ihr Gesichtsausdruck hellte sich auf. Er war froh darüber. Charlotte war seit ihrer Heirat so glücklich, dass er ihre Stimmung nicht mit seinen Problemen trüben wollte. Oder damit, dass sie herausfand, was er getan hatte, um sie zu noch größer zu machen.

„Und was ist nun der Grund?“, fragte er.

„Ewan und ich veranstalten morgen einen kleinen Empfang. Abendessen und vielleicht ein paar Gesellschaftsspiele. Wir möchten, dass du uns Gesellschaft leistest.“

Baldwin lehnte sich zurück. „*Ewan* wünscht eine solche Versammlung?“

„Er war natürlich schon immer sehr zurückhaltend, aber seit unserer Heirat versucht er wirklich, aus sich herauszugehen.“ Sie lächelte breit. „All sein Gerede darüber, dass er in das eintritt, was er als ‘meine’ Welt betrachtet, und sich nicht mehr wegen seiner Stummheit versteckt, ist… nun ja, es ist wahr.“

Baldwin beobachtete sie, als sie sprach, und sah ihre Freude über Ewans Wandel. Und sein Lächeln war sehr aufrichtig, als er sagte: „Du gibst ihm die Kraft dazu, glaube ich.“

„Ich hoffe es“, seufzte sie. „Er gibt mir im Gegenzug dasselbe. Ich würde zwar nicht sagen, dass er von einem Empfang *begeistert* ist, aber er hat den Vorschlag gemacht."

Ihr Bruder zog die Brauen hoch. „Das ist wunderbar."

Sie nickte. „Ich muss ihn ermutigen. Ehrlich gesagt, werden sich hauptsächlich unsere Freunde treffen."

Die Art und Weise, wie sie den letzten Satz sagte, veranlasste Baldwin dazu, sie eingehender zu betrachten. Er kannte seine Schwester in- und auswendig, und er wusste, wann sie ein doppeltes Spiel trieb. In diesem Moment saß ihm die verschwörerische Charlotte gegenüber und versuchte, lieblich und unschuldig wie ein neugeborenes Lamm zu wirken.

„Hauptsächlich?", wiederholte er in einem misstrauischen Ton.

Sie zuckte mit den Schultern. „Ja. Mama wird dort sein. James und Emma, Simon und Meg, Graham und Adelaide. Matthew wird auch kommen. Ich versuche, auch Hugh zu überreden. Hast du in letzter Zeit mit ihm gesprochen? Ich sah ihn in Mattigans Buchladen und er..."

„Charlotte!", unterbrach Baldwin. „Was bedeutet *hauptsächlich?*"

Sie schürzte ihre Lippen. „Du brauchst dich nicht so aufzuregen. Abgesehen von unseren Freunden haben wir auch... die... Amerikaner eingeladen."

Baldwin erstarrte. „Die Amerikaner", wiederholte er langsam. „Du meinst Mr. Shephard und seine Tochter. Wie ist ihr Name? Cora? Cassandra?"

„Charity. Und sie bringen Charitys Cousine Helena Monroe mit", fügte Charlotte leichthin hinzu, aber es war nicht zu übersehen, dass sie ihn genau beobachtete, als sie Helenas Namen nannte.

Es war beinahe unmöglich für ihn, nicht darauf zu reagieren. *Helena.* Er hatte seit Tagen an sie gedacht, seit seiner Gartenparty. Seit sie ihn in seinem Arbeitszimmer gefunden hatte und ihn dazu gebracht hatte, unglaublich skandalöse Dinge mit ihr tun zu wollen.

„In Wahrheit", fuhr seine Schwester fort, „wollten wir nur Helena einladen, aber Charity und ihr Vater müssen einbezogen werden. Demnach werden wir also wohl ein gewisses Opfer bringen müssen."

Baldwin starrte sie an. „Du wolltest nur Helena einladen?"

„Warum denn nicht?", erwiderte sie mit einem leichten Lachen. „Sie ist entzückend, Baldwin – hattest du schon Gelegenheit, mit ihr zu sprechen?"

„Sehr wenig", sagte er, während er sich erhob und sich vom Sofa entfernte. „Wann hattest *du* denn die Gelegenheit?"

„Wir haben vor ein paar Tagen auf deiner Party zusammengesessen. Dann waren alle Duchesses auf einem Ausflug, und wir schauten kurz bei ihr vorbei, um *Hallo* zu sagen. Wir hatten eine wunderbare Zeit mit ihr, tranken Tee und führten ein nettes Gespräch."

Baldwin schüttelte langsam den Kopf. Natürlich hatte er nichts gegen die Idee, dass Helena sich mit seiner Schwester und den Frauen seiner Freunde anfreundete. Nur war er sich der Hintergedanken sehr wohl bewusst, die seine Schwester dabei zu haben imstande war. Vor allem, da sie keine Ahnung von der misslichen Lage hatte, in der er sich befand. „Charlotte, warum beschäftigt dich diese Sache so sehr?"

Sie lehnte sich mit einer gespielt beleidigten Miene zurück. „Beschäftigen? Was meinst du damit, Baldwin?"

„Was ich meine?", wiederholte er mit angespannter Stimme. „Du mischst dich ein. Du hast mir dieses Mädchen mehr als einmal aufgedrängt."

Jetzt sah Charlotte *tatsächlich* beleidigt aus. „Aufgedrängt? Mir scheint, du hast dich ihr selbst aufgedrängt."

Er verschränkte die Arme und versuchte, nicht an sein Angebot zu denken, die Tür zum Arbeitszimmer zu schließen, damit er und Helena allein sein konnten. Damit hatte er sich ihr zweifellos aufzudrängen versucht, das ließ sich nicht leugnen. Zumindest konnte er sich das selbst eingestehen.

„Das ist reine Wortklauberei", schnauzte er.

„Nein, ist es nicht", sagte sie mit einem Lachen, das sich über seine schlechte Laune hinwegsetzte. „*Magst* du sie?"

Baldwin zögerte so lange, dass er darauf wetten konnte, dass sie seine Antwort bereits kannte. Sie hatte ihn schon immer so gut deuten können. „Ich habe kaum mit ihr gesprochen", wiederholte er mit Erschöpfung in seiner Stimme und in seinem Körper. „Einmal auf dem Rockford-Ball, zweimal auf der Gartenparty. Weder mag ich sie, noch mag ich sie nicht. Ich kenne sie nicht."

Aber er wollte es. *Unbedingt.*

Charlottes Gesichtsausdruck wurde besorgt, und sie ging auf ihn zu. Sie griff nach seinen Händen und hielt sie sanft in den ihren, während sie in sein Gesicht blickte. „Du bist so aufgewühlt, Baldwin. Bitte, bitte sprich mit mir."

Er schüttelte den Kopf und wandte den Blick von ihr ab. „Es ist... kompliziert."

„Vater starb vor fünf Jahren", sagte sie leise. „Seitdem ist es für dich kompliziert geworden. Ich habe gesehen, wie du dich verändert hast, Baldwin. Ich habe beobachtet, wie du immer ernster wurdest, immer besorgter. Ich bin nicht so dumm, dass ich den Zusammenhang zwischen seinem Tod und deinem langsamen Versinken in Sorgen und Reue nicht erkenne."

Er holte tief Luft. „Ich würde nie sagen, dass du dumm bist, meine Liebe. Deine scharfe Zunge und deine Schlagfertigkeit sind Beweis genug, wenn sie sich gegen mich richten. Aber du weißt nicht..."

Ihr Gesicht verzog sich ein wenig. „Weil du es mir nicht sagen willst. Und auch sonst niemandem."

Er spürte, wie sie versuchte, ihren Verdruss zu zügeln und sich zu bemühen, sich in seine Lage zu versetzen. *In der Absicht, das Ganze aufzudecken.*

Er hasste sich selbst dafür, dass er dieses Gefühl in ihr ausgelöst hatte, aber die andere Möglichkeit würde sie bis in ihre Seele hinein zermalmen. Er würde sie dazu bringen, an allem zu zweifeln, was sie bisher über ihren Vater, über ihn, gewusst hatte.

„Ich liebe dich", sagte er stattdessen und beugte sich vor, um sie auf die Stirn zu küssen.

Sie kämpfte sichtlich darum, beim Thema zu bleiben, aber schließlich seufzte sie. „Das weiß ich. Und ich hoffe, dir ist bewusst, dass meine Einmischung auch aus Liebe geschieht."

„Das ist es", sagte er und meinte es ernst. „Ich werde morgen kommen, aber ich lege dir nahe, dich von allen Vorstellungen, die du von mir und Miss Monroe haben könntest, zu lösen. Sie ist zwar sehr charmant, wie du bereits selbst sagtest, aber es gibt keine gemeinsame Zukunft mit ihr. Ich habe andere Verpflichtungen, die ich erfüllen muss."

Ein Anflug von Enttäuschung überzog ihr Gesicht, aber sie wischte ihn weg. „Ganz wie du meinst, Baldwin. Du bist gewiss in der Lage, deine eigenen Entscheidungen zu treffen. Wir freuen uns darauf, dich morgen zu sehen. Ich muss jetzt gehen – ich muss noch kurz bei Mama vorbeischauen, und dann erwartet mich Ewan."

Baldwin konnte einen Seufzer der Erleichterung darüber, dass sie sich bald verabschieden würde, kaum unterdrücken. Er sah sie gerne, aber sie legte, ohne es zu wollen, die Probleme in seinem Leben offen. Er folgte ihr ins Foyer, wo er sie auf die Wange küsste. Doch als sie sich zum Gehen wandte, fragte er versöhnlich: „Soll ich mit Brighthollow sprechen?"

„Wenn du glaubst, dass Hugh auf dich hört und er unsere Einladung annehmen wird, gerne. Schick mir aber eine Nachricht mit seiner Antwort, damit ich entsprechend planen kann."

Er nickte und sie drückte noch einmal seine Hand, bevor sie zu ihrer Kutsche eilte und ihn in einer Wolke aus süßem Parfüm und abgrundtiefen Sorgen zurückließ. Sorgen über die Zukunft. Über die Vergangenheit. Und über eine Frau, die er nicht haben konnte.

Hugh Margolis, der Duke of Brighthollow, blickte von dem Brief auf seinem Schreibtisch auf und lächelte, als Baldwin an seinem Butler vorbei den Raum betrat. Baldwin erwiderte seinen Blick, während er das Gesicht seines alten Freundes musterte.

Brighthollow war schon immer ein strenger Mann gewesen. Er hatte eine Härte an sich, eine Schärfe, die keiner seiner anderen Freunde hatte. Natürlich war das unvermeidlich. Er war am längsten Duke, denn er hatte den Titel bereits mit siebzehn Jahren geerbt, nachdem sein Vater und seine Mutter bei einem schrecklichen Unfall ums Leben gekommen waren. Ihm wurde damit außerdem seine zwölf Jahre jüngere Schwester anvertraut, und er hatte sie allein großziehen müssen.

Brighthollow war sehr schnell erwachsen geworden.

„Du siehst verdammt gut aus", sagte Hugh lachend.

Baldwin schaute ihn zweifelnd an. „Ich danke dir. Ich schätze deine freundliche Fürsorge, du Flegel."

„Komm herein, setz dich, trink etwas mit mir. Ich habe mich sehr über deinen Brief gefreut und noch mehr über *deinen* Besuch." Während er sprach, ging Hugh zur Bar und schüttete Scotch in ein Glas, das er Baldwin reichte.

„Mir geht es ebenso", sagte Baldwin, als sie ihre Gläser hoben. „Es gibt immer weniger Junggesellen in unseren Reihen – wir müssen zusammenhalten."

Er hatte die Bemerkung als Scherz gemeint, aber Hughs Gesichtsausdruck verfinsterte sich, und er nahm einen tiefen Schluck von seinem bernsteinfarbenen Getränk, bevor er sagte: „Ah ja, unsere Freunde, die dank der wahren Liebe aufblühen." Er rollte mit den Augen.

Die harschen Worte veranlassten Baldwin, sein Gesicht genauer zu betrachten. In seinen Augen lag mehr als Hughs übliche Ernsthaftigkeit. Da war... Zorn. *Finsternis.*

„Was hast du gegen die wahre Liebe?", fragte Baldwin und wählte jedes Wort sorgfältig.

Hugh zuckte mit den Schultern. „Ich bin sicher, einige finden sie sogar, und an der Wahl der Frauen unserer Freunde ist bisher nichts auszusetzen, aber…"

Er brach ab, und Baldwin beugte sich vor. „Aber…?"

„Nicht jeder ist das, was er zu sein scheint", schloss Hugh. „Ich bezweifle, dass etwas so Leichtfertiges wie die wahre Liebe Bestand haben kann."

Baldwin wurde nachdenklich. „Ich kann nicht bestreiten, dass manche Menschen nicht das sind, was sie zu sein vorgeben." Dann drehte er sich um. „Charlotte sagte, sie hätte dich im Mattigans gesehen."

Hugh hob den Kopf und blickte über den Glasrand. „Ja, ich habe sie gestern gesehen, glaube ich. Hat sie es dir gegenüber erwähnt?"

„Ja, und dass sie versucht hat, dich zu ihrem morgigen Abendessen mit unserer Runde und einigen auswärtigen Freunden zu überreden."

„Ich fürchte, meine Laune ist nicht besonders gut, wenn ich unter Menschen bin."

Baldwin gluckste. „*Das* hat sie auch schon erwähnt."

Hugh richtete sich auf. „Wenn ich sie beleidigt habe…"

„Das hast du nicht", sagte Baldwin gelassen. „Ich glaube, du hast sie beunruhigt, und während ich hier mit dir sitze, muss ich zugeben, dass du mich auch ein wenig aus der Ruhe bringst."

Hugh warf ihm einen argwöhnischen Blick zu. „Das ist also kein Freundschaftsbesuch, sondern ein Angelausflug."

„Es ist kein Angelausflug, wenn du mich nicht zum Angeln zwingst", erwiderte Baldwin und stand auf. „Willst du darüber reden, was dich bedrückt?"

Hugh wischte sich mit der Hand über das Gesicht, und Baldwin sah, wie sich seine Wut in Sorge, ja sogar in Angst verwandelte. „Nur ein paar… ein paar Probleme mit Lizzie."

Baldwin legte seine Stirn in Falten. Lizzie war erst sechzehn, noch nicht einmal erwachsen. Sie und Hugh hatten sich immer gut verstanden, das Mädchen sah in ihm eher einen Vater als einen

Bruder. Im Grunde genommen war er das ja auch. Sie war noch so jung gewesen, als sie ihre Eltern verlor.

„Kann ich irgendetwas tun?"

„Nein", sagte Hugh, und sein Tonfall wurde wieder finster. „Ich habe es geregelt, so gut ich konnte. Sie ist jetzt sicher zurück in Brighthollow."

Baldwin legte den Kopf schief. „Sicher?"

„Was ist denn mit dir?", sagte Hugh und überhörte Baldwins Frage. „Du bläst schon seit geraumer Zeit Trübsal. Möchtest du, dass *ich dich* über die Einzelheiten deiner Probleme ausfrage?"

Baldwin runzelte die Stirn. „Nein", gab er schließlich zu.

„Ich bin sicher, die anderen drängen dich ebenfalls. Das ist schließlich ihre Aufgabe, und sie meinen es ja gut. Aber ich weiß besser als andere, dass manche Geheimnisse nicht besprochen oder preisgegeben werden sollten. Ich würde es nicht wagen, dich damit zu belästigen. Wenn du es für angebracht hältst, über das, was dich bedrückt, offen zu sprechen, wirst du es tun. Ich bitte dich nur um dieselbe Höflichkeit. So können wir wenigstens *miteinander* unbesorgt umgehen."

Baldwin nickte. Der Gedanke, sich nicht mehr verstecken oder verstellen zu müssen, um neugierigen Fragen aus dem Weg zu gehen, war in verschiedener Hinsicht sicherlich verlockend. Aber Hughs Kälte störte ihn.

Dennoch hob er friedfertig beide Hände in die Höhe. „Wenn du nicht darüber sprechen willst, werden wir das Thema fallen lassen. Aber was soll ich Charlotte wegen ihrer Party sagen?"

Hugh senkte den Kopf. „Ich habe deine Schwester natürlich immer bewundert. Und ich schätze Ewan sehr, es ist schließlich unmöglich, ihn nicht zu verehren. Aber ich… ich kann im Moment nicht unter Menschen sein. Schau mich an. Du siehst, wie ich im Moment bin. Gib mir ein paar Wochen Zeit, und ich verspreche dir, dass ich dann wieder in der Lage sein werde, Freunde zu treffen."

Baldwin nickte. „Nun gut. Ich werde mir eine Ausrede einfallen lassen, die sie nicht anfechten kann."

Erleichterung machte sich in Hughs Gesicht breit, und er lächelte wieder. „Gut. Sehr gut. Wie wäre es, wenn wir jetzt eine Partie Billard spielen?"

Baldwin grinste und folgte seinem Freund aus dem Arbeitszimmer. Aber selbst als sich ihr Gespräch auf harmlosere und leichtere Themen verlagerte, konnte er nicht umhin, eine gewisse Unruhe zu verspüren. Und zwar Hugh gegenüber, denn es war klar, dass ihm etwas Schreckliches durch den Kopf ging.

Aber auch sich selbst gegenüber. Denn er fürchtete, in Hughs Finsternis seine eigene Zukunft zu sehen. Eine Zukunft, in der seine Geheimnisse an seinem Herzen nagten und ihn schließlich zu jemandem machten, der er nicht sein wollte.

KAPITEL 7

Helena zog das fein genähte Kleid über Charitys schlanke Schultern und machte sich daran, die lange Perlenreihe auf ihrem Rücken zuzuknöpfen. Das hätte natürlich auch die Zofe ihrer Cousine tun können, aber Charity hatte sie rufen lassen.

Helena hatte keinen Grund gefunden abzulehnen. Also schluckte sie ihre Demütigung über die Art und Weise, wie Charitys Zofe sie angestarrt hatte, herunter und tat ihr Bestes, um ihrer Rolle als Dienerin gerecht zu werden.

Nicht, dass Charity das zu bemerken schien. Seit Helena vor einer Viertelstunde den Raum betreten hatte, plapperte sie ununterbrochen.

„Aber Papa ist auf einen Duke aus", fuhr sie fort, und zum ersten Mal hob Helena den Blick und achtete auf Charitys Worte.

„Es ist der höchste Adelstitel, bevor man zu den Prinzen kommt", sagte Helena und hoffte, dass ihre Stimme leicht und unbeteiligt klang. Dabei war sie alles andere als unbeteiligt. Dukes waren für sie von besonderem Interesse. Nun, zumindest ein bestimmter Duke. Einer, der heute Abend anwesend sein würde.

„Na ja, er hat sich auch nach Prinzen umgesehen", sagte Charity mit einem Achselzucken, das Helena die Knöpfe aus den Fingern riss. „Da sind die Aussichten nicht gut."

„Hmmm, also doch ein Duke", murmelte Helena, während sie sich wieder ihrer Arbeit widmete.

„Heute Abend werden viele Dukes anwesend sein. Obwohl viele von ihnen bereits verheiratet sind, was ich für eine Verschwendung halte. Wusstest du, dass sie eine Art *Club* gegründet haben?"

Helena schluckte. „Haben sie das? Woher weißt du das?"

„Als wir neulich Besuche abstatteten, um unsere Aufwartung zu machen, war ich sehr enttäuscht. Ich habe mich fast zu Tode gelangweilt – die Engländer sind so spießig. Aber für dich war es bestimmt schlimmer, Helena. Hier bleiben und *lesen* zu müssen?"

Helena unterdrückte ein Lächeln. Nicht nur brachte ihre Cousine keinerlei Verständnis dafür auf, dass sie gerne las, sie hatte auch den Besuch, den sie von den Duchesses, wie sie sie jetzt nannte, mit keinem Wort erwähnt. Auch keiner der Bediensteten hatte etwas verlauten lassen, und so war ihr Nachmittag mit Emma, Meg, Adelaide und Charlotte ihr süßestes Geheimnis geblieben.

„Ich bin fertig", sagte sie, nachdem sie den letzten Knopf zugeknöpft hatte, und ging um ihre Cousine herum, um sie zu betrachten. An ihrer Kleidung konnte niemand etwas aussetzen, ganz bestimmt nicht. Dafür sorgte Onkel Peter, denn er hatte ihr eine lächerlich hohe Summe für Kleider zur Verfügung gestellt.

Helena konnte nicht umhin, einen Blick auf ihr eigenes Kleid zu werfen. Es war ganz brauchbar, wie geschaffen für eine Party wie die heutige. Aber in diesem schlichten dunkelgrünen Kleid ohne Schnörkel würde sie nicht auffallen. Nicht, dass sie das in Betracht zog. Sie war schließlich nicht dazu bestimmt, die Aufmerksamkeit eines Dukes zu erregen.

„Du siehst wunderschön aus. Soll ich Perdy rufen, damit sie dir die Haare macht?"

Charity zog eine Braue hoch. „Ich will mit *dir* reden. Mach du das."

Helena starrte sie einen Moment lang an. Sie konnte nicht sagen, ob Charity aus Machtgier so handelte oder ob sie wirklich so egoistisch war, dass sie die Lage, in die sie Helena brachte, gar nicht wahrnahm. Natürlich spielte der Grund für ihre Forderung kaum eine Rolle. Helena musste ihr so oder so gehorchen.

„Na gut. Ich bezweifle aber, dass ich so gut sein werde wie deine Zofe", sagte sie und konnte kaum einen Seufzer unterdrücken, als sie ein paar Nadeln zwischen ihre Lippen schob und Charitys Bürste und Kamm vom Frisiertisch nahm.

„Aber es sind nicht nur die Dukes", sagte Charity, die fast an der gleichen Stelle weitermachte, an der sie einen Moment zuvor aufgehört hatte. „Vater lässt auch die anderen nicht aus den Augen, egal, was er sagt. Er zwang mich vor zwei Tagen, den Earl of Grifford aufzusuchen, habe ich dir das erzählt?"

Helena schüttelte den Kopf und murmelte um die Stecknadeln herum: „Nein, ich glaube nicht, dass dieser Name gefallen ist."

„Oh, Helena", sagte Charity seufzend. „Er ist… *alt.*"

Helena wirbelte ein paar Haarsträhnen auf und steckte sie mit einer Nadel fest. „Wie alt?"

„Zwanzig Jahre älter als ich", antwortete Charity. Sie verzog das Gesicht. „Ich meine, er hat einen Titel. Und ich gebe zu, er ist nicht ganz so schrecklich. Er ist sogar ziemlich schneidig für einen Mann in seinem Alter. Aber trotzdem."

Nicht zum ersten Mal empfand Helena einen Anflug von Mitleid für ihre Cousine. Charity hatte, was ihre Zukunft betraf, fast so wenig Wahlmöglichkeiten wie Helena. Und obwohl Charity oberflächlich und gelegentlich sogar unfreundlich sein mochte, war sie im Grunde genommen kein schlechter Mensch. Sie war einfach zu sehr verwöhnt worden – Helena hatte das jahrelang beobachtet. Und für eine Person, die daran gewöhnt war, alles zu bekommen, was sie wollte, muss es ein ziemlicher Schrecken gewesen sein, plötzlich Gegenstand eines Tauschhandels zu werden.

„Nun, es klingt so, als hätte Onkel Peter tatsächlich nur Dukes im Sinn, also zieht er Lord Grifford vielleicht nur als Ersatzmann in Erwägung."

„Ja, das denke ich auch." Charitys Unterlippe formte einen Moment lang einen Schmollmund, bevor sie sich aufrichtete. „Es wird heute Abend ein paar geeignete Männer geben. Die Dukes of Sheffield und Tyndale, sagt er. Ich habe Tyndale noch nicht kennengelernt, aber ich habe gehört, dass er ziemlich gut aussieht. Ein bisschen grüblerisch, wie man so munkelt. Aber Sheffield ist *sehr* gut aussehend."

Helena verschluckte sich fast an den Nadeln zwischen ihren Lippen und zog sie vorsichtshalber aus dem Mund, bevor sie zum Sprechen ansetzte. „Ich nehme an, das kann niemand leugnen."

„Ach, komm, Helena", schnauzte Charity sie an. „Es ist offensichtlich, dass er dir gefällt, sonst hättest du dich nicht allein mit ihm getroffen."

Helena starrte sie an. „Ich hatte nichts *geplant*! Wie ich dir und Onkel Peter mindestens ein Dutzend Mal schon gesagt habe, bin ich nur falsch abgebogen und habe mich im Arbeitszimmer des Mannes wiedergefunden! Es war ein Irrtum, das ist alles."

Charity wirkte nicht ganz überzeugt. „Vielleicht. Aber ich würde dir raten, vorsichtig zu sein, Helena. Papa lässt sich nicht gerne… *verspotten.*"

Helena runzelte die Stirn. „Ich verstehe nicht, was du damit meinst."

Aber sie verstand sehr wohl. Sie wusste, dass ihr Onkel sie nicht mochte. Er hatte sie hierher gebracht, weil er geizig war und eine Gefährtin für seine Tochter wollte, die er nicht bezahlen musste. Aber sie wusste auch, dass es schwerwiegende Folgen haben würde, wenn sie aus der Rolle, die er ihr zugedacht hatte, fiele.

Charity erhob sich achselzuckend. „Wenn du nichts falsch machst, wirst du auch nichts zu befürchten haben, nehme ich an." Sie lehnte sich näher zum Spiegel und betrachtete sich von allen Seiten. „Nun, ich sehe sehr hübsch aus, trotz deiner beschränkten Fähigkeiten im Frisieren. Ich werde mir heute einen Duke angeln. Wenn nicht Sheffield, dann vielleicht seinen Freund oder einen der anderen. Sie sind alle gleich."

Sie hüpfte an Helena vorbei zur Tür hinaus. Als sie weg war, stieß Helena einen tiefen Seufzer aus, während sie sich im Spiegel betrachtete.

„Nein", flüsterte sie. „Das sind sie ganz sicher nicht."

Dann folgte sie Charity auf den Flur, um die nächste Etappe auf ihrer Reise zu beginnen. Eine, von der sie um ihrer selbst willen hoffte, dass sie insbesondere einem bestimmten Mann nicht zu sehr auffallen würde, der für sie völlig unerreichbar war.

Obwohl Helena die Absicht hatte, dem Duke of Sheffield aus dem Weg zu gehen, wurden ihre Hoffnungen in dem Moment zerstört, als sie im Haus von Charlotte und Ewan eintrafen. Als die Gruppe die Treppe hinaufstieg, wobei sie hinter ihrem Onkel und ihrer Cousine zurückblieb, stand er bereits mit seiner Familie im Foyer, um sie alle zu begrüßen. Ihr Herz, das anscheinend von all den Versprechungen, die ihr Verstand ihr auf dem Weg hierher gemacht hatte, abgekoppelt war, machte einen Sprung, als wäre sie die Heldin in einem ihrer Bücher.

Es war kein unangenehmes Gefühl. Sie beobachtete, wie Charlotte und Ewan ihren Verwandten freundlich die Hand schüttelten. Als Helena sie erreichte, zog die andere Frau sie in eine kurze Umarmung.

„Wir sind so froh, dass du gekommen bist!", schwärmte Charlotte. „Du erinnerst dich an Donburrow, ja?"

Helena drehte sich um und blickte auf, um in die Augen des strammen und äußerst attraktiven Dukes zu sehen. Er lächelte mit einem warmen und einnehmenden Gesichtsausdruck und sagte dann etwas in Zeichensprache, das Charlotte wie folgt übersetzte: „Ihr seid in meinem Haus herzlich willkommen, Miss Monroe. Meine Frau hat euch als Freundin bezeichnet, und sie liegt nie falsch, wenn sie den Charakter einer Person einschätzt."

Helena errötete, nicht nur wegen des herzlichen Kompliments, sondern auch wegen der bloßen Tatsache, dass es von Charlotte und Ewan gemeinsam stammte. Sie standen so nah beieinander und zeigten ihre Vertrautheit nicht nur offen, sondern auch voller Stolz. Selbst ihre Sprache, die eine Brücke zwischen Donburrow und dem Rest der Welt bildete, war etwas sehr Intimes. Für einen Sekundenbruchteil war sie eifersüchtig auf ihre neue Freundin und die Liebe, die sie gefunden hatte.

Sie lächelte ihn an und sagte: „Ich freue mich sehr, hier zu sein, Euer Gnaden. Danke für Ihre Einladung."

Sie ging weiter zur nächsten in der Reihe, Baldwins Mutter, der Duchess of Sheffield. Ihr Onkel hatte die Lady gerade gegrüßt, und beim Weitergehen warf er Helena einen argwöhnischen Blick zu, der ihr den Magen zusammenzog. Charlottes herzliche Begrüßung hatte offensichtlich sein Interesse geweckt. Vielleicht sollte sie ihre Freundin warnen, dass sie ihrem Onkel nichts von ihrem Treffen erzählt hatte.

Es wäre interessant zu sehen, wie Charlotte darauf reagieren würde.

„Guten Abend, Miss Monroe", sagte die Duchess of Sheffield und nahm sanft ihre Hand. „Wir freuen uns sehr, dass Ihr kommen konntet."

Helena schluckte schwer, als sie die schöne Frau vor sich musterte. Baldwin hatte ihre Augen, warm und dunkel und braun. Aber so wie ihr Sohn, wirkte auch seine Mutter... beunruhigt. Was war es, das den beiden solchen Kummer bereitete?

„Guten Abend, Euer Gnaden", sagte sie und schob ihre Neugier beiseite, die bei dieser fremden Lady, die ihr nichts schuldete, nichts zu suchen hatte. Für die Duchess war sie kaum mehr als eine Bedienstete, und sie würde gut daran tun, sich das in Erinnerung zu rufen, ob Charlotte und die anderen drei Ladys nun ihre Freundinnen waren oder nicht.

Und damit blieb noch Baldwin übrig. Donburrows Butler begleitete ihren Onkel und ihre Cousine bereits in einen Salon, wo sie vor dem Abendessen noch etwas trinken konnten. Und die anderen in der Reihe hatten sich hinter ihnen ebenfalls in Bewegung gesetzt und plauderten angeregt miteinander.

Einen kurzen Moment lang war sie mit Sheffield allein.

Er starrte auf sie herab, sein ernster Blick suchte ihr Gesicht ab, was sie nicht verstand. Aber seine intensiven Betrachtung brachten ihre Wangen zum Erröten.

„Guten Abend, Euer Gnaden", brachte sie hervor.

Er zog eine Augenbraue hoch. „Helena. Ich bin froh, dass du gekommen bist."

„Wie kann man eine Einladung der Duchess of Donburrow ablehnen?", sagte sie mit einem amüsierten Lachen.

„Das kann man in der Tat nicht", räumte er ein, und sein Gesicht entspannte sich schließlich zu einem Lächeln. „Ein gutes Argument."

Er zögerte und streckte ihr dann seinen Ellbogen entgegen. Sie hielt den Atem an. Ein Duke, der die Gefährtin einer Lady begleitete... Das konnte unmöglich schicklich sein, aber diesen Duke abzulehnen schien ihr noch unhöflicher zu sein. Also streckte sie ihre Hand aus und schob sie in seine Armbeuge.

Die Reaktion erfolgte plötzlich und unverhofft. Eine unerwartete Hitze schoss durch sie hindurch. Es war das erste Mal, dass sie sich berührten, und sie wurde sich mit jeder Faser bewusst, wie seine Körperwärme sie durchströmte. Er roch auch nach dem gleichen Feuer, ein lederartiger Duft, der ihr den Magen zusammenzog und ihre Beine zum Zittern brachte. Und sein Arm – gütiger Gott, war der fest. Sie umklammerte etwas, das sich wie ein Stück Stahl anfühlte, und noch nie in ihrem Leben hatte sie sich so... sicher gefühlt.

Sie blinzelte, als sie den Salon betraten, und ließ ihn dann sofort los. Ihre Gefühle waren nicht richtig. Nicht gut. Nicht angemessen.

Und natürlich würde es nie zu einem Ende kommen, auf das sie sich freuen könnte. Baldwin suchte eine Braut unter den Ladys. Im besten Fall war sie eine Dienerin. Im schlechtesten Fall... nun, das würde er nie erfahren. Dennoch schloss diese Tatsache sie von seinen Interessen aus.

„Danke", stammelte sie und ging durch den Raum, ohne sich umzudrehen. Sie schlug blindlings eine Richtung ein und versuchte, eine ruhige Ecke zu finden, in der sie sich verstecken konnte, bis sie von ihrer Cousine gerufen wurde. Einen Ort, an dem sie ihr rasendes Herz beruhigen und all die verwerflichen Gedanken, die sie quälten, loswerden konnte.

Stattdessen hörte sie Megs Stimme durch das leise Gemurmel der Gruppe. „Helena!"

Sie drehte sich zu ihr um und musste trotz allem lächeln, als Meg sie anstrahlte und sie aufforderte, sich zu ihr, ihrem Mann und einem anderen gut aussehenden Mann zu setzen. Sie ging auf die drei zu und bemühte sich, eine ruhige Miene aufzusetzen.

„Guten Abend, Meg und Euer Gnaden."

Megs Mann winkte ab. „Nichts dergleichen. Wenn sie Meg sein darf, dann bin ich Simon. Danke."

Helena lachte. „Ich verstehe eure Gruppe wirklich nicht. Mein Onkel hat mir strengstens nahegelegt, nie zu formlos mit denjenigen umzugehen, die einen Adelstitel tragen. Und doch wurde mir wiederholt gesagt, ich solle alle beim Vornamen nennen. Wenn ihr nicht aufpasst, werde ich noch enthauptet, wenn ich euren Prinzregenten George nenne."

Simon lachte. „Oh nein, meine Liebe, du musst ihn Prinny nennen. Das tun wir alle."

„Ich nehme an, wir sind weniger formell als andere Adlige", sagte der andere Mann in ihrer kleinen Gruppe. „Wahrscheinlich, weil die Männer unseres Kreises schon viel länger befreundet sind, als wir unsere Titel haben. Für mich war Simon immer nur Simon. Wenn er Euer Gnaden genannt wird, tun mir die Zähne weh."

„Darf ich dir Miss Helena Monroe vorstellen?", sagte Meg mit einem Lächeln. „Das heißt, vorausgesetzt, du hast den Duke of Tyndale noch nicht kennengelernt."

„Oder Matthew, wenn wir ganz ungezwungen sein wollen",

sagte der Duke, wobei er Helenas Hand ergriff und sie für einen flüchtigen Kuss auf ihre behandschuhten Knöchel hob. „Und wir sind uns noch nicht begegnet, aber ich habe schon viel von dir gehört, Helena."

Helena blinzelte. Sie waren alle so freundlich. Sie fühlte sich in ihren Reihen so willkommen. Es war schön und seltsam zugleich.

„Euer Gnaden", sagte sie. „Gnädiger Herr... es *ist* schwierig, wenn man sich in der Gesellschaft bewegt, nicht wahr? Ich kann mir vorstellen, wie viel einfacher es wäre, sich mit Vornamen anzureden."

„Ganz recht", sagte Matthew. „Aber wenn es zu lästig ist, mich bei meinem Vornamen zu nennen, so höre ich auch auf den Namen Tyndale."

„Vielleicht wäre das das Beste", sagte Helena und errötete. „Ich kann mir nur vorstellen, was mein Onkel sagen würde, wenn er wüsste, dass Baldwin und all seine Freunde mich gebeten haben, sie mit Vornamen anzusprechen."

Sie hörte die Worte, als sie ihren Lippen entflohen, und es kostete sie alle Kraft, sich nicht die Hand vor den Mund zu schlagen. Vor allem, als Tyndale wegen ihres Ausrutschers eine Augenbraue hochzog.

Doch bevor sie noch etwas sagen konnte, erschien der Butler an der Tür und läutete eine kleine Glocke, um anzukündigen, dass das Abendessen serviert wurde. Die anderen begannen sich zu entfernen, und sie wartete darauf, ihnen zu folgen, aber zu ihrer Überraschung bot Tyndale ihr seinen Arm an.

„Charlotte sagte mir, dass wir heute Abend nebeneinander sitzen werden. Darf ich dich hineingeleiten?"

Sie nickte nur, denn es fiel ihr keine passende Antwort ein, und nahm seinen Arm. Doch als sie den Salon verließen, konnte sie nicht umhin zu bemerken, dass Baldwin sie beobachtete, wobei er selbst Charitys Arm nahm. Und er schien nicht sehr erfreut über das, was er sah.

~

Helena ertappte sich dabei, wie sie zum zehnten Mal seit Beginn des Abendessens Baldwin von der anderen Seite des Tisches aus betrachtete, und zwang sich, sich auf ihren Teller zu konzentrieren. Sie hatte kein Recht, ihn anzustarren. Kein Recht, sich zu fragen, worüber Charity mit ihm sprach. In einer perfekten Welt, zumindest für ihre Familie, würde er ihre Cousine heiraten.

Ein Gedanke, der ihr den Magen umdrehte.

„Du siehst bekümmert aus, Helena."

Sie hob den Kopf und blickte Tyndale an, wobei sie feststellte, dass er sie genau beobachtete. Sie schüttelte den Kopf. „Oh nein, natürlich nicht, ich…"

Er lehnte sich vor. „Ich erkenne Kummer, Helena, es hat keinen Sinn, es zu leugnen."

Sie räusperte sich und zuckte mit den Schultern. „Ich nehme an, wir alle haben Probleme."

Sein Blick glitt über den Tisch. „Ich nehme an, das tun wir."

Sie folgte seinem Blick und runzelte die Stirn. Baldwins Gesichtsausdruck war durchaus höflich, während er ihrer Cousine beim endlosen Plaudern zuhörte, aber seine Augen verrieten etwas anderes. Etwas Besorgtes und Abschweifendes.

Sie schüttelte den Kopf. „Weißt du, was *ihn* bedrückt?"

Tyndale lehnte sich in seinem Stuhl zurück. „Du scheinst meinen Freund nach einer so kurzen Bekanntschaft sehr gut zu kennen. Ihn beim Vornamen zu nennen, zu sehen, dass etwas in seinem Blick nicht… richtig zu sein scheint."

Sie schnappte nach Luft und sah wieder zu Tyndale. Er betrachtete sie mit einem Ausdruck, den sie nicht zu deuten vermochte. Aber er war freundlich und schien sehr aufmerksam zu sein.

„Ich wusste nicht, wer er war, als ich ihn das erste Mal traf", sagte sie, und es war eine Erleichterung, nach all den Wochen mit ihrem Onkel und Charity überhaupt etwas Aufrichtiges sagen zu können. „Ich bin sicher, er hielt mich für sehr dumm. Aber er war sehr… zuvorkommend. Und ich gebe zu, dass ich das schon lange nicht mehr erlebt hatte. Aber ich bin wohl zu dreist."

„Ich bin derjenige, der es wissen wollte", erwiderte Tyndale mit einem Kopfschütteln. „Ich war es ja schließlich, der an der Antwort interessiert war." Er schien sie nun einen Moment lang zu überdenken, dann sagte er: „Du hast gefragt, warum er beunruhigt ist. Ich weiß es nicht. Er erzählt uns nicht viel von sich. Früher tat er es noch, in unserer Jugend. Aber seit dem Tod seines Vaters… nun, das hat ihn verändert."

Sie versuchte, Baldwin nicht anzuschauen. „Ich nehme an, das muss es auch. Er trägt eine große Verantwortung."

„Vielleicht mehr, als wir wissen", sinnierte er. „Ich wünschte, er hätte einen Freund, an den er sich wenden könnte, aber er verleugnet seine Probleme gegenüber allen, die ihm nahestehen. Ich frage mich, ob es helfen würde, wenn er seine Sorgen laut aussprechen könnte."

Helena dachte über die Bemerkung nach. Sie glaubte daran. Manchmal hatte sie große Lust, ihre eigenen Probleme von den Dächern zu schreien. Sie sehnte sich zuweilen nach einer vertrauten Person, die ihr einfach nur *zuhörte*.

Die Diener räumten die letzten Dessertteller ab, und Helena erhob sich gemeinsam mit den anderen. Matthew lächelte sie an, als er ihr ein zweites Mal seinen Arm reichte. Sie errötete als Antwort. „Ich hoffe, ich habe mich nicht daneben benommen."

Er schüttelte den Kopf. „Ganz und gar nicht."

Er führte sie aus dem Speisesaal durch einen langen Flur in den gleichen Salon, wo der Abend begonnen hatte. Im Raum waren Tische für Gesellschaftsspiele aufgestellt worden, und ein Feuer brannte hell vor einer Leinwand, auf der später Schattenspiele dargeboten werden sollten.

Als Matthew sie freigab, drückte er galant ihre Hand. „Ich danke dir für deine Gesellschaft, Helena. Ich habe unser Gespräch während des Abendessens sehr genossen."

Helena nickte als Antwort, denn sie hatte dasselbe empfunden.

Bis zum Schluss war es sehr angenehm gewesen. Tyndale war ein guter Unterhalter. Sie wollte nur nicht… in seiner Nähe sein, wie sie es sich bei Baldwin wünschte. Nicht, dass einer der beiden Männer je zu ihr gehören würde.

Er wandte sich ab, und sie atmete tief durch, denn nun war sie zum ersten Mal in dieser Nacht allein. Ihre Cousine ging zu Tyndale hinüber und schlich sich an ihn heran, um ihn in ein Gespräch zu verwickeln. Ihr Vater war ganz in der Nähe, sodass Helena nicht das Gefühl hatte, dass sie ihre Pflichten als Begleiterin ausüben musste. Sie trat zum Fenster und starrte in die dunkle Nacht hinaus.

„Da bist du."

Sie versteifte sich beim Klang von Baldwins Stimme, der jetzt direkt neben ihr stand. Sie drehte sich zu ihm um und schenkte ihm das strahlendste Lächeln, das sie zustande brachte, obwohl ihr Herz bis zum Hals klopfte. „Euer Gnaden."

Er lächelte zurück, aber wieder sah sie das Flackern einer unergründlichen Sorge in seinem Blick. Zusammen mit etwas Finsterem, Brennendem. Ihr Magen begann zu flattern, und sie suchte nach einem Thema, irgendeinem Thema, das diese seltsame Anziehung ein wenig zu lindern vermochte.

„Deine Schwester scheint sehr glücklich zu sein", platzte sie heraus.

Baldwin starrte sie noch einen Augenblick an, dann glitt sein Blick durch den Raum zu Charlotte. Sie stand neben Ewan und unterhielt sich mit Emma und James.

„Das ist sie", sagte er mit einem etwas nachdenklichen Ton. „Und ich bin froh darüber. Sie hat es nicht leicht gehabt. Ihre erste Ehe war arrangiert und ich glaube, sie war ziemlich einsam. Aber Ewan ist ihre erste und größte Liebe."

„Wirklich?", fragte sie und sah das Paar an.

Baldwins Lächeln war sanft. „Sie liebt ihn, seit sie sieben Jahre alt war, glaube ich, und er war nicht viel älter."

„Was hat sie getrennt?", fragte sie und schüttelte dann den Kopf.

„Meine Güte, ich verbringe den ganzen Abend damit, mich völlig unpassend zu verhalten. Ich bitte um Entschuldigung, Euer Gnaden."

Er schaute sie an. „Nun, ich weiß nicht, welche unangemessenen Dinge du vorhin am Tisch gesagt hast, die eine Vergebung erfordern. Ich nehme an, das müsstest du eher mit... Tyndale besprechen." Es lag etwas Abweisendes in seinem Ton, als er den Namen seines Freundes aussprach. „Aber ich fühle mich durch die Frage nicht beleidigt, und ich bezweifle, dass es Charlotte etwas ausmachen würde. Sie und Ewan sind in solchen Dingen offen. Es ist ja nicht so, dass seine Stummheit ein Geheimnis wäre."

Sie blinzelte. „Ich verstehe."

„Charlotte war das natürlich egal", sagte Baldwin. „Aber Ewan hat sich lange gewehrt und hätte sie fast verloren. Zweimal."

Helena holte tief Luft. „Es ist gut, dass er zur Einsicht gekommen ist. Dass sie die Mauern zwischen ihnen abbrechen konnten. Manche Schranken sind nicht so leicht zu überwinden."

Baldwins Gesichtsausdruck veränderte sich ein wenig, und er nickte, plötzlich sehr ernst. „In der Tat, das sind sie nicht. Aber die beiden sind gut füreinander. Sicherlich muss ich mir um sie keine Sorgen machen, da sie so gut zusammenpassen."

Helena blickte ihn an. Wieder einmal fiel ihr auf, wie wehmütig er klang. Es war zwar klar, dass er sich für seine Schwester freute, aber er konnte die leichte Niedergeschlagenheit in seiner Stimme nicht verbergen.

Sie schluckte schwer, ihr Mitgefühl für das, was ihn quälte, war in diesem Moment stärker als alles andere. „Du scheinst... beunruhigt zu sein", sagte sie. „Möchtest du mit mir spazieren gehen?"

Er blinzelte zu ihr hinunter. „Ist es nicht *meine* Aufgabe, dich zu bitten, mit mir ein Stück zu gehen?"

Sie hielt den Atem an, als ihr die Unverschämtheit ihres Angebots bewusst wurde. „Es tut mir leid. Wenn du nicht willst..." Sie wollte weggehen, aber er streckte die Hand aus und hielt sie fest.

„Würdet Ihr mich begleiten, Miss Monroe?"

Seine Stimme war tief, fast hypnotisch. „Ja", flüsterte sie.

Er lächelte und bot ihr seinen Arm an. Als sie zur Tür gingen, warf er noch einen Blick über seine Schulter. „Gut", sagte er. „Sie sind alle so beschäftigt, dass sie unsere Abwesenheit gar nicht bemerken werden. Das bedeutet keine argwöhnischen Blicke oder peinliche Erklärungen."

Sie spürte, wie ihr Lächeln gefror. Obwohl sie sich aus denselben Gründen wie er freute, gefiel ihr der Gedanke nicht, dass er meinte, sich mit ihr davonschleichen zu müssen. Aber warum sollte er auch nicht? Schließlich war sie nicht die Art von Frau, der man öffentlich den Hof machte.

Und sie durfte das nicht vergessen, auch wenn seine Berührung ihr Herz höher schlagen und ihr Leben ein wenig bunter erscheinen ließ.

KAPITEL 8

„Wohin gehen wir denn?", fragte Helena, als das Schweigen zwischen ihnen lang wurde. Sie versuchte, einen heiteren Ton zu bewahren.

Baldwin führte sie weiter durch die verwinkelten Gänge. „Charlotte und Ewan haben einen wunderschönen Garten hinter dem Haus", sagte er. „Mit einem Springbrunnen, den der Regent, wie ich gehört habe, selbst zu kaufen versuchte, kurz nachdem Ewan seinen Titel geerbt hatte. Er behielt ihn aber, weil Charlotte einmal gesagt hatte, er gefalle ihr. Das war lange vor ihrer Heirat."

Helena lächelte, als er sie durch die Tür und über einen Pfad in den Garten führte. Im Mondlicht wirkte alles lieblich und fast verträumt, von den perfekt gepflegten Hecken über die hübschen Steinbänke bis hin zu den Laternen, die nicht angezündet worden waren, weil man nicht damit gerechnet hatte, dass sich Gäste nach draußen begeben würden.

„Du kennst ihn wirklich schon lange."

Er nickte. „Ja, das tue ich. Matthews Familie stand der unseren sehr nahe, und Ewan ist sein Cousin. Schließlich wurde er zum Mündel von Matthews Familie. Wir haben früher viele Sommer zusammen verbracht."

„Und so habt ihr den Duke Club gegründet?", fragte sie und dachte an Charitys Bemerkung beim Ankleiden.

Er schaute sie an. „Davon hast du schon gehört, ja?"

Sie lachte. „Das ist ein Gerücht, das einem im Gedächtnis haften bleibt."

Er seufzte, es klang aber eher wie ein glücklicher Seufzer und nicht nach Traurigkeit. „Es ist wahr, unser kleiner Freundeskreis ist voller Dukes. Oder zumindest werden es alle irgendwann einmal sein – Kit… äh, der Earl of Idlewood hat den Titel noch nicht geerbt. Ich glaube, du hast ihn letzte Woche bei meiner Zusammenkunft kennengelernt."

Sie nickte. „Ich erinnere mich an ihn und seinen Vater. Sehr sympathisch."

„Das sind sie." Baldwins Stirnrunzeln vertiefte sich, aber dann schien er seinen Kummer abzuschütteln. „Aber es waren nicht wir drei, die den Club gründeten. Das waren James, Simon und Graham. Sie haben uns alle da hineingezogen."

„Ihr steht euch alle so nahe", sagte Helena mit einem verwunderten Kopfschütteln, als sie an die Männer dachte. Jene, die sie zusammen gesehen hatte, waren fast wie Brüder. „Ich beneide euch darum."

Baldwins Miene verfinsterte sich wieder, doch bevor sie ihn danach fragen konnte, führte er sie um eine letzte Kurve im Heckenlabyrinth, und sie musste unwillkürlich den Atem anhalten. Dort, in der Mitte des Gartens, stand ein prächtiger Marmorbrunnen, der eine halb bekleidete Griechin zeigte, die Wasser aus einem Krug goss.

Helena trat von Baldwin weg und auf die sprudelnde Schönheit vor ihr zu. „Oh, sie ist wunderschön. Ihr Gesicht ist so… so bezaubernd."

„Ja." Seine Stimme war sanft. „Das ist es."

Hitze stieg in ihre Wangen, und sie wagte nicht, sich umzudrehen, weil sie fürchtete, er könnte *sie* ansehen und nicht die Statue. Und wenn dies tatsächlich der Fall sein sollte, fürchtete sie sich vor dem, was sie als Nächstes zu tun imstande wäre. Hier draußen, in der stillen Dunkelheit, im sanften Mondlicht, schien alles möglich.

„Du vermisst deine Freunde zu Hause", sagte er. Es war eine Feststellung, keine Frage.

Sie betrachtete die Statue weiter, auch wenn ihre Freude an ihr ein wenig verblasste. „Warum sagst du das?"

„Weil du gesagt hast, du beneidest mich um meine engen Freundschaften. Also habe ich angenommen, dass du dich nach deinen eigenen sehnst." Er trat neben sie und starrte in das perfekt gemeißelte Gesicht der Griechin. Trotzdem spürte sie seine Anspannung. Sein… Warten.

Sie schluckte. „Ich hatte einen Freundeskreis in Boston", sagte sie, und plötzlich schossen ihr Tränen in die Augen. „Aber wir haben uns in den letzten Jahren auseinandergelebt."

Sie konnte sich noch gut daran erinnern, wie ihre beste Freundin ihr nach ihrem furchtbaren Sturz noch einen weiteren Stoß versetzt hatte. Diesen Moment würde sie nie vergessen.

Er sah sie forschend an, und sein Blick war plötzlich neugierig. „Ich nehme an, das passiert", sagte er leise. „Wenn sich unser Leben verändert."

Er stand ihr jetzt zu nahe. Zu nah und zu warm in der kühlen Spätfrühlingsluft. Sie ertappte sich dabei, wie sie sich zu ihm beugte, ihr Körper tat, was ihm gefiel, anstatt das zu tun, was vernünftig war. Sie fing sich und wich zurück.

Zu ihrer Überraschung folgte er ihr und schloss erneut den Abstand, den sie geschaffen hatte. Ihre Kehle zog sich zusammen, und ihre Welt begann sich zu drehen, als sie in sein hübsches Gesicht blickte. Sein unerreichbares und ach so schönes Gesicht.

„Baldwin", presste sie hervor.

Er murmelte etwas vor sich hin, dann griff er nach ihrem Arm und zog sie an sich heran. Seine Brust war wie ein Felsen, und ihr Körper schmiegte sich an sie, als wäre er dafür geschaffen. Sie hätte sich zurückziehen können, wahrscheinlich sogar sollen, aber stattdessen griff sie nach oben, um seine Unterarme zu umklammern und sie mit ihren Armen zu verflechten.

Sein Mund senkte sich quälend langsam, und dann spürte sie seinen warmen Atem auf ihren Lippen. Sie keuchte, und in diesem Moment schloss er ihren Mund. Was als sanfter Kuss begann, geriet rasch außer Kontrolle. Seine Arme legten sich um sie, zogen sie noch enger an sich, und seine Zunge glitt in ihren Mund.

Ihre Zeit schien stillzustehen. Hörte auf zu existieren. Es gab nur noch Empfindungen. Sein harter Körper an ihren weichen geschmiegt, sein Geschmack, der Duft seiner Haut. Er trieb seine Zunge mit Feingefühl und dem perfekten Zusammenspiel von stürmischem Verlangen und sanfter Liebkosung in sie hinein.

Sie konnte nicht anders, als sich zu entspannen. Es war eine Ewigkeit her, seit sie geküsst worden war, und noch nie so wie jetzt. Noch nie so… vollkommen. Sie öffnete sich und begegnete seiner Zunge mit ihrer eigenen. Er stieß einen rauen Laut aus, der tief aus seiner Kehle zu kommen schien, und seine Hüften pressten sich auf ihre.

Sie wölbte sich gegen ihn und schlang ihre Arme um seinen Hals, während sie Halt suchte und gleichzeitig darauf drängte, ihm irgendwie noch näherzukommen.

Doch genauso plötzlich, wie er sie in seine Arme genommen hatte, ließ er von ihr ab. Er stellte noch sicher, dass sie nicht umfallen würde, dann trat er ein paar Schritte zurück und fuhr sich mit den Händen durch die Haare. Sie sah ihn an, verzweifelt und verwirrt zugleich, aber auch ein klein wenig dankbar für seine Selbstbeherrschung, die sie selbst verlassen hatte.

„Es tut mir furchtbar leid, Helena", sagte er schließlich und drehte sich wieder zu ihr um.

Im Mondlicht wirkte alles fast magisch, und ihr Herz überbordete vor Sehnsucht, wie sie es noch nie zuvor verspürt hatte. Eine Sehnsucht, die sie mutiger machte, als sie tatsächlich war. Sie verschränkte die Hände vor sich und flüsterte besorgt: „Tut es das wirklich? Ich nehme an, es wäre sehr unsittlich von mir, dir zu sagen, dass es *mir* nicht leidtut."

Seine Augen weiteten sich, und ein deutliches Verlangen glitt hastig über sein Gesicht. „Nein, es wäre ehrlich." Er legte den Kopf schief. „Ehrlichkeit ist eine wertvolle Eigenschaft. Eine, die mir leider fehlt."

Sie starrte ihn an, verwirrt und fasziniert. „Ich kann mir nicht vorstellen, dass du nicht ehrenhaft oder ehrlich bist."

Er stieß ein lustloses Lachen aus, bevor er sich abwandte. „Niemand kann es sich vorstellen. Deswegen bin ich so verdammt lange mit allem davongekommen. Und jetzt stehe ich hier im Garten meiner Schwester und verführe dich praktisch vor ihrem griechischen Brunnen, und du hast *keine* Ahnung, wer ich bin."

Helena konnte nicht leugnen, dass sie von seinem Schmerz sehr ergriffen war. Von seinem unermüdlichen Kampf, der in jedem angespannten Muskel seines Körpers so offensichtlich war. Sie bewegte sich auf ihn zu, trat vor ihn hin, sodass er nicht umhin konnte, sie anzusehen. Zögernd streckte sie ihre Hand aus und nahm eine seiner angespannten Hände in die ihre.

„Was ist denn?", flüsterte sie. „Kannst du es mir nicht sagen?"

Er schien einen Moment darüber nachzudenken, dann nickte er. „Da ich dich erst im Garten überfallen und mich dann so abrupt zurückgezogen habe, hast du es wohl verdient, die Wahrheit zu erfahren. Er zögerte, und sie sah, wie die Farbe aus seinen Wangen wich. Dann zog er seine Hand aus ihrer und sagte: „Du musst verstehen, Helena, dass ich *nichts* habe."

Baldwin spürte, wie ihm die Worte nur so aus dem Mund stürzten, Worte, die so viele Jahre lang unausgesprochen geblieben waren. Und doch konnte er seinen Redefluss nicht aufhalten. Er sah diese Frau an, diese schöne Frau, die ihn faszinierte, und er *wollte* ihr die Wahrheit sagen. Er *wollte*, dass sie verstand, warum das, was sie gerade getan hatten, dieser atemberaubende Kuss, unmöglich war.

Vielleicht musste er sich auch selbst daran erinnern.

Er wartete auf ihre Entrüstung, aber ihr Gesichtsausdruck blieb unergründlich, offen, eher akzeptierend als verurteilend, und das spornte ihn an. Nicht, dass er hätte aufhören können. Seine Notlage in Worte zu fassen hatte Schleusen geöffnet, gegen die er sich seit Jahren gestemmt hatte.

„Niemand weiß davon", fuhr er fort und ließ sich hart auf die Bank gegenüber dem Springbrunnen fallen. „Nicht einmal meine Mutter kennt das ganze Ausmaß des Schadens, obwohl sie zumindest einiges davon weiß."

Helena ließ sich neben ihn nieder. „Wie ist das passiert?"

Er zuckte mit den Schultern. „Es ist einiges vorgefallen."

„Du brauchst es mir nicht zu sagen, wenn du nicht willst", sagte sie. Sie streckte ihre Hand aus und legte sie in seine. „Ich bin ja schließlich eine Fremde."

„Nach diesem Kuss würde ich sagen, du bist mehr als das", sagte er und beobachtete, wie sich ihre blassen Finger mit seinen verschränkten. „Es ist so… Mein Vater hat uns geliebt, das weiß ich, aber er war egoistisch. Er hat Glücksspiele gespielt und verloren. Ich habe ihm immer mit einem flauen Gefühl im Magen dabei zugesehen. Aber er versicherte mir immer, dass wir mehr als genug hätten, sodass seine unbedachten Entscheidungen nicht ins Gewicht fielen. Und als er starb…"

Er unterbrach sich selbst mit einem Kopfschütteln. Sie nickte langsam. „… hast du die Wahrheit entdeckt."

„Ja", flüsterte er. „Ich trauerte um meinen Vater, den ich geliebt hatte, und spürte die Last der Verantwortung. Und dann fand ich die Bücher."

„Bücher?", wiederholte sie.

„Dutzende von ihnen, alle dazu bestimmt, die eine oder andere Lüge, die eine oder andere Schuld zu verbergen." Er verschluckte sich fast an den Worten. „Ich ging sechs Monate lang den Inhalt seines Arbeitszimmers durch, und jeder einzelne Tag brachte einen neuen Albtraum zutage. Die Gläubiger begannen mich aufzusuchen, und so fand ich mich in einer aussichtslosen Schachpartie mit einem toten Mann wieder. Jeder Zug brachte mich meinem Untergang näher."

„Das muss verheerend gewesen sein", sagte sie.

Er nickte. „Schrecklich. Aber ich… ich habe es nur noch schlimmer gemacht, Helena. *Ich*."

„Wie?" Sie runzelte die Stirn.

„Einer der Männer, denen mein Vater Geld schuldete, schlug mir ein Geschäft vor. Ich sollte mit dem Glücksspiel fortfahren, um die Schulden zu begleichen. Ich war dagegen. Zu diesem Zeitpunkt hatte ich schon lange keine Lust mehr aufs Spielen. Aber ich hatte das Gefühl, dass ich keine andere Wahl hatte, also tat ich es – und ich gewann. Diese eine kleine Schuld war getilgt. Es war berauschend."

Er hörte auf zu sprechen und senkte den Kopf, als ihn die Scham überkam. Er konnte nicht weitersprechen, er hatte es nie jemandem gesagt. Nicht einmal seiner Mutter, niemandem.

Helena strich ihm eine Haarsträhne aus der Stirn. „Du hast weitergespielt", sagte sie leise und füllte das aus, was er nicht zu sagen vermochte. „Du hast versucht, den Schaden mit denselben Mitteln zu beheben, mit denen dein Vater ihn verursacht hat. Und ich nehme an, es ist fehlgeschlagen."

Er nickte, ohne sie anzusehen. „Ja. Ich habe zwar ein paar Schulden tilgen können, aber dann habe ich den Schuldenberg vergrößert. Nach ein paar Monaten hörte ich auf, aber der Schaden war angerichtet. Anfänglich seiner, und dann verschlimmert durch mich."

Ihr Atem kam in einem zittrigen Laut aus ihrem Mund, das in seinem Kopf nachhallte. „Es muss schrecklich für dich sein."

Endlich wagte er es, aufzublicken, und sah, dass sie ihn mitfühlend ansah. Sie strahlte Fürsorge, Anteilnahme und Beistand aus. Aber er war noch nicht fertig.

„Ich erzähle dir das nicht, um dein Mitleid zu erregen", sagte er langsam. „Sondern weil ich es tun muss. Ich gehöre nicht zu der Sorte Mann, die junge Ladys in einem Garten im Mondschein küsst. Normalerweise wäre ich nicht so leichtsinnig, aber in dem Augenblick, als ich dich auf der Terrasse des Balls zum ersten Mal sah, fühlte ich mich zu dir hingezogen. Wenn ich dich ansehe, möchte ich... nun, ich *möchte dich* einfach. Aber es gibt noch zahlreiche offene Schulden, einige davon kann ich nicht einmal finden, und meine Zukunft kann nur auf eine Weise geregelt werden. Ich kann also nicht das tun, was ich will. Sondern ich muss tun, was von mir verlangt wird, egal, wie sehr ich es verabscheue."

Ihre Augen weiteten sich leicht, und sie nickte. „Du musst für Geld heiraten."

Er wollte aufheulen, als sie es aussprach. Er wollte sich vom Ekel abwenden, der sich gleich in ihrem Gesicht ausbreiten würde. Aber es geschah nichts dergleichen. Ihr Gesichtsausdruck blieb ruhig und unergründlich.

„Ja", stammelte er.

„Du hast eine so große Last auf deinen Schultern", flüsterte sie und strich mit ihrer freien Hand beruhigend über seine Schultern.

„Vieles davon habe ich selbst verursacht", sagte er. „Ich bin daran schuld."

„Nicht nur du", erinnerte sie ihn, und ihr Griff um seine Hand wurde fester. Er sah ihr ins Gesicht, und für einen Moment fiel ein winziger Teil der Last, die er trug, von ihm ab. Er konnte wieder atmen.

Das konnte aber nicht von Dauer sein. „Das Ergebnis ist dasselbe."

Sie war ganz still, und dann zog sie ihre Hand langsam zurück. Sein Körper protestierte gegen den Verlust. „Ich verstehe. Ich muss dir gestehen, dass mir das Ganze nicht gefällt."

„Nein?", flüsterte er.

Sie lächelte, ein trauriger und wehmütiger Ausdruck, der ihn direkt im Magen traf. „Falls meine Erwiderung deines Kusses es dir nicht deutlich gemacht hat, lass es mich klarstellen. Ich *will* es auch, Baldwin. Ich war erschrocken darüber, wie sehr ich mich mit dir verbunden fühlte, sogar nach dieser ersten Nacht. Aber ich kenne meinen Platz schon seit langem. Ich bin nie davon ausgegangen, dass er sich verbessern würde oder *könnte*. Das war auch nicht meine Absicht, als ich hierherkam. Es scheint also, dass wir einfach nur… *Freunde* sein können."

Dieses freundliche Angebot bereitete ihm große Schmerzen. Ein Angebot, das er nicht verdient hatte, das ihm aber so viel bedeutete. „Es wäre mir eine große Ehre, dein Freund zu sein, Helena Monroe."

Sie stand auf und er folgte ihrem Beispiel. Sie ließ ihre Hand durch seinen Ellbogen gleiten und lächelte zu ihm hoch. Er konnte die Lüge in diesem vermeintlich freudigen Ausdruck sehen. Den Schmerz dahinter. Er spiegelte seinen eigenen wider, aber was konnte er schon tun? Das Leben war nun einmal nicht fair.

Das wusste er nur zu gut.

„Dann werden wir Freunde sein", sagte sie entschlossen und deutete auf das Haus. „Es wird genügen müssen."

Er nickte und führte sie zurück zum Haus und zur Party. Doch bei jedem Schritt spürte er den sanften Druck ihrer Finger um seinen Bizeps. Die Wärme ihres Körpers an seiner Seite. Er spürte die Erleichterung, die ihm die Beichte verschafft hatte. Das Geständnis erfolgte nicht gegenüber irgendjemandem, sondern gegenüber *dieser* Frau, die sein Vertrauen so leicht gewonnen hatte.

Und er wusste, dass es ihm nie genügen würde, nur ihr Freund zu sein. Es *konnte* nicht genug sein. Aber es war die einzige Möglichkeit.

KAPITEL 9

„Hast du irgendwelche Neuigkeiten zu berichten?"

Baldwin rührte in seinem Tee und starrte gedankenverloren in die Tasse, aber nun durchbrach die Stimme seiner Mutter seinen Nebel und er hob den Kopf hoch, um sie anzusehen. Er sah, dass sie ihn beobachtete, und jede Linie ihres Gesichts war von Sorge gezeichnet.

„Neuigkeiten?", fragte er. „Bezüglich...?"

„Es ist schon eine Woche her, seit deine Schwester zuletzt hier war", sagte die Duchess und fuchtelte nervös mit ihren Händen herum. „Ich weiß, dass du seither auf einigen Partys warst, aber ich selbst habe nicht alle besucht. Ich habe mich nur gefragt, ob dir die Gesellschaft einer unserer Anwärterinnen gefallen hat?"

Baldwin musste nachdenken, bevor er antwortete, denn seine Gedanken kreisten nur um eine einzige Frau – Helena. Seit Charlottes Party, seit ihrem leidenschaftlichen Kuss im Garten, gab es nur noch sie. Und obwohl er seiner Mutter nicht wahrheitsgetreu antworten konnte, war Helena der Grund, warum er sich auf niemanden oder nichts anderes konzentrieren konnte.

„Du weißt doch, wie der Anfang der Saison ist", erklärte er mit einer wegwerfenden Handbewegung. „Der Andrang ist groß, alle stehen herum. In ein paar Wochen wird es ruhiger werden, und ich werde dann mehr Zeit finden, mich jeder Lady einzeln zu widmen."

Die Lippen seiner Mutter schürzten sich. „Baldwin, ich mache mir Sorgen."

Die Anspannung kehrte zurück, und die angenehmen Gedanken an Helena traten endlich in den Hintergrund. „Ich weiß. Es tut mir leid. Ich habe nicht die Absicht, mich dir zu widersetzen."

„Natürlich nicht", sagte die Duchess und berührte leicht seinen Arm. „Das wollte ich auch nicht andeuten." Sie schritt davon, und einen Moment lang dachte Baldwin, das Gespräch sei beendet. Doch dann drehte sie sich noch einmal um, und ihre Miene war entschlossen. „Ich denke, wir sollten eine Landpartie geben."

Er lehnte sich zurück. „Eine Landpartie? Jetzt?"

„Ja", sagte sie. „Eine Woche würde genügen, damit die Dienerschaft in Sheffield alles planen könnte. Für die Gäste aus London, ist es nur eine zweitägige Fahrt."

„Und ich muss eine Gelegenheit suchen, die Anwärterinnen allein zu erwischen", sagte er, verschränkte die Arme und warf ihr einen vorwurfsvollen Blick zu.

Sie schüttelte den Kopf. „Du brauchst nicht so aufgebracht zu klingen! Ihr würdet nicht allein sein. Wir würden noch andere einladen. Nur die Kandidatinnen einzuladen wäre zu offensichtlich. Ich würde deine verheirateten Freunde ebenfalls einladen."

„Weit weniger offensichtlich, ja", schnaubte er.

Sie funkelte ihn an. „Ich habe gehört, dass der Earl of Grifford nach dem Tod seiner Frau wieder zu haben ist. Ich könnte ihn einladen. Er ist älter und wird dir nicht in die Quere kommen. Und Matthew oder Hugh oder – nun, nicht Robert. Er würde nur all die jungen Ladys ruinieren, mit denen er in Berührung kommt."

Baldwin starrte sie entrüstet an. Sie hatte mit ihrer Einschätzung von Robert, dem Duke of Roseford, nicht unrecht. Er war nicht nur ein treuer Freund und unglaublich intelligent, sondern war auch als Wüstling ersten Ranges bekannt. Dennoch erwartete man von einer Lady nicht, dass sie dieses Wissen laut aussprach.

„Du willst Dukes einladen, von denen du glaubst, dass sie sich nicht in meine zahlreichen Umwerbungen einmischen werden", sagte er.

Ihre Lippen verzogen sich. „Ich weiß, dass das alles nach einem Geschäftsabschluss klingt, und ich mag es genauso wenig wie du. Deine Schwester hat die Liebe ihres Lebens geheiratet – ich stehe nicht gleichgültig daneben, während das Leben dir verbietet, dasselbe zu tun."

Wieder schlich Helena in Baldwins Gedanken, wie sie ihre Arme um ihn schlang und einen klangvollen, freudigen Laut ausstieß. Er räusperte sich. „Die meisten haben nicht so viel Glück wie unsere Charlotte", sagte er und versuchte, locker zu klingen.

„Nun, ich möchte zumindest, dass du herausfindest, ob du eine dieser Frauen *mögen* könntest. Das wäre schon ein Anfang." Die Duchess legte den Kopf schief. „Eine Landpartie löst unsere Probleme."

Baldwin konnte sehen, dass sie einen Entschluss gefasst hatte und dass es eine gewisse Erleichterung für sie bedeuten würde, ihrer Bitte nachzukommen. Das war er ihr schuldig. „Nun gut. Schick eine Nachricht nach Sheffield und verteile Einladungen an Anwärterinnen und Freunde gleichermaßen. Eine Woche auf dem Lande könnte uns allen guttun."

Sie lächelte, und ihre Gesichtszüge entspannten sich. „Ausgezeichnet. Ich werde die Anwärterinnen und die anderen Gäste, die wir besprochen haben, einladen."

Baldwin zögerte. „Einschließlich Miss Shephard?"

Ihr Gesicht verfinsterte sich ein wenig. „Mir ist klar, dass du mehr Zeit mit den Amerikanern verbracht hast als mit den anderen. Hast du dir schon ein Urteil über Charity gebildet?"

Baldwin schluckte. Er hatte Helenas Cousine nicht wirklich viel Aufmerksamkeit geschenkt. Fünfzigtausend Pfund hin oder her, er konnte sich nicht vorstellen, sie zu umwerben und Helena die ganze Zeit in seiner Nähe zu wissen. Es erschien ihnen beiden zu grausam.

„Denk darüber nach, mein Lieber", sagte die Duchess. „Ich gebe zu, ihr Vater ist ein wenig anmaßend. Unter vier Augen, ohne dass er sich einmischt und versucht, sie dir aufzudrängen, könnte sie etwas... angenehmer sein."

Baldwin suchte in seinem Kopf nach einem Argument, das gegen Charity sprach. Aber das einzige, das ihm einfiel, war Helena. Und das konnte er seiner Mutter nicht darlegen. Sie wäre entsetzt darüber, dass er eine junge Lady, für die er keine wirklichen Absichten hegte, in den Garten geschleppt und dann geküsst hatte. Ein weiterer Punkt auf der Liste seiner Übeltaten.

„Natürlich kannst du sie einladen", sagte er mit einem Seufzer. „Allerdings würde ich mir keine Hoffnungen machen, dass Charity mir gefallen wird."

Sie nickte. „Ich verstehe. Nun, ich werde mich auf den Weg machen, um Briefe zu schreiben und Vorbereitungen zu treffen. Sobald das erledigt ist, schicke ich dir eine Liste mit allen, die zugesagt haben." Er begleitete sie zurück in die Halle, und sie stellte sich auf die Zehenspitzen, um ihn auf die Wange zu küssen, während Walker nach ihrer Kutsche rief. „Ich weiß, dass das schwer für dich ist, mein Lieber", sagte sie sanft. „Aber du gibst dir Mühe, und das ist alles, was ich von dir erwarte."

Er lächelte, als ihre Kutsche vorgefahren wurde. „Guten Tag, Mama. Nochmals vielen Dank für deine Hilfe."

Sie ging die Treppe hinunter, und er sah zu, wie man ihr in ihre Kutsche half. Doch als er ihr nachwinkte, musste er immer wieder an Helena Monroe denken. Wenn er ehrlich war, würde er sich freuen, ein wenig Zeit mit ihr auf dem Land zu verbringen. Sie war die einzige Person auf der Welt, die das ganze Ausmaß seiner Notlage kannte. Vorausgesetzt, dass sie sich nicht vor ihm ekelte, je mehr sie darüber nachdachte, was er getan hatte. Es wäre schön, eine Freundin zu haben, die seine Lage wirklich verstand.

Doch wenn er an sie, die schöne Helena, dachte, war Freundschaft nicht unbedingt das, was ihm vorschwebte. Und dies bedeutete, dass er etwas ändern musste. Und zwar schleunigst.

~

Helena starrte auf ihren unberührten Teller und versuchte, sich zu zwingen, an etwas anderes zu denken als an das einzige Thema, das sie Tag und Nacht beherrschte. Baldwin. Seit sieben langen Tagen war er ihr einziges Anliegen, ihr einziger Gedanke, ihr einziger Traum gewesen. Seit Charlottes Party. Seit Baldwins brennendem Kuss und seinem niederschmetternden Geständnis.

„Eine Einladung ist eingetroffen, Sir", verkündete Aniston, als er den Raum mit einem silbernen Tablett betrat, auf dem ein gefalteter Umschlag lag.

Ihr Onkel blickte auf, und seine Augen weiteten sich beim Anblick des Siegels auf der Vorderseite des Papiers – ein *S* von einem Weizenkranz umrahmt. Helena umklammerte ihre Gabel fester, denn sie hatte sich dieses genau Siegel gemerkt und es sogar auf den Seiten ihres geheimen Tagebuchs gezeichnet.

Sheffield.

Onkel Peter winkte Aniston grob weg und entfaltete das Papier mit einem scharfen Blick in Charitys Richtung. „Hier, Mädchen, endlich ein Grund zum Feiern. Ich werde den Brief laut vorlesen. 'Eure Anwesenheit wird bei der Landpartie des Dukes of Sheffield erbeten. Die Gäste werden ab nächsten Sonntag für eine Woche in Sheffield erwartet.'" Seine Augen funkelten. „Und es gibt noch mehr, aber das ist der wichtigste Teil."

Charity ließ ihre Gabel über ihren leeren Teller gleiten. „Ich weiß nicht, was es für mich zu feiern gibt. Der Duke of Sheffield hat auf der Party seiner Schwester letzte Woche keinerlei Interesse an mir gezeigt. Und sein Freund Tyndale sieht ziemlich gut aus, aber er schien eher in *Helena* verliebt zu sein."

Helena erschrak über die sehr ungerechte Beschuldigung. „Ich versichere dir, Charity, Tyndale wollte nur höflich zu mir sein. Er hat überhaupt kein Interesse gezeigt."

Ihr Onkel sah sie böse an. „Charity hat allerdings recht, du hast die Aufmerksamkeit des Dukes of Tyndale viel zu lange auf dich gezogen. Wir werden hingehen, Charity, denn Sheffield ist zu wichtig, um abgelehnt zu werden, und wer weiß, wer sonst noch dort sein wird, dem du gefallen könntest."

Helenas Herz machte einen Sprung. Zu Baldwins Landsitz fahren? Eine Woche in seiner Gesellschaft? Der Gedanke war nach ihrer letzten Begegnung aufregend und herzzerreißend zugleich. Und doch sehnte sie sich danach, ihn zu sehen. In den sieben Tagen seit ihrem Kuss waren sie nie auf einer gleichen Veranstaltung gewesen, und sie wollte ihm die Hand reichen. Ihn fragen, ob er sein Geständnis vor ihr im Garten bereute. Herausfinden, ob sie ihm in irgendeiner Weise helfen könnte, auch wenn sie nie mehr als eine Freundin für ihn sein durfte.

„Helena, du darfst nicht mitkommen", sagte ihr Onkel und unterbrach ihre Gedanken mit seinem rauen Ton.

Erschrocken warf sie ihren Kopf herum und blickte ihn an. „Was? Onkel, das kannst du nicht ernst meinen! Ich bin Charitys Begleiterin, deshalb hast du mich mitgebracht…"

„Ja, aber in der Zeit, die wir bisher hier verbracht haben, hast du nur bewiesen, dass deine Mutter und dein Vater recht hatten. Du entwickelst dich zu einer Belastung, und ich finde, du solltest nach Hause zurückkehren, bevor du Charitys Zukunft so ruinierst, wie du sie für dich selbst zunichte gemacht hast."

Helena ballte ihre Hände im Schoß zusammen und betete, dass die heißen Tränen, die ihr in die Augen schossen, nicht heraustreten würden. Ihr Onkel lag völlig falsch mit seinen Anschuldigungen über ihren Charakter, aber das war egal. Es spielte keine Rolle, außer dass er entschieden hatte, dass sie unwürdig war, und das war das Ende.

„Papa!", rief Charity und schüttelte trotzig den Kopf. „Du kannst Helena nicht nach Hause schicken."

Helena schaute sie überrascht an. Charity, die sie verteidigt? Das wäre etwas ganz Neues.

„Und warum nicht?", schimpfte Onkel Peter.

Charity verschränkte die Arme. „Ladys mit Stil und Anmut brauchen eine Begleiterin. Wie demütigend wäre es für mich, wenn ich erklären müsste, dass wir meine nach Hause geschickt haben? Du willst doch nicht, dass ich mich lächerlich mache, oder? Helena wird sich benehmen, besonders jetzt, wo sie weiß, wie ernst es dir ist."

Helenas Wangen brannten, aber sie sagte nichts, während Onkel Peter über Charitys Worte nachdachte. Schließlich nickte er. „Eine Begleiterin zu bezahlen, wäre auf jeden Fall Geldverschwendung. Gut, Helena, du kannst bleiben und uns begleiten. Aber du wirst dich auf deine Pflichten konzentrieren. Ist das klar?"

Helena unterdrückte die aufsteigende Wut in ihr. Diejenige, die ihren Onkel anschreien wollte, was wirklich passiert war, als ihr gesellschaftlicher Absturz besiegelt wurde. Über ihren Wert als Mensch. Aber sie konnte das alles nicht tun. Egal was sie sagte, es würde sowieso auf taube Ohren stoßen. Er kümmerte sich nicht um sie.

Sie straffte die Schultern und schluckte ihren Stolz hinunter. „Natürlich. Ich... entschuldige mich für alles, was ich deiner Meinung nach getan habe. Ich konzentriere mich ganz auf Charity. Ich werde mich so verhalten, wie du es von mir erwartest."

Er nickte und wandte sich dann an Charity, um über den Landsitz des Dukes zu sprechen. Helena lehnte sich mit einem tiefen Seufzer in ihrem Stuhl zurück. Ihr Onkel und ihre Cousine hatten keine Ahnung, wie schwer es für sie sein würde, Baldwin nahe zu sein.

Es würde eine Herausforderung wie keine andere sein. Eine, die Helena zum Überleben überwinden musste.

KAPITEL 10

Noch nie hatte sich eine Woche so lange hingezogen, vor allem die letzten beiden Tage, die Helena in der Kutsche verbracht hatte und ihrem Onkel zuhören musste, wie er endlos vor sich hinredete. Aber nun, als die Kutsche die lange, gewundene Auffahrt von Baldwins Anwesen hinaufrollte, konnte sie nicht anders, als sich zu freuen. Sie und Charity starrten gemeinsam aus dem Fenster, und ihre Cousine kommentierte die schönen Bäume, die die Allee säumten.

Doch als die Kutsche wendete, stockte beiden der Atem, denn vor ihnen erhob sich das Anwesen der Sheffields. Es war nicht nur ein Haus, sondern ein Schloss! Mit hohen Steinmauern und Türmchen, die es vollkommen machten. Es sah aus wie aus den Artussagen genommen, die sie als Kind in Amerika begeistert hatten.

Wer auch immer Baldwin zur Frau nahm, würde in der Tat eine Prinzessin sein, vorausgesetzt, sie brachte genug Geld mit, um das Königreich über Wasser zu halten.

„Er muss sich in Geld wälzen", lachte Charity.

Helena schürzte die Lippen vor Unmut. Das war natürlich das Bild, das Baldwin vermitteln wollte – dass seine finanzielle Lage gesichert war. Sie wusste es besser.

„Er wird nicht einmal dein Geld brauchen, Papa", fuhr Charity kichernd fort.

Onkel Peter grunzte, und sein Gesichtsausdruck war düster und mürrisch, wie immer. „Er wird es schon nehmen, da bin ich mir sicher. Jetzt mach dich bereit, sie kommen, um uns die Türen zu öffnen."

Helena hielt sich zurück und versuchte, ihr rasendes Herz zu beruhigen, als Baldwins Bedienstete die Kutschentüren öffneten und Charity und ihrem Vater hinaushalfen. Natürlich stiegen die beiden die Treppe zum Haus hinauf, ohne auf sie zu warten, was einmal mehr ihre Stellung in der Familie deutlich machte. Helena seufzte und lächelte den Diener an, der ihr aus der Kutsche half. Schließlich erlaubte sie sich, den Blick auf den Treppenabsatz des Hauses zu richten.

Baldwin stand da, zusammen mit seiner Mutter, Charlotte und dem Duke of Donburrow. Er unterhielt sich mit ihrem Onkel und Charity, aber er blickte auf sie herab, als sie langsam die Treppe hinaufstieg, und seine dunklen Augen glitten über sie, sodass sie von Kopf bis Fuß von Wärme durchflutet wurde.

Ihn zu sehen war genauso herzzerreißend, wie sie es befürchtet hatte. Es brachte all die Gefühle zurück, von denen sie sich eingeredet hatte, sie könnte sie unterdrücken. Sowie all die Erinnerungen an das Vertrauen, das er in sie gesetzt hatte, und den Schmerz, den sie während seines verzweifelten Geständnisses miterlebt hatte.

Sie zwang sich zu einem Lächeln, in der Hoffnung, dass es seine Bedenken, ihr seine Geheimnisse verraten zu haben, zerstreuen würde. Sie waren bei ihr sicher.

Als ihr Onkel und ihre Cousine weitergingen, um die Duchess zu begrüßen, kam Baldwin zu ihr herunter. „Hallo", sagte er leise.

Sie lächelte wieder, aber dieses Mal fühlte es sich so viel schwächer an. Es war unmöglich, stark zu sein, wenn er *direkt* vor ihr stand, und er sah so verdammt gut aus.

„Euer Gnaden", sagte sie. „Euer Haus ist wunderschön."

Er blickte auf, und sie sah das Aufflackern von Missmut auf

seinem Gesicht. Erst jetzt begriff sie, warum er sich fürchtete. Warum er zögerte. Warum er so oft die Stirn runzelte.

„Danke, Helena", antwortete er schließlich. „Ich bin froh, dass du kommen konntest."

„Ich bin froh, hier zu sein", versicherte sie ihm.

Sie wollte seine Hand ergreifen. Ihre rechte Hand zuckte tatsächlich, als würde sie sich von selbst bewegen, und sie musste sie an ihrer Seite zur Faust ballen, um das zu verhindern. Baldwin bewegte sich nicht, sah sie nur an. Der Moment dehnte sich zwischen ihnen aus, ein bisschen zu lange, und sie zwang sich, einen Schritt zurückzutreten.

„Helena!", rief Charlotte mit einem breiten Lächeln.

Helena warf noch einen letzten Blick auf Baldwin, dann ging sie auf ihre Freundin zu. Sie war überrascht, als Charlotte sie in eine Umarmung zog und Ewan ihre Hand sanft drückte, während sie sich unterhielten. Doch bevor sie sich auf ein Gespräch mit den beiden einlassen konnte, bellte Onkel Peter: „Helena, komm her. Deine Cousine braucht deine Hilfe!"

„Es tut mir leid, entschuldigt mich", murmelte sie errötend und huschte die Treppe hinauf, um neben Charity Platz zu nehmen. Sie wagte es nicht, zu Charlotte oder Baldwin zurückzublicken. Sie fürchtete, die beiden würden sie beobachten. Die eine mitleidig oder gar empört. Der andere mit Verlangen.

In diesem Moment konnte sie weder das eine noch das andere ertragen.

Die Diener führten sie die Treppe hinauf und den Flur hinunter. Onkel Peter wurde in ein Gästezimmer gebracht, während Charity und Helena in ein anderes geführt wurden. Als der Butler die Tür aufzog, stockte Helena der Atem. Es war wunderschön, mit Blick auf den weitläufigen Garten und einem riesigen Himmelbett.

„Passend für eine *Königin*", kicherte Charity, als Walker sich entschuldigte und sie für einen Moment allein ließ. Sie ging zum Bett und ließ sich auf die kunstvoll bestickte Bettdecke fallen. „Oder für eine Duchess. Das muss das schönste Gemach im Haus sein – ich hoffe, es bedeutet, dass er mich mehr mag, als er zugibt."

Helena drehte sich im Kreis. Es war wirklich ein wunderschöner Raum. Es gab so viel Grün in der geschmackvollen Dekoration um sie herum. Es war ein schönes und beruhigendes Zimmer.

„Oder vielleicht mag er *dich*."

Helena blieb am Fenster stehen und starrte in den Garten hinaus. Sie schluckte schwer und bemühte sich um eine heitere Miene, als sie ihre Cousine endlich wieder ansah. „Ich habe keine Ahnung, wovon du sprichst. Der Duke of Sheffield soll mich mögen?"

Charity verschränkte die Arme. „Ich habe nichts gesagt, aber ich habe gesehen, wie ihr euch letzte Woche zusammen von der Donburrow-Party weggeschlichen habt."

Helenas Lippen öffneten sich. Dass damals niemand ihre kurze Abwesenheit zu bemerken schien, war eine große Erleichterung gewesen. Sie hätte nie gedacht, dass Charity diskret sein könnte, deshalb fand sie es befremdend, dass ihre Cousine dieses Geheimnis für sich behalten hatte.

Das konnte nichts Gutes verheißen.

„Dazu kommt, dass ich dich allein in seinem Haus in London gefunden habe", fuhr Charity fort und zählte die Beweise für Helenas Sünden an ihren Fingern ab. „Und dann heute, als du die Treppe hochkamst und er dich traf? Ich sah eine Art... *Vertrautheit* zwischen euch."

Helenas Herz begann wild in ihrer Brust zu schlagen. Das Letzte, was sie jetzt brauchte, war, dass Charity ihre Beobachtungen ihrem Vater berichtete. Er hatte Helena schon einmal gedroht. Sie brauchte nicht noch mehr davon.

„Ich bin sicher, dass du dir das nur eingebildet hast. Der Mann ist höflich, das ist alles." Helenas Tonfall kam atemlos, obwohl sie dagegen ankämpfte.

Ihre Cousine bewegte sich auf sie zu, ihre hellen Augen blitzten bösartig. „Wie Papa schon so oft gesagt hat, bist du *meinetwegen* hier.

Ich habe dich einmal verteidigt, werde es aber nicht noch einmal tun, wenn du darauf bestehst, einen Platz einzunehmen, der dir nicht zusteht."

Helena schluckte. „Natürlich."

Charity neigte den Kopf und blickte sie erneut an. „Wie ich sehe, gibt es hier einen weiteren Raum hinter dieser Verbindungstür. Es ist wahrscheinlich mein Salon. Wenn es dort ein Sofa gibt, kannst du dort schlafen. Ich habe keine Lust, das große Bett zu teilen. Ich werde jetzt ein Nickerchen machen, bis meine Sachen da sind, und dann kannst du mir helfen, mein Kleid für das Abendessen heute Abend auszusuchen."

Helena seufzte und ging aus dem Zimmer in den angrenzenden Salon. „Wie du willst."

Sie schloss die Tür und streckte ihr die Zunge heraus, so wie sie es gerne in das Gesicht ihrer Cousine getan hätte. Aber das konnte sie nicht tun. Sie stapfte zum Sofa, das offenbar ihr Bett sein würde, und legte sich darauf. Wenigstens war es bequem, und es war so angewinkelt, dass sie aus dem hohen Fenster sehen konnte, von dem aus man einen weiteren schönen Blick auf Sheffields Gärten hatte.

Ihre Gedanken kreisten, als sie dort lag und auf das wunderbare grüne Meer hinausblickte. In gewisser Weise hatte Charity recht. Helena hatte durfte sich mit einem Duke einlassen, der deutlich gemacht hatte, dass er ihr nicht den Hof machen konnte, auch wenn sie beide eine Bindung zueinander spürten.

Aber das bedeutete nicht, dass die Bindung verschwunden war. Sie hatte sie in Baldwins Blicken gespürt, in der Art, wie er auf der Treppe auf sie zugekommen war. In der Art und Weise, wie ihr Körper auf ihn reagiert hatte, auch wenn sie sich dagegen gewehrt hatte.

Und es bedeutete auch nicht, dass sie nicht immer noch den dringenden Wunsch verspürte, ihn so gut wie möglich zu unterstützen. Da er seine Geheimnisse so sorgfältig vor allen anderen in seinem Leben gehütet hatte, war sie wahrscheinlich die Einzige, an die er sich wenden konnte.

Trotz der Warnungen ihrer Cousine und der Schimpftiraden ihres Onkels wusste sie, dass sie irgendwann während dieser einwöchigen Zusammenkunft Baldwin die Hand reichen würde. Als Freundin und Vertraute.

Und es gab nichts, was sie davon abbringen würde.

~

Alles, was Baldwin tun musste, war, sich von Helena fernzuhalten. Daran musste er sich seit ihrem verstörenden Wortwechsel auf dem Treppenabsatz, als er sie fast in die Arme genommen und geküsst hätte, bis sie keine Luft mehr bekäme, immer wieder erinnern. Dieser Moment heftigen Verlangens hatte ihm vor Augen geführt, dass er sich nicht beherrschen konnte.

Die Lösung war also, sie zu meiden.

Nur jetzt, da er in seinem Ballsaal stand, umgeben von sich drehenden Paaren und langjährigen Freunden, schien es unmöglich, an seinem Entschluss festzuhalten. Helena war überall. Wenn er in die Menge blickte, sah er sie neben ihrer Cousine stehen. Oder schlimmer noch, bei seinen Freunden, während sie lachte oder lächelte und so aussah, als würde sie perfekt in ihre Reihen passen.

Als er sich umdrehte, um mit einem Diener zu sprechen, stand sie plötzlich da. Sie holte gerade Getränke für ihre schreckliche Familie, die sie behandelte, als sei sie unter ihrem Rang.

Als er sich einen Weg durch die Menge bahnte, musste er ihr ausweichen, um ihr nicht in die Quere zu kommen.

Sie war allgegenwärtig, sowohl körperlich als auch in seinen verwirrten Gedanken, und er schien nichts dagegen tun zu können, um das pulsierende Verlangen zu lindern, das er für sie empfand. Selbst als er mit jeder Anwärterin tanzte, die seine Mutter für ihn hergebracht hatte, konnte er, wenn sie in seinen Armen lagen, nur daran denken, dass keine von ihnen Helena Monroe war.

„Ich glaube, Charity Shephard ist die Nächste."

Er zuckte zusammen, denn er hatte nicht bemerkt, dass seine

Mutter sich ihm genähert hatte, während er in Helenas Richtung starrte und über den Mangel an Gerechtigkeit in dieser schlimmen Situation grübelte.

„Charity?", wiederholte er, während er die Duchess ansah.

Sie legte verwirrt den Kopf schief. „Du hast mit allen anderen getanzt. Charity ist die letzte der Anwärterinnen."

Ihm drehte sich der Magen um. Nicht nur, dass er Charity Shephard nicht sonderlich *mochte*, nachdem er gesehen hatte, wie sie Helena behandelte, auch die Vorstellung, sie zu umwerben, war das Schlimmste, was er sich je hatte vornehmen müssen. Was würde er tun, Charity heiraten und Helena als ihre Gefährtin in sein Haus ziehen lassen? Sein Leben in den Armen einer Frau verbringen, während diejenige, die er wirklich begehrte, durch seine Räume wandelte und… was tat?

Fünfzigtausend Pfund würden in seiner jetzigen Verfassung mehr Probleme schaffen als lösen.

Aber das konnte er seiner Mutter nicht offenbaren, also schüttelte er nur den Kopf. „Ja, natürlich. Wie es aussieht, beendet sie gerade einen Tanz mit dem Earl of Grifford. Sobald sie fertig sind, werde ich sehen, ob ihre Tanzkarte für die nächsten Tänze frei ist."

Sie griff nach seinem Arm, als er sich entfernen wollte, und er wandte seine Aufmerksamkeit wieder ihr zu. „Du bist blass", sagte sie leise. „Ist alles in Ordnung? Hat dir *eine* der jungen Ladys gefallen?"

Fast hätte er gelacht, aber er unterdrückte es und versuchte, einen gelassenen Gesichtsausdruck aufzusetzen. „Gewiss sind sie alle reizende Ladys."

Ihr Gesichtsausdruck verfinsterte sich, als würde ihr dieses vage Lob nicht gefallen, aber sie ließ ihn los, damit er sich dem letzten Punkt auf seiner verhassten Liste zuwenden konnte.

Das Musikstück endete, und Charity und ihr Partner verließen gemeinsam die Tanzfläche. Er beobachtete, wie der Earl sich über ihre Hand beugte. Zu seiner Überraschung kicherte sie sogar, als sie sich von ihm verabschiedete. Doch schließlich stand sie allein da. Er war dankbar, dass er sie zwischen zwei Tänzen erwischt hatte. Ihr Vater war noch schlimmer als sie, ein großspuriger Narr, der glaubte, sein Geld verleihe ihm Klasse, was überhaupt nicht der Fall war. Baldwin hatte keine Lust, mit ihm zu reden.

Sie lächelte, als er sich ihr näherte, und es gab einen Augenblick, in dem er zugeben konnte, dass sie schön war. Sie hatte blondes Haar und strahlend blaue Augen. Ihr Kleid war perfekt, nicht zu freizügig, aber dennoch verführerisch.

Ja, sie wäre ein hübsches Schmuckstück am Arm eines jeden Mannes. Und mit ihrem Vermögen obendrein würden bald hundert Anwärter an ihre Tür klopfen.

Baldwin hasste es, dass er einer von ihnen sein musste.

„Guten Abend, Miss Shephard", sagte er mit einer steifen Verbeugung, als er sie erreichte.

„Euer Gnaden", sagte sie mit einem schüchternen Lächeln. Nichts davon war echt – es war alles nur vorgespielt. Anders als Helena, die immer sie selbst war. „Ich habe mich schon gefragt, wann Ihr mich aufsuchen würdet."

Er blinzelte ob der kecken Unverfrorenheit ihrer Worte. „Habt Ihr das?"

„Ich habe gesehen, dass Ihr bereits mit allen geeigneten jungen Ladys im Raum getanzt habt."

Er runzelte die Stirn. Nun, zumindest konnte er die Liste der Eigenschaften dieser jungen Dame um den Punkt *Beobachtungsgabe* erweitern. Er musste darauf achten.

„Ich habe mir das Beste für den Schluss aufgehoben", sagte er galant und hasste es, wie unwahr die Worte klangen. Aber Charity gefielen sie, denn sie errötete. „Ist der nächste Tanz auf Ihrer Tanzkarte frei?"

Sie nickte und nahm seinen Arm, damit er sie auf der Tanzfläche zu ihren Plätzen führen konnte. Er starrte sie nur an, während sie auf die Musik warteten und andere das Wort ergriffen. Ihm fiel nichts ein, was er dieser Frau hätte sagen können. Nichts, was er von ihr wissen wollte.

Es war natürlich unhaltbar, sich nicht darum zu kümmern. Aber was sollte er denn tun, wenn er genau wusste, was seine Umwerbung auslösen würde?

Die Musik setzte ein und schwoll an, und er atmete leise aus. Ein verdammter Walzer. Ausgerechnet. Sie trat in seine Umarmung, und sie begannen, sich auf der Tanzfläche zu drehen, aber sie waren sich viel zu nahe, wie er fand.

„Euer Anwesen ist sehr schön", sagte sie, womit sie ihn aus seinen Gedanken riss und ihn wieder einmal daran erinnerte, wie unhöflich er war.

„Danke", sagte er.

„Ich kann mir aber nicht vorstellen, dass Ihr euren Landsitz London vorzieht", fuhr sie fort.

Er zuckte mit den Schultern. „Sie haben beide ihre Vorteile."

Sie lachte. „Wirklich? London ist so aufregend. Es gibt dort immer Abenteuer zu erleben, ein neues Geschäft zu erkunden oder etwas zu sehen."

„Ich nehme an, das ist wahr", sagte er. Ehrlich gesagt, hatte er London schon lange nicht mehr in diesem Licht gesehen. Es war ein Ort, an dem Gläubiger ohne Vorwarnung vor der Tür auftauchten und eine Szene machen konnten, die eines Tages alles um ihn herum zum Einsturz bringen würde.

„Mein Vater war schon immer von diesem Land besessen", fuhr sie fort. „Während der Revolution bevorzugte er Eure Seite, obwohl er zu Hause aus offensichtlichen Gründen nie viel darüber sprach."

„Ja, ich nehme an, er würde als Verräter abgestempelt", sagte Baldwin.

Sie schien nicht beleidigt zu sein. „Oh ja, er musste seine Meinung für sich behalten. Er flüstert sie nur jenen zu, die so denken wie er, während er in der Öffentlichkeit den Patrioten spielt, damit er weiterhin Geld einnehmen kann."

Baldwin drehte sich angesichts dieser Doppelzüngigkeit der Magen um. Aber er war auch nicht besser. Alles, was er tat, war falsch und diente dazu, seine Familie knapp über Wasser zu halten.

Charity nahm seine Gefühle nicht wahr und fuhr fort: „Als er sagte, er wolle uns für eine Saison hierherbringen, habe ich gezögert, aber jetzt bin ich froh darüber. Es hat Helena und mich aus dem langweiligen Boston herausgebracht!"

Baldwin blickte auf sie herab. Er hatte nicht mit ihr tanzen wollen, aber jetzt sah er darin eine einzigartige Gelegenheit. Er konnte ihr diskrete Fragen stellen und mehr über Helena herausfinden.

„Es ist bestimmt sehr hilfreich, eine Begleiterin auf seinen Reisen zu haben", sagte er vorsichtig.

„Ich denke schon", sagte sie und rümpfte die Nase. „Obwohl Helena auf der Reise nicht gerade die beste Begleiterin war. Sie hat die meiste Zeit der Überfahrt damit verbracht, sich beim Bug zu übergeben."

Baldwin unterdrückte bei diesem Bemerkung ein Lächeln. Obwohl ihm ihr Unwohlsein leid tat, konnte er diese Information über sie gedanklich zu seinen Akten legen. *Keine Schiffe.*

„Und habt Ihr beide die gleichen… Interessen?", fragte er, immer noch sehr behutsam.

„Wohl kaum", lachte Charity. „Helena ist ein Bücherwurm. Ihr hättet sie sehen sollen, wie sie ein Buch nach dem anderen verschlungen hat. Sie würde die Anleitung auf einer Medizinflasche lesen und wäre begeistert. Ich bevorzuge Abenteuer. Mein Papa besitzt ein Rennpferd, und er hat mich schon dutzende Male auf die Rennbahn mitgenommen. Ich habe sogar schon ein paar Münzen gewonnen."

Das letzte sagte sie mit einem kleinen Augenzwinkern, und ihm drehte sich der Magen um. Ein Grund mehr, Charity als Braut zu meiden. Das Letzte, was seine Familie brauchte, war eine weitere Spielerin. Er hatte schon genug Aufregung in seinem Leben – er brauchte niemanden, der ihn nach draußen zerrte und darauf bestand, Geld auf Pferde zu setzen.

„Manche haben das Glück gepachtet", sagte er, während er sie noch einmal auf der Tanzfläche herumdrehte. Wann würde dieses

Stück endlich enden? Es fühlte sich an, als würde es schon ewig dauern. „Seid Ihr und Miss Monroe zusammen aufgewachsen?"

Charitys Augen verengten sich. „Ihr seid ja sehr an meiner Cousine interessiert."

Baldwin wich zurück. Verdammt, er war zu weit gegangen. Jetzt musste er sich das Thema fallen lassen, um nicht noch mehr Misstrauen zu erregen. „Ganz und gar nicht", log er. „Ich bin natürlich an Euch interessiert. Ich habe mich nur nach Eurer Kindheit erkundigt."

Sie sah nicht überzeugt aus, fing aber an, von ihrer Kindheit in Boston zu erzählen. Sie erwähnte Helena nicht ein einziges Mal, und Baldwin ertappte sich dabei, wie er in seine eigenen Gedanken abdriftete und die Schritte und Takte des Tanzes zählte, während er darauf wartete, dass er endlich zu Ende ging.

Schließlich war es so weit. Er lächelte Charity erleichtert an, als er sie von der Tanzfläche führte und zu ihrem Vater brachte. „Nochmals vielen Dank für den Tanz, Miss Shephard."

Sie beobachtete ihn genau, als sie ihrem Vater übergeben wurde. „Ich danke *Euch*, Euer Gnaden. Vielleicht können wir bei unserem nächsten Gespräch über interessantere Dinge sprechen als über meine Cousine."

Er kniff bei ihrem spitzen Tonfall die Lippen zusammen, nickte ihrem Vater kurz zu und schritt davon. Es war, als würde er aus dem Gefängnis befreit, und er holte tief Luft. Nun hatte er seine Pflicht erfüllt, zumindest für den heutigen Abend. Er hatte mit allen Anwärterinnen getanzt, sich hie und da ein paar Einblicke über sie verschafft und seine Mutter besänftigt.

Er konnte also tun und lassen, was er wollte. Er schaute sich im Raum um und entdeckte Helena, die an der Wand stand. Sie war allein und beobachtete mit sichtlicher Wehmut die Paare, die wieder auf der Tanzfläche standen und auf den Beginn des nächsten Stückes warteten. Sie wollte tanzen. Und er wünschte sich nichts sehnlicher als sie aufzufordern.

In diesem Augenblick traf ihn die Erkenntnis, dass er es tun würde. Sie würde seine Belohnung dafür sein, dass er den Abend bis jetzt durchgehalten hatte. Was konnte schon passieren?

Er machte einen Schritt auf sie zu, aber bevor er den Raum durchqueren konnte, eilte Walker an seine Seite. „Euer Gnaden?“

Mit einem Stöhnen wandte er sich an seinen Butler. „Ja, Walker, was gibt es?“

„Es tut mir leid, dass ich mitten in der Party störe, aber Ihr habt eine Nachricht.“

„Kann es nicht warten?“

Walker schüttelte den Kopf. „Das glaube ich nicht, Sir. Es ist von Mr. Deacon.“

Baldwin erstarrte. Deacon war der Mann, den er angeheuert hatte, um die fehlenden Schulden aus dem Nachlass zu untersuchen. „Wann ist es angekommen?“

„Gerade eben, Euer Gnaden“, sagte Walker. „Und da Ihr mir zuvor gesagt habt, dass jegliche Nachricht von diesem Mann…“

„Dringend ist, ja“, ergänzte Baldwin. „Richtig. Ich nehme an, du hast die Botschaft in meinem Arbeitszimmer deponiert?“

Walker nickte und Baldwin seufzte missvergnügt, als er noch einmal einen Blick über seine Schulter auf Helena warf. Sie war immer noch allein, aber jetzt blickte sie ihn von der anderen Seite des Raumes an. Er erschauderte unter ihrem geraden Blick und sehnte sich danach, zu ihr hinüberzugehen, sie in den Arm zu schließen und die Sorgen zu vergessen, die so schwer auf ihm lasteten.

Aber es sah so aus, als ob dieser Moment mit ihr nicht eintreffen würde. Zumindest nicht in diesem Augenblick. Nicht dort.

KAPITEL 11

Helena sah, wie Baldwin den Ballsaal verließ, und ihr Herz sank. *Sein Gesichtsausdruck.* Oh, es war schrecklich. Er sah aus wie ein Mann, der zum Galgen geführt wurde. Aber er hatte auch den Rest des Abends unglücklich ausgesehen. Sie hatte zwar die Anspannung auf seinem Gesicht gesehen, als er sich seinen Gästen widmete, aber dies war etwas anderes.

Etwas Schreckliches.

Sie sehnte sich danach, zu ihm zu laufen, ihm die Freundschaft, die sie einander geschworen hatten, in Erinnerung zu rufen, das Einzige, was sie teilen konnten. Sie war eine Närrin.

„Helena."

Sie drehte sich um und lächelte unwillkürlich, als Adelaide, Duchess of Northfield, sich neben sie stellte und sie ein wenig drückte.

„Adelaide, oh, du siehst wunderschön aus!"

Und das tat sie. Die Duchess war der Inbegriff von Eleganz in einem gold-silbernen Kleid mit kunstvollen Flechtungen und einem fließenden Rock, der bei jeder Drehung schwungvoll wirbelte. Im Gegensatz zu den anderen Ladys im Raum, deren Haare hochgesteckt waren, um Wangenknochen und Schwanenhälse zu betonen, waren die blonden Locken ihrer Begleiterin lockerer frisiert und umrahmten ihr hübsches Gesicht perfekt.

„Danke", sagte Adelaide und errötete ein wenig. „Es ist immer noch seltsam für mich, mit solch einem… Trara zu Gesellschaften zu kommen."

Helena runzelte die Stirn. „Das hast du vorher nicht getan?"

„Oh nein", lachte Adelaide. „Ich war viele Jahre lang ziemlich unscheinbar. Es ist Graham, der mich dazu überredete…" Die Duchess durchsuchte den Raum mit ihrem Blick bis zur Stelle, wo Graham stand und herzhaft mit Simon lachte. „… mehr aus mir herauszugehen."

Helena verzog wehmütig das Gesicht, denn die Liebe dieser Frau zu ihrem Mann war nicht zu übersehen. Eigentlich war das der rote Faden, der sich durch alle verheirateten Mitglieder des Duke Clubs zu ziehen schien. Sie alle hatten eine tiefe, leidenschaftliche, aufrichtige Liebe gefunden.

Es war wirklich etwas Wunderbares.

„Es fällt mir schwer, mir dich als Mauerblümchen vorzustellen", sagte Helena lachend. „Du bist so selbstbewusst und liebenswert."

„Die Liebe hilft dabei", sagte Adelaide und riss ihren Blick von ihrem Mann los. „Und Übung. Je öfter ich tanze und, wie Graham es nennt, *zur Schau stelle*, desto leichter wird es."

Helena schüttelte den Kopf. „Ich habe früher gerne getanzt. Nicht, um mich zur Schau zu stellen, aber tanzen war eine meiner Lieblingsbeschäftigungen, bevor…"

Sie unterbrach sich selbst. War sie wirklich kurz davor gewesen, dieser Lady, dieser Fremden, von ihrer Vergangenheit zu erzählen? Ein Fauxpas allererster Güte. Ihr Onkel wäre wütend, auch wenn er ihr immer gerne unterstellte, sie sei der Skandal in Person. Aber die Einzelheiten zu erzählen, war etwas anderes. Ganz zu schweigen davon, dass sich die Geschichte dann in ihrem kleinen Kreis verbreiten würde, und was würde dann passieren?

Ihre schönen neuen Freundschaften würden sich ebenso schnell auflösen wie die in Boston.

Adelaide betrachtete sie etwas genauer, aber sie drängte nicht. „Wenn du gerne tanzt, wundert es mich, dass du es noch nicht getan hast. Baldwin schien sich mit allen unverheirateten Ladys zu befassen, obwohl ich ihn im Moment nicht sehe."

Helena schluckte. „Sheffield hat mit den *infrage kommenden* Ladys getanzt."

„Kommst du nicht infrage? Bist du verheiratet und wir wissen nichts davon?"

„Nein." Helena schüttelte den Kopf. „Ihr tut alle so, als hätte ich den gleichen gesellschaftlichen Rang wie ihr, aber dem ist nicht so. Ich bin nur als Gesellschafterin hier. Selbst wenn ich es nicht wäre, bin ich mit Sicherheit nicht in Baldwins, äh, Sheffields Liga."

Adelaide zuckte mit den Schultern. „Emma empfand das Gleiche bei James. So wie ich auch bei Graham. Du wärst überrascht, wie wenig du über Männer weißt und was sie tief in ihrem Herzen wünschen. Ich glaube, sie sind oft selbst am meisten überrascht, wenn es sie überrollt wie eine außer Kontrolle geratene Kutsche. Zumindest beschreibt Graham so seine Gefühle für mich. Romantisch, wenn auch ein bisschen brutal, sage ich ihm immer wieder."

Helena schaute sie bewundernd an. „Ich habe Emma mit Abernathe gesehen. Sie sind so verliebt. Und gerade jetzt starrt dich dein Mann an, als wärst du Schokolade und er ein auf Süßes versessener Mann."

Adelaide warf erneut einen Blick über ihre Schulter und erschauerte leicht, als sie Grahams Gesichtsausdruck bemerkte. „Die Liebe, die du jetzt siehst, ändert nichts an den schwierigen Umständen unserer Anfänge. Ich will damit nur sagen, dass du dich selbst nicht ausschließen solltest, wenn es um Baldwin geht."

„Bei mir ist es anders", flüsterte Helena und neigte den Kopf. „Mit uns."

Adelaide hob eine Hand und versteckte kurz ihr Lächeln dahinter. Als sich Helenas Lippen öffneten, schüttelte sie den Kopf. „Ich weiß, das ist nicht zum Lachen, aber ich lache nicht *über* dich. Es ist nur so, dass ich mit Meg gewettet habe, dass du genau das sagen würdest. Sie ist mir also etwas schuldig, und ich danke dir, denn ich werde es ihr schamlos vorhalten."

Helena zwang sich zu einem Lächeln. Sie sah den Humor, aber Adelaide kannte die Umstände nicht. Die Barrieren, die nie und nimmer überwunden werden konnten.

„Chancen auf wahres Glück gibt es so selten, Helena", sagte Adelaide, nun sanfter, während sie Helenas Hände ergriff. „Verschließe dich nicht vor ihrer Möglichkeit, sonst gibt es nichts, worauf es sich zu freuen lohnt."

Helena seufzte, und ihre Gedanken kreisten für einen kurzen Moment um diese Möglichkeit. Mehr Küsse in menschenleeren Gärten. Diese Vertrautheit, die so unmittelbar und so stark gewesen war, dass sie vor Überraschung beinahe umgefallen war.

„Ich nehme an, du hast recht", flüsterte sie. „Ich weiß deinen Beistand trotzdem zu schätzen."

„Den hast du", sagte Adelaide. „Unser aller Beistand." Sie grinste. „Und nun kommen mein lieber Mann und Simon."

Helena wischte ihre aufwühlenden Emotionen beiseite und lächelte, als die Männer sich zu ihnen gesellten. Graham streckte sofort seine Hand aus und legte sie auf Adelaides Rücken. Ihre Liebe war in diesem Moment mit Händen greifbar, und Helena war noch eifersüchtiger auf das offensichtliche Glück ihrer neuen Freundin.

„Helena hat mir gerade erzählt, wie gerne sie tanzt", verriet Adelaide.

„Ah", sagte Simon mit einem Lächeln in ihre Richtung. „Nun, ich bin der beste Tänzer in unserer Gruppe."

„Und der bescheidenste", sagte Graham lachend.

„Du solltest nicht so reden. Denk daran, wie du dich immer anstellst", sagte Simon mit einem Augenrollen in Helenas Richtung.

„Das nehme ich dir übel – mein Mann hat sich noch nie in seinem Leben angestellt", entgegnete Adelaide.

Helena staunte über diese Leichtigkeit. Sie waren alle so verspielt und lustig, und sie schlossen sie so mühelos ein. Und es war wundervoll so zu tun, als könnte sie zu ihnen gehören. In diesem Augenblick oder in Zukunft.

Simon schüttelte den Kopf. „Beachte die beiden nicht, sie sind nur neidisch auf mein Talent. Es wäre mir eine Freude, den nächsten Tanz mit dir zu teilen, es sei denn, du hast einen anderen Partner im Sinn."

Helena warf einen Blick auf die Tür, durch die Baldwin kurz zuvor den Ballsaal verlassen hatte. Dann lächelte sie Simon an. „Es wäre mir eine Ehre, Euer Gnaden, solange Meg nichts dagegen hat."

„Oh, das hat sie nicht", sagte er, als er ihr seinen Arm reichte und sie zur Tanzfläche führte. Aber während sie die komplizierten Schritte des Jigs begannen, den das Orchester als Nächstes spielte, konnte Helena nicht anders, als noch einmal an Baldwins Ausdruck beim Verlassen des Ballsaals zu denken.

Und sie wünschte sich, dass sie einen Weg finden könnte, ihm zu helfen. Auch wenn das nicht ihre Aufgabe war.

~

Baldwin starrte zum zehnten Mal innerhalb einer halben Stunde auf den Brief, der auf seinem Schreibtisch gelegen hatte. Die Worte verschwammen vor seinen Augen, wie schon beim ersten Mal, als er sie gelesen hatte. Jetzt konnte er sie kaum noch erkennen, aber das machte nichts.

Sie waren in seine Seele eingebrannt. Es waren Aussagen, die er nie vergessen würde, selbst wenn er es mit aller Kraft versuchte.

„'Die fehlenden Schuldscheine sind gefunden worden', sagte er laut und zuckte zusammen, als seine Hände zu zittern begannen. „'Oder genauer gesagt, ihr früherer Aufenthaltsort. Sie waren im Besitz von drei Gentlemen'."

Er schluckte, als er aufstand und den Brief zur Seite warf. Er hatte nur darauf gewartet, dies zu hören, um endlich zu wissen, wer sein Schicksal in den Händen hielt, wer ihn zum Schafott führen würde.

Nur hatten die Männer, die diese Schuldscheine besessen hatten, sie nicht mehr. Sie hatten sie verkauft, alle am selben Tag, alle über denselben Anwalt.

Das bedeutete, dass sie jetzt wahrscheinlich *einem einzigen* Mann gehörten. Jemandem, der die Schulden auf berechnende Art und Weise entdeckt und aufgekauft hatte und seine Identität durch den Anwalt schützte, der sich weigerte, Baldwins Mann weitere Informationen zu geben, einschließlich der Rückzahlungsbedingungen.

Es drehte ihm den Magen um, wenn er daran dachte, welche Absichten ein solcher Mann hegen könnte. Der Gedanke an die Albträume, die er im Handumdrehen wahr machen könnte.

Baldwin schritt zur Anrichte und holte eine Flasche Scotch heraus. Er machte sich nicht die Mühe, ein Glas zu nehmen, sondern ließ sich in den Sessel vor dem Kamin fallen und nahm einen großen Schluck. Er sollte zurück zu seiner Party gehen, aber im Moment konnte er nicht einmal im Entferntesten daran denken, sich unter die Damen und Freunde zu mischen und so zu tun, als ginge es ihm gut, während ihm in Wahrheit der Kopf schwirrte und sein Herz schmerzte.

Im Moment wollte er nur vergessen. Und Scotch war das beste Mittel, das er kannte.

~

Helena schlich den stillen Flur entlang, den Rock ihres Kleides in den Händen, während sie von einer geschlossenen Tür zur nächsten huschte und versuchte, einen Hinweis darauf zu finden, wohin sie sich wenden sollte.

Es waren Stunden vergangen, seit Baldwin den Ballsaal verlassen hatte, mit verkniffenem und schmerzverzerrtem Gesicht. Sie hatte auf seine Rückkehr gewartet und versucht, so zu tun, als würde ihr seine Abwesenheit nichts bedeuten. Es wurde immer schwieriger, als das Geflüster losging, bei dem sich die Gäste fragten, warum ihr Gastgeber die Party so abrupt verlassen hatte.

Sie hatte die Sorge auf Charlottes Gesicht und auf dem der Duchess of Sheffield gesehen, als sie sich entschuldigten und vielsagende Blicke austauschten. Mit jedem Moment wuchs Helenas Wunsch, Baldwin ihre Hilfe anzubieten. Und jetzt, da die Party zu Ende gegangen und ihre Cousine in ihr Gemach zurückgekehrt war, um sich von ihrer Zofe ins Bett helfen zu lassen, wusste Helena, dass dies ihre einzige Chance war, Baldwin zu finden.

Sie bog um eine weitere Ecke des endlosen Flurs und blieb wie angewurzelt stehen. Die meisten Räume waren dunkel, aber unter einer Tür am Ende des Korridors drang ein schwacher Lichtschein hervor. Ihr Herz begann zu klopfen, als sie sich darauf zubewegte, in der Hoffnung, Baldwin gefunden zu haben. Sie *fürchtete* beinahe, dass sie ihn gefunden hatte. Sie wusste nicht, was sie tun sollte, wenn er sich tatsächlich hinter dieser Tür befände.

Sie klopfte, aber es kam keine Antwort. Sie ließ die Schultern sinken. Der Raum war wahrscheinlich leer. Sie machte Anstalten zu gehen, aber bevor sie sich entfernen konnte, klapperte etwas auf dem Boden, und ein gedämpfter Fluch erklang hinter der Tür.

Sie streckte die Hand aus und stieß die Tür auf.

Wenn es eine Kerze gegeben hatte, die den Raum beleuchtete, war sie schon lange ausgebrannt. Das Feuer im Kamin war noch die einzige Lichtquelle, und es flackerte und warf lange Schatten in die Kammer. Es war ein Arbeitszimmer, ähnlich wie das in Baldwins Londoner Wohnhaus.

Als sie sich umdrehte, um ins Feuer zu blicken, sah sie ihn davorstehen Er hatte vor dem Kamin gesessen, aber jetzt war er aufgestanden, etwas unbeholfen, und starrte sie an.

Er hielt eine Flasche in der Hand. Eine halbleere Flasche noch dazu. Sein Jackett war weg, seine Krawatte war weg und sein Hemd war halb aufgeknöpft und enthüllte unerhört viel Haut, die mit drahtigem Brusthaar bedeckt war und die eine Lady nicht sehen sollte. Jedenfalls nicht, wenn sie einem Gentleman gegenüber so verwerfliche Gedanken hegte.

Sie hielt den Atem an und starrte zurück. Er blickte sie ohne zu blinzeln an, unbeweglich, seine Miene unergründlich.

„Bist du ein Traum?“, fragte er schließlich, wobei seine Worte eine Spurundeutlich von seinen Lippen kamen.

Sie warf einen Blick über ihre Schulter. Er würde nicht wollen, dass andere ihn auf diese Weise sahen. Sie betrat das Arbeitszimmer und schloss die Tür hinter sich. Einen Moment lang zögerte sie, dann drehte sie den Schlüssel im Schloss und gewährte ihnen damit etwas Freiheit und eine kräftige Dosis unschicklichen Alleinseins.

„Nein“, flüsterte sie, als sie ihre Stimme wiederfand.

„Das ist eigentlich noch schlimmer“, murmelte er und ließ sich mit einem Grunzen in den Sessel zurückfallen. Die Flasche in seinen Fingern löste sich und rollte auf den Boden, wo sie den Rest ihres Inhalts auf den Teppich leerte. „Wenn du ein Traum wärst, könnte ich haben, was ich will.“

Sie bewegte sich vorwärts, verwirrt und drängend, fasziniert und erschrocken zugleich. „Du hast deine Party verlassen, Baldwin“, sagte sie sanft. „Ich habe mir Sorgen gemacht, als du nicht zurückkamst.“

„Alle anderen bekommen, was sie wollen“, sagte er, ohne auf ihre Worte zu achten. „Ist dir das schon aufgefallen?“

Sie ließ sich auf dem Stuhl neben ihm nieder, drehte sich zu ihm, beugte sich vor und betrachtete sein Gesicht genau. Sie hatte ihn für unergründlich gehalten, aber das war falsch. Denn überall auf seinem Gesicht waren starke Emotionen zu sehen. Es waren nur so viele, dass es schwer war, sie alle zu erkennen.

„Manche Menschen haben mehr Glück“, räumte sie ein.

Er lachte, aber es war kein vergnügliches Lachen. Es enthielt keine Leuchtkraft, keine Freude. Es war rau und kalt. „Oh ja, und erst noch so viele. Meine Freunde haben *Glück*. Die Hälfte von ihnen ist verheiratet und ach so glücklich.“

Sie runzelte die Stirn. „Ich kann nicht glauben, dass du ihnen das missgönnst, Baldwin. Ich weiß, dass sie dir am Herzen liegen.“

Die Härte in seinem Gesicht löste sich ein wenig, und er

zuckte mit den Schultern. „Nein, ich missgönne es ihnen nicht. Sie haben es verdient. Sie haben ihr Glück verdient. Aber ich muss es mir trotzdem ansehen, nicht wahr? Diese wissenden Blicke zwischen ihnen, ihre endlosen Kommentare, dass ich aus Liebe heiraten sollte. 'Heirate nur aus *Liebe*, Baldwin.' Sie haben ja keine Ahnung."

Sie schluckte schwer. „Nein, sie haben wirklich keine Ahnung. Du hast ihnen nicht die Wahrheit gesagt."

Er starrte sie an, und es war, als sähe er sie zum ersten Mal. „Du bist sehr vernünftig, nicht wahr?"

Sie lächelte trotz der ungemütlichen Situation. „Ich nehme an, das bin ich."

„Warum?", fragte er. „Es ist ja auch nicht so, dass du bekommst, was *du* willst. Hier sind wir, zwei Menschen, die *nie* bekommen werden, was sie wollen, weil jemand anderes etwas getan hat. Wegen dem, was wir uns selbst angetan haben."

Sie wich zurück. Er hatte keine Ahnung was er sagte, aber er war furchtbar nah an ihr Geheimnis gekommen, das sie verschweigen musste, um Frieden mit ihrer Vergangenheit machen zu können. Sie legte den Kopf schief.

„Ich nehme an, es gibt so etwas wie Akzeptanz, Baldwin. Mich selbst zu quälen, bringt doch nichts."

„Ja, ich quäle mich", stimmte er zu. Zu ihrer Überraschung lehnte er sich plötzlich nach vorne und fiel dabei fast vom Stuhl. Sein Gesicht war jetzt ganz nah, zu nah. „Du bist hier, nicht wahr? Du bist hier unter meinem Dach. In einem Bett, nur zehn oder zwölf Türen von meinem eigenen entfernt. In meinem Arbeitszimmer mit verschlossener Tür. Du bist eine Tortur, Helena Monroe. Denn was ich im Moment mehr als alles andere auf der Welt will... bist *du*."

Das Lallen war vollkommen aus seiner Stimme verschwunden. Als wäre das, was er aussprach, so wahr, dass es den Alkoholnebel zunichtemachte. Sie starrte ihn an, in dieses hübsche Gesicht, das nun so nahe an ihrem eigenen war. Alle Vernunft in ihr schrie ihr zu, aufzustehen und wegzugehen. So zu tun, als wäre das alles nie passiert.

Nur war Besonnenheit in diesem Moment nicht ihre Stärke. Anstatt also auf die Stimme der Weisheit zu hören, streckte sie ihre Hand aus und legte sie an seine Wange.

Er schloss die Augen und stieß einen langen, gleichmäßigen Atemzug aus. Dann griff er nach der Kante ihres Stuhls und zog ihn zu sich nach vorne, wobei die Beine auf dem Parkettboden knirschten, als er die Lücke zwischen ihnen schloss. Sie zitterte, als sie mit ihren Fingern durch sein Haar fuhr.

Er stieß ein unzusammenhängendes Knurren aus, beugte sich dann vor und legte seinen Mund auf ihren.

Im Garten war sein Kuss sanft gewesen, zögerlich sogar. Der Kuss eines Mannes, im Vollbesitz seiner Sinne und seiner Vernunft. Dies war etwas ganz anderes. Der Alkohol hatte ihm zwar nicht die Sinne geraubt, sie aber ein wenig getrübt und ihn viel stürmischer gemacht. Seine Lippen legten sich auf ihre, hart und fordernd, und sie öffnete sich ohne zu zögern. Er drang ein und verband seine Zunge mit ihrer. Sie schmeckte Scotch und Verzweiflung und Verlangen und Begierde. Sie ließ es geschehen, rückte näher an ihn heran und ertrank in seinem Kuss.

Er zog sie an sich, und sie rutschte von ihrem Stuhl, wobei sie unvermittelt auf seinem Schoß landete. Seine Finger gruben sich in ihr Haar und zogen einige der Locken nach unten, während er sie ununterbrochen küsste.

Sie ließ ihn gewähren. Er hatte recht gehabt, als er sagte, dass sie nie das bekommen würde, was sie wollte. Und ja, sie hatte ihm die Wahrheit gesagt, als sie beteuert hatte, dass sie diese Tatsache akzeptierte. Aber sie verspürte auch Schmerz. Und Kummer. Aber während er sie berührte, verblasste all das, und es blieb nur noch der pulsierende Drang, sich ihm hinzugeben.

Seine Hände wanderten tiefer, während er sie weiterküsste, und seine Finger fuhren über ihren Hals, ihr Schlüsselbein, den Ausschnitt ihres schlichten Kleides. Dann legten sie sich um ihre

Brust, und sie warf ihren Kopf mit einem lustvollen Stöhnen zurück. Dieses Gefühl traf sie völlig unerwartet, aber es war da, stark und wunderbar und überwältigend zugleich.

Er presste seinen Mund auf ihre entblößte Kehle und begann, mit seiner Zungenspitze kleine Muster darauf zu zeichnen. Sie ertappte sich dabei, wie sie sich fast gegen ihren Willen gegen ihn stemmte, und ihre Fingerspitzen gruben sich in seine Schultern, während er Empfindungen in ihr auslöste, die sie alles andere auf der Welt vergessen ließen.

Seine Hand ließ von ihrer Brust ab, und durch den Nebel der Leidenschaft hindurch spürte sie, wie sie tiefer glitt. Er umfasste ihre Hüfte, dann spürte sie, wie sich ihr Rock hob. Hoch und höher, bis die warme Luft, die vom Feuer ausstrahlte, ihre Waden und Knie kitzelte.

Die Lust war wie der Ozean, und sie schwamm durch ihn hindurch, wohl wissend, dass sie irgendwann auftauchen musste, um sich ihrer Umgebung wieder bewusst zu werden. Irgendwie schaffte sie es und starrte erst auf ihre unbedeckten Beine und dann auf ihn hinunter.

„Ich… ich weiß nicht…", stammelte sie und legte ihre Hände auf seine, um ihn davon abzuhalten, ihre Röcke noch höher anzuheben.

„Ich möchte dich berühren", erklärte er, seine Stimme war sehr leise und weich und sanft. „Dich einfach nur berühren, Helena. Dir einfach nur Freude bereiten, weil ich es miterleben will. Ich möchte es fühlen. Aber wenn du willst, höre ich auf. Darf ich fortfahren?"

Sie konnte kaum noch atmen. Es war nicht so, dass sie sich nicht schon einmal in dieser Lage wiedergefunden hätte. Oh, das hatte sie, aber nicht so. Jetzt war es ein Vergnügen, kein Schrecken. Nun war sie mit einem Mann zusammen, den sie begehrte. Sie war gefangen zwischen grauenhaften, schrecklichen Erinnerungen und einer unerwarteten Sehnsucht.

Sie schloss die Augen. Wenn ihr Leben von einem Skandal überschattet sein sollte, der sie auf Schritt und Tritt verfolgte, wenn sie Charity hinterherjagen und versuchen sollte, dem Zorn ihres

Onkels zu entgehen, wenn sie ihr Schicksal akzeptieren sollte... dann war das hier mit Baldwin ihre letzte Chance, etwas nur für sich zu haben. Etwas, woran sie sich ewig festhalten konnte.

Etwas, das die schmerzhaften Erinnerungen an die Vergangenheit auslöschen würde. Oder sie zumindest etwas linderten. Bei diesem Mann hatte sie keinen Zweifel, dass er sie liebevoll behandeln würde. Selbst nach ein oder zwei Gläsern versuchte er nicht, sie zu drängen oder zu überreden, und er verlangte nichts von ihr. Er *bat* sie, sich ihm zu offenbaren.

Und in diesem Moment entschloss sie sich nachzugeben. Sie nickte, als sie ihre Hand wegzog.

„Ja", stammelte sie, als sie ihr Gesicht abwandte.

KAPITEL 12

„Jemand hat dir wehgetan", sagte Baldwin.

Helena erstarrte bei diesen Worten. Sie waren eine Feststellung, keine Frage. Etwas, das er sogar mit seinem trunkenen Verstand erkennen konnte. Sie sah ihn nicht an und nickte nur.

Einen Moment lang war er still, und dann spürte sie, wie sein Finger ihr Kinn berührte. Er fasste ihr Kinn fester, und sie war gezwungen, ihn anzuschauen. Er blinzelte ein paar Mal, als ob er versuchen würde, einen klaren Kopf zu bekommen.

„Darf ich fortfahren?", wiederholte er.

Sie schluckte. „Ich weiß es nicht", gab sie zu. „Wenn du mich berührst, vergesse ich alles andere. Aber ich weiß nicht wirklich, was du tun wirst oder was ich fühlen werde."

Seine Stirn legte sich in Falten, doch dann wurde sein Gesicht weicher. „Ich möchte dir Vergnügen bereiten", versprach er, als er seine Lippen wieder auf die ihren legte.

Sie versank sich erneut in seinem Kuss und genoss den Geschmack seiner Zunge, als sie sich mit ihrer eigenen verband. Es war himmlisch, es war feurig, es war Lust und Vergnügen. Und dennoch hatte er ihr mehr versprochen. Sie *wollte* mehr.

Als seine Hand wieder an ihrem Rock zog, hielt sie ihn nicht auf. Sie küsste ihn einfach weiter, in der Hoffnung, dass ihre Ängste verfliegen würden und sie diesen gestohlenen, verruchten Moment einfach genießen konnte.

Er bauschte ihren Rock um ihre Hüften und legte dann eine Hand auf ihr nun entblößtes Knie. Durch ihre Strümpfe hindurch spürte sie die Wärme seiner Handfläche, als er sie sanft drückte. Dann glitten seine Finger langsam nach oben und zeichneten die Linie ihrer Oberschenkel nach.

Sie zitterte, denn sie hatte zuvor nie bemerkt, wie empfindlich ihre Beine waren. Aber es war, als würde sie mit seinen zärtlichen Berührungen wachgerüttelt.

Der Kuss vertiefte sich, als er mit der gleichen Hand von der Vorderseite ihres Oberschenkels zur Innenseite glitt. Ihre Beine öffneten sich von selbst, auch wenn sie erstaunt und ängstlich den Atem anhielt.

Er löste sich aus dem Kuss und blickte ihr in die Augen. „Egal, wie weit ich gehe, egal, was ich tue, du kannst immer *Nein* sagen."

Sie hob ihre Schultern, während sie seine Hand auf ihrem Bein betrachtete. Sie sah dort so groß aus, so dunkel gegen die blasse Haut über ihrem Strumpf, und sie fühlte sich heiß wie Feuer an.

Er hielt ihren Blick fest, während er seine Finger weiter nach oben gleiten ließ, bis zum Schlitz in ihrer Unterwäsche. Vorsichtig teilte er den Stoff, und dann bahnten sich seine Finger einen Weg hinein.

Als er ihr Geschlecht berührte, zuckte sie zusammen, und er hielt inne, ließ nur seine Hand dort ruhen, flach und warm auf ihrer empfindlichen Haut.

Er lehnte sich zurück, und sein Mund fand wieder den ihren. Sie konzentrierte sich auf seine Hand auf ihr, diese verruchte Hand, die ihren intimsten Teil bedeckte. Doch als sein Kuss noch einmal leidenschaftlicher wurde, wurde ihr Blick weicher, die Angst verschwand und sie schlang mit einem Seufzer ihre Arme um seinen Hals.

Erst dann begann er, seine Finger wieder zu bewegen. Er strich an der Außenseite ihrer Falten entlang und tastete sanft ihr Geschlecht ab. Jetzt, da der erste Schrecken ein wenig abgeklungen war, fühlte sich die Berührung seiner Hand nicht mehr so beängstigend und fremd an. Sie war sogar schön. Intim. Warm.

Verlockend.

Er öffnete sie sanft, und sie wich mit einem weiteren Keuchen zurück.

„Soll ich aufhören?", fragte er, den Blick ganz auf ihr Gesicht gerichtet.

Sie schüttelte den Kopf. „Nein, ich war nur überrascht."

„Es wird nicht wehtun", versicherte er ihr. „Ich werde nicht eindringen. Ich will nur… das hier tun…"

Er begann, sie mit zwei Fingern zu streicheln, zuerst sanft, an einer wunderbaren Stelle, die sie bisher an ihrem Körper nicht gekannt hatte. Während seiner Liebkosung, schoss eine unbeschreibliche Begierde durch sie hindurch, raste durch ihre Venen und ihre Nerven und ihre Haut und überall hindurch. Die Lust überfiel jede Faser ihres Körpers, und sie erschauderte, als er den Druck noch ein wenig erhöhte.

„Baldwin", krächzte sie.

Er nickte und drückte seine Lippen auf ihren Hals, während er mit den Fingern immer weiter kreiste. Sie spürte, wie sie von dieser Berührung feucht wurde, und doch verstärkte diese Nässe ihr Verlangen nur noch mehr. Es wuchs unaufhörlich, bis es wie eine Blume aufblühte, während er sie mit seinen beiden Fingern verwöhnte.

Fast unbewusst stemmte sie sich gegen ihn, um dem Streicheln seiner Hand auf halbem Weg entgegenzukommen. Plötzlich stockte ihr der Atem und ihre Beine begannen zu zittern. Das war… herrlich, ganz anders als alles, was sie je zuvor empfunden hatte.

Aber nun schien alles außer Kontrolle zu geraten. Und das erschreckte und freute sie zugleich. Sie hätte ihn fragen können, was passieren würde. Sie hätte sich von der Intensität ihrer Empfindungen zurückziehen können, aber in diesem Moment erreichte sie den Höhepunkt, und völlig unvorbereitet fiel sie, fiel über die Klippe von etwas, das sie nie gekannt hatte. Ihr Körper bebte in langen, lustvollen Wellen, die jede Faser ihres Körpers erschütterten. Sie klammerte sich an Baldwin und stöhnte seinen Namen, während sich ihr Rücken wölbte und ihre Füße in ihren Schuhen bebten.

Schließlich versiegte der Höhepunkt und sie lehnte sich erschöpft an seine Brust. Er hielt sie fest, bis sich ihre Atmung wieder normal ging und ihre Sicht sich geklärt hatte. Sie hatte keine Ahnung, wie lange sie eng umschlungen zusammensaßen, denn alles in ihrer Welt fühlte sich sehr träge und süß an und konzentrierte sich im Moment auf die zitternde Wärme, die zwischen ihren Beinen geblieben war.

Doch nach einer Weile setzte sie sich leicht auf und errötete sogleich, als sie sich ihrer Position bewusst wurde, immer noch zusammengerollt auf seinem Schoß. Sie erhob sich und wollte sich wieder auf ihren eigenen Stuhl setzen, aber er ergriff ihre Hand und zog sie zu sich herunter, um sie noch einmal zu küssen.

„Du brauchst dich nicht zu schämen", sagte er. „Das war wunderbar."

Sie schluckte schwer und nickte. „Ja. Wunderbar."

Er wollte aufstehen, geriet aber leicht ins Taumeln und blieb an der Armlehne des Stuhls hängen, auf dem er ihr gerade so wundervolle Dinge gezeigt hatte. Sie beugte sich zu ihm, griff nach seinem Arm und half ihm, das Gleichgewicht zu halten, während er überrascht blinzelte.

„Ich trinke fast nie", murmelte er. „Offenbar vertrage ich nicht mehr viel."

Sie konnte sich ein Lächeln nicht verkneifen. Baldwin behielt die Kontrolle, selbst wenn er berauscht war. Zumindest genug, um sie zu verwöhnen. Und er hatte sie nicht um eine Gegenleistung gebeten, obwohl sie im schwachen Licht des Feuers die harten Umrisse seiner Erektion gegen seine Hose sehen konnte.

„Brauchst du Hilfe, um nach oben ins Bett zu kommen?", fragte sie.

Sein Blick fuhr blitzschnell zu ihr, und sie sah das Feuer darin. Ein Verlangen, das kein bisschen nachgelassen hatte. Ihr Körper wurde wieder warm bei seinem Anblick, er kribbelte immer noch, obwohl ihre eigenen Bedürfnisse gestillt worden waren.

Er ließ den Stuhl los und machte einen Schritt, taumelte aber erneut. Er stieß einen langen Seufzer aus. „Nun gut. Ich denke, ich könnte tatsächlich Hilfe gebrauchen. Es gibt eine Hintertreppe, die uns vor neugierigen Blicken schützen wird."

Sie schüttelte amüsiert den Kopf, als sie sich auf ihn zu bewegte. Er zögerte, legte dann aber einen Arm um ihre Schulter und ließ sich von ihr stützen. Das Gefühl seines Körpers an ihrem ließ alles sehr aufregend und nah erscheinen.

„Es ist spät", sagte sie und versuchte, einen lockeren Ton einzuschlagen. „Ich bezweifle, dass wir noch jemandem begegnen werden, weder auf der Hintertreppe noch auf der Haupttreppe. Die Party war schon zu Ende, bevor ich mich auf die Suche nach dir gemacht habe."

Er stieß einen langen Seufzer aus. „Meine Mutter und Charlotte werden böse auf mich sein, weil ich den Rest des Balls verpasst habe. Anscheinend kann ich in letzter Zeit nichts richtig machen."

Sie traten auf den Flur, wobei sie ihn aus dem Augenwinkel ansah. Sein Mund war zu einer dünnen Linie verzogen, und sein Blick war geradeaus gerichtet und voller Reue. Sie konnte nicht umhin, darüber nachzudenken, wie einsam er sein musste. Niemand kannte sein Geheimnis – nun ja, niemand außer ihr. So war er gezwungen, sich für die ganze Welt zu verstellen.

Sie verstand das besser als die meisten. Sie verstand, wie wichtig eine Atempause war, um Fehler zu vermeiden.

Sie räusperte sich. „Willst du mir nicht sagen, was dich in diesen Zustand versetzt hat?"

Er war einen Moment lang still und brummte dann. „Betrunken und bereit, unschuldige Ladys zu verführen?"

Sie schürzte ihre Lippen. Wie wenig er doch wusste. „Ihr seid nicht *vollkommen* betrunken, und ich fühle mich nicht verführt, Euer Gnaden. Wenn also keine anderen Ladys Euch heute Abend in Eurem Arbeitszimmer aufgesucht haben, solltet ihr diesen Gedanken vergessen." Sie schüttelte den Kopf. „Ich meinte, was dich dazu gebracht hat, deine Party zu verlassen. Und im Dunkeln zu trinken?"

„Ich dachte, Frauen mögen ernsthafte Männer", sagte er. „James, Graham… Robert… alles ernsthafte Grübler."

Sie schaute ihn an. „Du musst es mir natürlich nicht sagen."

Sie hatten die Hintertreppe erreicht, und er hielt sich am Geländer fest, während sie langsam nach oben gingen. „Es ist nichts", murmelte er.

Sie nickte langsam und versuchte, die aufsteigende Enttäuschung zu ignorieren. Seine Ablehnung erinnerte sie an ihren Platz, den sie beide vergessen hatten, als er ihr anfangs alles gestanden hatte. Oder als er sie kurz zuvor berührt hatte.

„Ich verstehe", sagte sie.

Er winkte mit der Hand in Richtung der Tür am Ende des Flurs. „Das glaube ich kaum", sagte er.

„Ich will nur helfen", sagte sie.

Er hielt einen Moment inne, dann sah er zu ihr hinunter. „Das hast du. Heute Nacht hast du mir sehr geholfen, denn als ich dich berührte, vergaß ich alles andere." Er beugte sich vor, um sie zu küssen, dann wankte er plötzlich rückwärts.

„Du beginnst nun die Wirkung des Alkohols zu spüren, nicht wahr?", fragte sie und konnte ein Kichern nicht unterdrücken.

„Offensichtlich", erwiderte er mit einem Lachen.

Sie streckte die Hand aus und öffnete seine Tür, und sie gingen gemeinsam hinein.

„Komm schon", sagte sie und zog ihn durch den Salon in das Schlafzimmer. Sie drängte ihn vorwärts. „Ins Bett mit dir."

Er schwankte und ließ sich mit dem Gesicht nach unten auf das Bett fallen. Sie hob seine Füße und begann, sich an seinen Stiefeln zu schaffen zu machen. Es war ein gewaltiger Kraftakt, aber sie schaffte es, erst den einen, dann den anderen zu lösen und beide auszuziehen. Er seufzte. „Ich danke dir. Du bist mir viel lieber als mein üblicher Kammerdiener."

Sie lächelte, ziemlich verliebt in diesen albernen Mann, der zurzeit den sonst so ernsten Körper des Duke of Sheffield bewohnte. „Geh jetzt schlafen. Morgen früh wird alles besser sein."

Er rollte sich auf die Seite und sah sie an. „Wohl kaum. Ich wünschte, du könntest mir Gesellschaft leisten. Das würde meinen Morgen unglaublich verschönern."

Ihr Herz machte einen Sprung. Der Vorschlag war verlockend, das war nicht zu leugnen. Die Vorstellung, sich an diesen Mann in seinem Bett zu kuscheln, aufzuwachen und ihn neben sich zu spüren. Aufzuwachen, um noch mehr von der wunderbaren Wonne zu erleben, die er ihr vor weniger als einer halben Stunde bereitet hatte.

Sie schüttelte niedergeschlagen den Kopf. „Du weißt, dass ich das nicht kann", flüsterte sie.

Er sprach nicht, sondern streckte seine Hand aus und versuchte unbeholfen mit den Fingerspitzen ihr Gesicht zu berühren. Dann lächelte er wehmütig und sagte: „Gute Nacht, schöne Helena."

„Gute Nacht", sagte sie. Sie löschte die Lampe und hörte bereits ein leises Schnarchen aus dem Bett. Sie drehte sich um, um ihn zum zweiten Mal in dieser Nacht im Schein des Feuers zu betrachten. Nur fand sie ihn diesmal schlafend vor. Sie beugte sich ein wenig näher zu ihm hinunter und prägte sich jede Linie genau ein denn wahrscheinlich würde es ihr von da an nie wieder erlaubt sein.

Er war so schön. Er war in jeder Hinsicht perfekt geformt, und der Schlaf hatte ihm die Ernsthaftigkeit und Sorge aus seinem Gesicht genommen.

Sie neigte sich zu ihm und küsste ihn sanft auf die Wange. „Gute Nacht", sagte sie noch einmal und wandte sich dann um, um den Raum zu verlassen.

Bevor sie die Tür erreichte sah sie sich im Zimmer um. Im

Gegensatz zum Rest des Hauses, das immer noch üppig bestückt war, sah sie hier die Auswirkungen der finanziellen Schwierigkeiten, mit denen Baldwin zu kämpfen hatte. Alles war schlicht, von den abgenutzten Möbeln bis hin zu den Verfärbungen an den Wänden, an denen offensichtlich einst Bilder gehangen hatten, die nun entfernt und wahrscheinlich verkauft worden waren.

Es war ernüchternd, und sie runzelte die Stirn, als sie aus dem Gemach schlüpfte und die Tür hinter sich schloss. Sie schlich sich eilig davon, um nicht an einem so unschicklichen Ort erwischt zu werden, aber als sie sich dem Gästeflügel des Hauses näherte, konnte sie nicht anders, als ihren Schritt zu verlangsamen und über alles nachzudenken, was heute Abend geschehen war, vom Ball über ihre lustvolle Begegnung bis hin zum Abschied vorhin.

Sie wollte eigentlich Baldwin helfen, aber heute Abend hatte er ihr geholfen, ohne es zu wissen. Ohne es überhaupt zu wollen. Und sie wusste, dass sie nie wieder dieselbe sein würde.

KAPITEL 13

Baldwin hob den Kopf und stöhnte auf. Ein stechender Schmerz schoss durch seinen gesamten Schädel und seinen Hals hinunter. Er sackte mit dem Gesicht nach unten in sein Kissen und blieb dort liegen, gnädigerweise von Dunkelheit umgeben.

Es war schon sehr lange her, seit er zuletzt übermäßig viel getrunken hatte. Nur schon, dass er aus Höflichkeit mehr als ein Glas Scotch getrunken hätte. Nicht, dass er sich diesen Genuss nicht verdient hätte… oder die Strafe, denn es fühlte sich jetzt eher wie eine Strafe an.

Aber sein Verantwortungsbewusstsein hatte ihn immer davon abgehalten.

Er drehte sich langsam um und stöhnte erneut vor Schmerz. Alles kam ihm jetzt wieder in den Sinn. Der Brief über die ausstehenden Schulden, die sein Schicksal besiegeln könnten. Die Entscheidung, diesen Schmerz in Scotch zu ertränken.

Und dann war Helena gekommen und…

Er setzte sich schlagartig im Bett auf, als er von den Erinnerungen an sie überwältigt wurde. Sie zu küssen. Sie zu berühren… oh Gott, sie zu *berühren*.

Es klopfte an seiner Zimmertür, aber er ignorierte es, während er den Kopf in die Hände stützte. Was hatte er getan? Sie hatten geredet, und er hatte sie berührt, und dann hatte sie ihm erzählt, dass jemand… sie verletzt hatte. Wut stieg bei diesem Gedanken in ihm auf. Wut auf diese gesichtslose Person. Wut auf sich selbst, weil er trotz ihres Geständnisses weitergemacht hatte. Er hatte ihr die Röcke hochgehoben und sie berührt. Ein unverzeihlicher Akt, den er sich nie erlaubt hätte, wenn er nicht betrunken gewesen wäre.

Es klopfte erneut, und er wankte aus dem Bett. „Was ist?"

Die Tür öffnete sich, aber es war kein Diener, der seinen Kopf in den dunklen Salon steckte. Es war Simon. Baldwin stöhnte auf.

„Was willst du, Crestwood?", murmelte er, während er sich die letzte Nacht wieder und wieder ins Gedächtnis rief und entsetzt darüber war, was er getan hatte, als auch über seine unglaubliche Unvorsichtigkeit.

Simon schritt durch seinen Salon und in sein Schlafzimmer. „Wir wollten ausreiten, erinnerst du dich nicht? Warst du noch im Bett? Ich glaube, ich habe dich noch nie nach sieben Uhr herumtrödeln gesehen."

Bevor Baldwin etwas erwidern konnte, trat Simon zum Fenster und riss die Vorhänge auf, sodass das helle Sonnenlicht in den Raum strömte. Baldwin wich vor dem Schmerz, den es verursachte, zurück. Verdiente Schmerzen, wie es schien.

Simon starrte ihn an, und das belustigte, neckische Lächeln, das sein Gesicht geziert hatte, verblasste langsam. „Was ist los mit dir? Du siehst ja furchtbar aus."

Baldwin bedeckte sein Gesicht. Er hatte so vieles vor seinen besten Freunden, seinen Brüdern, seiner Familie verborgen. Es wurde ihm im Moment einfach zu viel.

„Ich habe etwas getan", stöhnte er, als er es wagte, Simon wieder anzusehen.

Simon bewegte sich auf ihn zu und griff sanft nach seinem Arm. „Was, was hast du getan?"

Baldwin wandte sich ab und konnte sich nicht entschließen zu sprechen. Aber Simon war anders. Simon hatte seine Frau Meg umworben, obwohl sie damals mit Graham verlobt gewesen war. Sie waren mit ihrer Leidenschaft unvorsichtig gewesen, hatten sich selbst und die ganze Gruppe, die sie ihre Freunde nannten, dabei fast zerstört.

Simon würde ihn verstehen.

„Ich war halb betrunken", sagte er. „Das ist aber keine Entschuldigung. Es war falsch."

Simon beugte sich vor. „Baldwin, du bist ein guter und anständiger Mann. Was auch immer du getan hast, ich bin sicher, dass es nicht so schlimm ist, wie du glaubst."

Baldwin warf den Kopf zurück und versuchte, nach Luft zu schnappen. „Helena", flüsterte er schließlich. „Sie hat mich in diesem... Zustand vorgefunden. Sie hatte mich gesucht und ich... bin zu weit gegangen."

Simon starrte ihn einen Moment lang an, dann weiteten sich seine Augen. „Willst du mir sagen, du hast Helena Monroe in dein Bett genommen?"

„Nein", sagte er und wich zurück. Oh, aber genau das wollte er tun. Er wünschte es sich immer noch. Aber er konnte nicht. Er konnte es nicht, egal wie sehr er es wünschte. „Nein, aber ich... ich habe sie berührt. Auf eine verwerfliche Art und Weise."

Simon schüttelte den Kopf. „Baldwin, ich kenne dich, seit du zwölf Jahre alt bist. Du würdest nie etwas gegen den Willen einer Dame tun. Es ist klar, dass Helena sich zu dir hingezogen fühlt und dass du dich zu ihr hingezogen fühlst. Trotz aller Vorsicht passieren solche Dinge manchmal."

„Das heißt aber nicht, dass das, was ich getan habe, richtig war. Auch wenn sie zugestimmt hat, ich kann sie nicht umwerben."

Simon runzelte die Stirn. „Warum denn nicht?"

Baldwin stockte der Atem. „Ich kann es einfach nicht. Ich will nicht näher darauf eingehen. Ich muss sie finden, mit ihr reden."

Er erhob sich hastig und ging zu den Stiefeln, die ordentlich am Fußende seines Bettes standen. Er hielt inne und starrte sie an. Helena hatte sie dorthin gestellt. Helena hatte ihn angelächelt, und er glaubte sich vage daran zu erinnern, dass sie ihn zärtlich auf die Wange geküsst hatte.

Er zog die Stiefel an und fuhr sich mit der Hand durch die Haare.

„Baldwin", sagte Simon, wobei seine Stimme verärgert klang. „Verdammt noch mal. Jeder kann sehen, dass mit dir etwas nicht stimmt. Warum willst du nicht mit uns reden? Mit einem von uns. Mit uns allen? Wir könnten dir helfen."

Baldwin drehte sich um. Simon war der umsichtigste der Gruppe. Alles, was er sagte, klang aus seinem Munde freundlich, selbst wenn es eine schlimme Wahrheit war. Wenn Baldwin seinem Freund seine Probleme beichtete, könnte er von Simon nichts anderes als Großzügigkeit und Beistand erwarten.

Aber es würde nichts an Baldwins Zukunft ändern. Und auch nichts an seiner Rolle, wie er diese Zukunft zu gestalten hatte.

„Ich kann nicht", sagte er entschlossen. „Ich muss sie finden. Entschuldige mich bitte."

Simon seufzte. „Sie ist die ideale Partnerin für dich, mein Freund", rief er ihm nach. „Meg sagte, sie sei vor einer halben Stunde zum See gegangen. Sie habe gesagt, sie brauche einen Spaziergang, um ihren Kopf freizubekommen."

Baldwin ging nicht darauf ein, aber sein Herz machte einen Sprung, als er aus dem Zimmer und zur Frau eilte, die in seinem Kopf alles durcheinanderbrachte. Der er weit mehr zu verdanken hatte als ein unbeholfenes Fingerspiel in seinem Sessel.

Normalerweise wäre Helena von der Schönheit der Szene, die sich ihr bot, fasziniert gewesen. Der See auf Baldwins Anwesen war riesig, und in der frühmorgendlichen Kälte dampfte der Nebel von dessen Spiegel auf. Unter anderen Umständen hätte sie alles in sich aufgesogen und sich den Moment eingeprägt, um ihn sich später in Erinnerung rufen und ein wenig Ruhe finden zu können.

Aber heute waren die Umstände alles andere als normal, und ihre Freude über dieses wunderschöne Gemälde war gedämpft, als sie am Ufer stand. Heute konnte sie nur an Baldwin denken. Nur an ihren lustvollen Genuss.

So etwas hatte sie noch nie erlebt. Aber es war... magisch. Und sie wollte mehr.

„Ich verwandle mich in die wollüstige Dirne, die mir mein Onkel immer nachsagt, zu sein", murmelte sie und erschauderte, als sie daran dachte, wie Onkel Peter reagieren würde, wenn er davon erführe. Sie würde das erste Schiff zurück nach Boston nehmen müssen, und dort würde sie niemand aufnehmen.

Hinter ihr hörte sie ein donnerndes Geräusch, und sie fuhr herum. Es war ein Pferd zu sehen, das den Hügel hinunter zum See galoppierte. Selbst aus der Ferne erkannte sie den Reiter. Es war Baldwin.

Sie hielt den Atem an, als er das Tier kurz vor ihr abbremste und sich vom Sattel schwang. Er trug noch immer die gleiche Hose und sein Hemd von der vorherigen Nacht, wenn auch vom Schlaf zerknittert. Auch hatte er dunkle Ringe unter den Augen und sah angeschlagen aus. Nicht, dass es sie überrascht hätte. Der arme Mann musste einen furchtbaren Kater haben.

Und doch war er hier.

„Helena!", rief er, während er den Abstand zwischen ihnen mit ein paar langen Schritten schloss.

Sie verschränkte die Hände vor sich und versuchte, ruhig zu klingen, als sie sagte: „Euer Gnaden. Was machen Ihr denn hier?"

Er fuhr sich mit der Hand durchs Haar und wandte seinen Blick von ihr ab. „Ich habe gehört, dass du hierhergekommen bist, um spazieren zu gehen, und ich weiß, dass ich deine Ruhe störe. Ich vermute, du willst nach meinem unverzeihlichen Verhalten gestern Abend nichts mehr mit mir zu tun haben, aber ich musste dich finden. Ich muss mit dir sprechen. Wenn du es erlaubst."

Sie blinzelte bei den Worten und dem eindringlichen Tonfall, in dem sie gesprochen worden waren. „Ich… natürlich, Baldwin."

Er atmete erleichtert auf, als hätte er tatsächlich geglaubt, sie könnte sich von ihm abwenden. Dann streckte er eine Hand aus, als ob er sie berühren wollte. Sie hielt den Atem an. Sie wünschte sich diese Berührung so sehr, sie *brauchte* sie. Im letzten Augenblick zog er jedoch seine Hand zurück.

„Es tut mir so leid", flüsterte er.

Sie schüttelte ungläubig den Kopf. „Wie bitte?"

„Für mein bestialisches Verhalten gestern Abend", stellte er klar, wobei seine dunklen Augen die ihren festhielten und ihren Blick absuchten. Sie sah, wie sich Verzweiflung darin widerspiegelte. Sein tiefes Bedauern. Es schmerzte sie zutiefst zu sehen, dass es ihm leidtat, was sie getan hatten.

„Du warst nicht bestialisch", sagte sie.

Er trat einen Schritt zurück. „Doch, ich war es, ich weiß, ich war es. Ich habe… während des Balls schlechte Nachrichten erhalten. Es hängt mit meinen Finanzen zusammen, und ich hatte gehofft, das Problem lösen zu können, aber nun scheint es… nun, es ist nichts zu machen. Zumindest jetzt nicht. Ich möchte, dass du weißt, dass ich mich selten betrinke. Aber ich war… ich war…"

„Verzweifelt", ergänzte sie.

Er senkte den Kopf. „Ja, Helena. Ich war verzweifelt. Ich dachte, ich könnte mich in meiner Kammer verstecken wie ein bockiges Kind. Um meinen Kummer zu ertränken, nur dieses eine Mal. Es war rüde und falsch, aber ich wusste, dass ich auf der Party keine gute Gesellschaft sein würde. Aber als du hereinkamst…"

Er unterbrach sich, und Helena hielt den Atem an. Der Schmerz in seinem Gesicht war so echt. „Baldwin", flüsterte sie.

„Nein, tröste mich nicht", sagte er in strengem Ton. „Das habe ich nicht verdient. Du bist gekommen, um nach mir zu sehen, was weit freundlicher war, als ich verdient hätte. Und ich habe diese Freundlichkeit mit einem ausgesprochen verwerflichen Verhalten belohnt."

Helena schüttelte den Kopf, aber er hob die Hand und sah aus, als würde er diese Selbstvorwürfe endlos fortsetzen wollen. Sie konnte das nicht zulassen. Nicht jetzt. Nicht, wenn ihre eigenen Gefühle in dieser Angelegenheit das Gegenteil sagten.

Sie trat vor, unsicher, was sie tun konnte, um ihn von seinen Gewissensbissen zu befreien. Sie berührte seinen Arm, und ihre Gedanken lichteten sich. Sie stellte sich auf die Zehenspitzen, nahm seine Wangen zwischen ihre Handflächen und küsste ihn.

Für einen Moment blieb er steif und abweisend, aber dann wurde er weich, und seine Arme legten sich um sie, während er leidenschaftlich gegen ihre Lippen seufzte. Sie verstärkte den Kuss und genoss ihn einen Moment lang, bevor sie sich errötend zurückzog.

Er starrte sie nur stumm an.

„Hör auf", flüsterte sie. „Bitte."

Er seufzte gequält. „Aber..."

„Bitte, lass *mich* sprechen", bat sie.

Sie konnte sehen, wie er mit ihrer Bitte kämpfte. Er wollte eindeutig mehr beichten. Sich noch mehr Vorwürfe machen. Er wollte sie davon überzeugen, dass er für diese schönen Momente in seinem Arbeitszimmer eine Rüge verdient hatte.

Doch schließlich nickte er. „Ja, ja, natürlich."

„Wenn das Gras nicht so nass wäre, könnten wir uns hinsetzen", sagte sie und deutete auf das Seeufer.

Er hob die Augenbrauen und schritt wortlos zu seinem Pferd. Dort öffnete er die Satteltasche und holte eine Decke heraus, die er vor dem See ausbreitete.

„Du bist immer vorbereitet", sagte sie lachend, als sie ihren Platz einnahm.

Er schüttelte den Kopf. „Das war nicht ich. Ich sollte heute Morgen mit Simon ausreiten, deswegen hat mein Diener die Decke in meine Satteltasche gesteckt, nur für den Fall, dass wir eine Pause machen und uns unterhalten wollten."

„Nun, ich bin froh darüber." Sie ließen sich auf der Decke nieder, und Helena holte tief Luft. „Du hast gestern Abend nichts falsch gemacht, Baldwin.“

In seinem Gesichtsausdruck spiegelte sich noch mehr von der Schuld, die er ständig mit sich herumtrug. „Du bist eine Dame“, beharrte er.

Sie holte tief Luft. „Nein, das bin ich nicht. Nicht nach den Maßstäben, nach denen ihr es hier beurteilt.“

Er sah verwirrt aus. „Ich weiß nicht, was du damit meinst.“

Sie seufzte. „Du musst dich doch an letzte Nacht erinnern. Du warst nicht so betrunken, Baldwin.“

„Ja“, sagte er langsam. „Ich erinnere mich daran, und es ist nichts passiert, was mich zu der Annahme veranlassen könnte, dass du keine Lady bist. Nur, dass *ich* kein Gentleman bin.“

Ihre Wangen begannen zu glühen, und doch konnte sie von ihrem Vorhaben nicht mehr ablassen. Sie wollte beichten. Baldwin hatte ihr schon so viel von sich gegeben. Die einzige Möglichkeit, ihn zu trösten und zu zeigen, dass er kein Ungeheuer war, bestand darin, ihm ihre eigenen Geheimnisse anzuvertrauen.

„Erinnerst du dich, als du sagtest, dass mich jemand verletzt hat?“, drängte sie weiter.

Er schloss die Augen und gab einen leisen Laut von sich. „Ja“, flüsterte er. „Du hast mir gesagt, dass ich recht hatte, aber ich habe trotzdem weitergemacht. Wenn ich etwas nüchterner gewesen wäre...“

„Du hast weitergemacht, weil ich es wollte“, beharrte sie, ergriff seine Hände und zwang ihn, sie anzusehen. „Du hast mich zu nichts gezwungen. Du hast mir immer wieder gesagt, dass ich nur ein Wort zu sagen brauchte, damit du aufhörst. Ich habe nie ein Wort gesagt, weil ich nicht *wollte*, dass du aufhörst.“

„Trotzdem war es falsch, was ich getan habe“, sagte er leise. „Das könnte deinen Ruin bedeuten...“

„Glaubst du, du bist der Einzige, der Geheimnisse hat, Baldwin?“, unterbrach sie ihn kopfschüttelnd. „Du hast mich gestern Abend nicht ruiniert. Nicht nur, weil du mich nicht... nicht genommen hast. Sondern weil du, selbst wenn du es getan hättest, nicht der Erste gewesen wärst."

Sie beobachtete, wie sich sein Ausdruck veränderte. Er wurde blass, und seine Miene wurde steinern. Es brach ihr das Herz, denn sie wusste, was als Nächstes kommen würde. Der Tadel, die Distanzierung, vielleicht sogar die Spaltung.

„Erzähl es mir." Seine Stimme war so weich, so sanft. Sie hörte Mitgefühl darin, und sie sah es auch, als sich sein Gesicht weiter veränderte, während das, was sie gesagt hatte, in sein Bewusstsein sickerte.

Diese Reaktion hatte sie nicht erwartet. Sie wandte ihr Gesicht ab und blickte auf den See hinaus. „Er war einer von Charitys Verehrern, damals in Boston", sagte sie. „Natürlich wollte er sie für ihren Wohlstand. Sie hingegen wollte ihn nicht, und sie hatte ihm einen gefühllosen Korb gegeben. Er tat mir… leid."

Er nickte. „Natürlich tat er das. Du bist zu nett."

„Zu freundlich, wie es scheint", sagte sie mit einem spöttischen Lachen, mit dem sie seit Jahren ihren Schmerz überspielte. „Ich fand ihn im Garten, wütend und aufgebracht. Ich habe versucht, ihn zu trösten und das, was sie gesagt hatte, zu mildern. Ich dachte, ich hätte geholfen, aber plötzlich packte er mich und…"

Sie unterbrach sich selbst und zog scharf die Luft ein, als die Bilder, die sie so sehr zu unterdrücken versuchte, wieder vor ihrem inneren Auge auftauchten. Die Hände des Mannes, sein Mund, sein grausames Lächeln, als er sich nahm, was sie nicht hatte geben wollen.

Baldwins Kiefer wurde hart. „Er hat dich gezwungen."

Sie nickte. „Ja." Eine Träne trat aus ihrem Auge und sie wischte sie hastig weg. „Er nahm sich, was er wollte, und ließ mich in Fetzen in der Gartenlaube zurück. Meine Cousine hat mich gefunden. Sie war eigentlich… nett, wie sie es manchmal sein kann. Aber als meine Familie davon erfuhr, war ich ruiniert."

Er runzelte die Stirn. „Aber sie wussten doch, dass du überfallen worden warst."

Sie zuckte mit den Schultern. „Ob ich mich hingegeben oder er sich etwas herausgenommen hatte, sie meinten, ich hätte vorsichtiger sein sollen. Vielleicht hatten sie damit recht. Ich hätte ihm nicht folgen sollen."

„Genauso wie du mir nicht hättest folgen sollen", stieß er hervor.

Sie warf ihm einen entsetzten Blick zu. „Wage es nicht, dich mit ihm zu vergleichen, und schon gar nicht das, was wir letzte Nacht getan haben mit dem, was mir vor drei Jahren passiert ist."

„Es tut mir leid", sagte er, und es klang aufrichtig. „Das war grausam von mir, nach allem, was du durchgemacht hast. Wie hast du überlebt?"

„Ich habe ziemlich viel geweint", sagt sie seufzend. „Ich suchte nach Beistand und fand niemanden, der mir die Hand reichte. Also habe ich gelernt, mich nur auf mich selbst zu verlassen und mit all den schrecklichen Gefühlen fertigzuwerden, die auftauchen, wenn ich an jene Nacht zurückdenke. Ich habe gelernt, mir zu verzeihen und zu erkennen, dass es nicht meine Schuld war."

Er legte den Kopf schief. „Du versetzt mich immer wieder in Erstaunen", murmelte er, fast mehr zu sich selbst als zu ihr. „Du bist wunderschön und gütig und so verdammt stark. Es gibt niemanden auf der Welt wie dich, Helena. Niemanden auf der ganzen Welt."

Ihre Wangen begannen erneut zu brennen, nicht nur wegen seines Kompliments, sondern auch wegen der Art, wie er sie ansah. Als ob er wirklich daran glaubte, dass sie ein einzigartiges, wunderbares Geschöpf war. Wenn sie mit ihm zusammen war, konnte sie es selbst fast glauben. Und genau deshalb war das, was sie miteinander geteilt hatten, so wichtig. Deshalb wollte sie nicht, dass er es bedauerte.

„Gestern Abend hast du etwas gesagt", sagte sie. „Etwas darüber, dass alle anderen bekommen, was sie wollen."

Er neigte den Kopf. „Ich habe geschwafelt, meine Zunge war von zu viel Alkohol gelöst worden."

„Aber du hattest nicht unrecht. Manchmal hat es den Anschein, dass der Rest der Welt seine Träume verwirklichen darf und ich nicht, egal wie sehr ich mich auch anstrenge. Meine Belohnung für meine Freundlichkeit besteht darin, Charity hinterherzulaufen und ihre Schleppe zu tragen, und gleichzeitig ist dies meine einzige Hoffnung oder gar Chance zum Überleben."

Er blickte zu ihr auf. „Das tut mir so leid."

„Aber mir nicht." Sie schüttelte den Kopf. „Oh, ich bringe alles durcheinander. Lass mich versuchen, mich klarer auszudrücken. Alle Ereignisse auf meinem Weg, die guten, die schlechten, die entsetzlichen... sie haben mich zu diesem Augenblick geführt. Zu diesem Ort. Zu dem, was gestern Abend zwischen uns passiert ist. Ich weiß, dass du versuchst, dich als Bösewicht hinzustellen, weil du mich berührt hast, aber Baldwin, das war das erste Mal seit Jahren, dass ich mich lebendig fühlte."

Sein Kiefer wurde steif. „Ist das dein Ernst?"

Sie nickte. „Natürlich. Du hast mich nicht ruiniert. Und wenn ich dich gebeten hätte, damit aufzuhören, dann hättest du es zweifellos getan."

„Ich wünschte, ich wäre nicht so betrunken gewesen", sinnierte er, „dann wären meine Erinnerungen glasklar. Ich möchte jeden Moment, den wir gemeinsam verbringen, auskosten."

Sie lächelte, dieses Mal ohne Zwang. Er erwiderte das Lächeln, und in diesem besonderen Moment waren sie die einzigen Menschen auf der ganzen Welt. Im ganzen Universum. Sie kannte nur einen Weg, ihr Schicksal zu akzeptieren. Nur eine bestimmte Sache, die sie sich mehr als alles andere wünschte.

Langsam rutschte sie auf der Decke auf ihn zu und hielt dabei seinen Blick fest. Er hielt den Atem an, als sie direkt neben ihm haltmachte.

„Jetzt hast du nichts getrunken", flüsterte sie und lehnte sich zu ihm hinüber.

„Nein", sagte er und beugte seinen Kopf zu ihr. „Das habe ich nicht."

Ihre Lippen trafen sich, und sie stieß einen tiefen Laut aus, der aus ihrer Kehle zu dringen schien. Ein Laut, der all die Leidenschaft, die letzte Nacht geschürt worden war, freisetzte. Einer, der von all dem Verlangen sprach, das noch immer in ihrer Brust brannte. Ein Verlangen, das nur er in ihr entfachte und löschen konnte.

Baldwin verstärkte den Kuss und neigte seinen Kopf, um sie noch eingehender zu schmecken. Sie hob ihre Hände zu seinen Oberarmen und klammerte sich dort fest, während sie in ihm und der Lust, die seine Berührung in ihr auslöste, ertrank.

Schließlich lehnte er sich ein Stück zurück, und starrte mit seinem dunklen Blick auf sie herab, als sähe er sie gerade zum ersten Mal. „Helena", flüsterte er. „Ich kann dir immer noch nicht die Zukunft bieten, die du verdienst. Du weißt, warum."

Sie nickte und verdrängte den Schmerz, den diese Worte in ihr verursachten. „Ich weiß", sagte sie. „Aber du könntest mir etwas anderes geben, Baldwin. Ich… ich will dich. Und ich weiß, dass ich nie jemand anderen so begehren werde wie dich, und dieses Begehren wird nie wieder erwidert werden. Dir kann ich vertrauen, dass du mir das gibst, was ich als Dame nicht verlangen sollte."

„Was willst du?", murmelte er, während er mit der Fingerspitze über ihre Wange strich.

Sie holte Luft und nahm ihren ganzen Mut zusammen. „Dich, Baldwin. Ich will dich."

KAPITEL 14

Baldwin fing Feuer, als sie diese Worte sagte. Er hatte gewusst, dass sie kommen würden, diese Worte, die ihn wieder zum Leben erweckten, nachdem er jahrelang wie erstarrt gewesen war, begraben unter dem Kummer, Verrat und Versagen.

Sein Verlangen nach ihr wurde nur noch größer, da er ihre Geschichte kannte. Jetzt, wo er wusste, woher ihre Stärke kam.

„Du willst eine… Affäre?", fragte er und wünschte, seine Stimme würde nicht wanken.

Ihre Wangen erröteten und er erzitterte, als er sich an die gleiche Empfindung erinnerte, die ihn überkommen hatte, als er Helena in der Nacht zuvor zur Ekstase gebracht hatte. Auch wenn er sich nicht mehr genau daran erinnern konnte, war es ein kraftvoller Gedanke, den er weit mehr auskostete als ihm zustand.

Sie rang die Hände und er spürte, wie sie sich verkrampfte. Männer in ihren Kreisen durften ihre Veranlagungen ungehindert erforschen. Es wurde sogar von ihnen erwartet. Es schadete ihrer Zukunft nicht, solange man umsichtig war.

Er erkannte, wie verschieden die Begierde für eine Frau gehandhabt wurde. Frauen wurde beigebracht, dass die Lust ein Grund zur

Scham ist. Dass man keinen Genuss erwarten dürfe. Und wenn sie erst ruiniert waren…

Nun, Helenas Situation brachte die Folgen genau auf den Punkt. Sie war angegriffen worden, aber die Schuld wurde ihr in die Schuhe geschoben. Irgendwie hatte sie die Kraft gefunden, den Schrecken jener Nacht zu überwinden, aber sie hatte furchtbar darunter gelitten.

Der Gedanke, dass sie ihm ihr Wiedererwachen anvertrauen, ihm schenken wollte… nun, das war ein übermächtiges Gefühl.

„Eine Affäre", wiederholte sie leise, als ob es ihr helfen würde, zu entscheiden, ob sie das wirklich wollte. „J-ja", stammelte sie schließlich und sah ihn mit klarem Blick an. „Das will ich," fügte sich nachdrücklich hinzu.

Er rückte ganz nah zu ihr auf der Decke. Nun spürte er die zarte Wärme ihrer Haut auf seiner. Spürte, wie sie ganz leicht zitterte. Er strich mit dem Daumen über ihre Wange, und sie erschauerte bei der Berührung.

„Du weißt, was ich dir bieten kann und was nicht", sagte er und hasste sich dafür, dass er diese Worte aussprechen musste. „Der Gedanke, dich auszunutzen, ist mir unerträglich."

Sie hielt seinem Blick stand. „Jeder andere bekommt, was er will, Baldwin. Ich kenne die Grenzen. Ich verstehe auch die Gründe dafür. Aber wenn wir beide einverstanden sind, wenn wir beide verstehen, dann wird keiner von beiden übervorteilt, oder? Und das ist unsere Chance, das Wenige zu bekommen, das wir beide wollen."

Diese Erklärung verwandelte sie in seinen Augen in eine Sirene. Er war ein Seemann, und er sah die Felsen, die Gefahr. Er sah alles, und es war ihm egal. Denn was sie ihm anbot, war so verdammt unwiderstehlich.

Er neigte ihr Gesicht nach oben und küsste sie noch einmal. Sie öffnete sich ihm sofort, und ihre Leidenschaft löste jedes verbliebene Zögern in ihm. Er begehrte sie. Sie bot ihm eine Chance dazu. Und diese Chance würde er nicht nur ergreifen, er würde dafür sorgen, dass dieses Erlebnis für sie ein Genuss wäre. Dass es dazu beitragen würde, Helenas schmerzhafte Erinnerungen zu verdrängen. Um neue zu schaffen, an die sie sich beide festhalten konnten, nachdem es… nachdem es vorbei wäre.

Er schob jegliche Gedanken an diese Zukunft beiseite und legte Helena zurück auf die Decke. Dann rollte er sich auf sie und erschauderte, als ihre Arme sich um seinen Rücken legten, um ihn zu empfangen und sich ihm hinzugeben. Er hatte seine eigenen Bedürfnisse, so starke Bedürfnisse. Aber im Moment waren sie ihm egal. Er wollte, dass sie dies hier genoss.

Sein Kuss wurde stürmischer, und sie stieß einen tiefen Seufzer gegen seine Lippen aus. Er kostete jeden Zentimeter ihres Mundes aus, stieß mit seiner Zunge zu, wie er es später mit seinem Körper tun würde. Als er spürte, wie sie sich unter ihm entspannte, berührte er sie. Er ließ seine Hand an ihrer Seite hinaufgleiten und umfasste eine Brust über ihrem seidigen Kleid.

Sie wölbte sich unter ihm mit einem Keuchen, das ihren Kuss unterbrach, und er zog sich zurück, um ihre Lust zu beobachten. Gestern Abend war er zu beschwipst gewesen, um alle ihre Reaktionen richtig einschätzen zu können. Nun genoss er jedoch die Art und Weise, wie sich ihre Augen weiteten und sich ihre Pupillen vergrößerten. Wie ihr Atem stockte, als sein Daumen die Kontur ihrer Brustwarze nachzeichnete. Wie sie ihre Hüften gegen seine drängte, und er bezweifelte, dass sie sich dessen überhaupt bewusst war, weil sie sich in seiner Berührung verlor.

„Ich will dich, Helena", murmelte er, während er die Brustwarze immer wieder umkreiste. „Du machst dir keine Vorstellung, wie sehr ich dich begehre."

Sie nickte unvermittelt. „Doch, ich glaube, ich weiß ein wenig, wovon du sprichst."

Er lächelte. „Aber nicht hier."

Sie verzog das Gesicht. „Nein?"

„Ich will diese Affäre, wirklich. Aber ich bin mir auch völlig im Klaren darüber, was für ein Geschenk du mir machst. Nach dem, was du erlebt hast, möchte ich daraus kein skandalöses Stelldichein machen, das nichts bedeutet. Es bedeutet mir nämlich sehr viel."

Er fuhr damit fort, seinen Daumen um ihre Brustwarze zu kreisen, während er sprach, und sie nickte, aber er konnte sehen, dass das Verlangen sie ablenkte. Gut so. Er wollte, dass sie jedes Mal, wenn er sie berührte, von ihrer Lust abgelenkt wurde. Er wollte, dass sie vor Begierde zitterte. Schwach davon wurde. Das hatte sie verdient.

Sie hatte so viel mehr verdient.

„Ich werde dich jetzt zum Kommen bringen", versprach er.

Sie starrte ihn verwirrt an. „Zum Kommen?"

„Wie letzte Nacht", flüsterte er. „Als die Lust so groß wurde, dass sie nicht mehr zu bändigen war. Als du meine Finger mit deiner feuchten Erlösung benetzt hast."

Ihre Wangen färbten sich bei dieser anstößigen Beschreibung erneut rot. Er war selbst ein wenig überrascht. Er war schließlich ein Gentleman. Es war zungenfertigen Schurken wie Robert vorbehalten, einer Lady mit unanständigen Worten den Kopf zu verdrehen.

Aber Helena inspirierte ihn.

„Ich war… überwältigt, als du mich letzte Nacht berührt hast", gab sie leise zu. „So etwas habe ich noch nie gefühlt."

„Gut", sagte er. „Dann bist du auf dem besten Weg."

Er kroch an ihrem Körper hinunter und küsste sie dabei durch ihre Kleidung hindurch. Er schob ihre Röcke hoch, bis er die Öffnung ihrer Unterkleider sehen konnte. Er hielt den Atem an.

Gestern Abend hatte er sie nicht angeschaut. Selbst wenn er es getan hätte, wäre er zu betrunken gewesen, um sie richtig zu würdigen. Heute tat er es. Sie war bereits feucht vor Verlangen, und er konnte nicht anders. Er senkte seinen Kopf und gab ihrem Geschlecht einen sanften Kuss.

„Baldwin!", rief sie entsetzt und setzte sich halb auf, um ihn anzustarren.

Er schaute zwischen ihren Schenkeln zu ihr hoch. „Ich werde

dich hier küssen. Dich lecken. Und wenn du mir das erlaubst, verspreche ich dir, dass der Genuss der letzten Nacht im Vergleich dazu hohl wirken wird."

Ihre Lippen spitzten sich, und der süßeste Ausdruck von unschuldiger Ungläubigkeit erfüllte ihr Gesicht. Als könnte sie sich das gar nicht vorstellen. Doch obwohl er es kaum erwarten konnte, musste er daran denken, was sie durchgemacht hatte.

Er wollte ihr niemals wehtun. *Niemals*.

„Hör mir zu, Helena", flüsterte er. „*Du* hast die Kontrolle, wenn es um das hier geht. Wenn es darum geht, wie ich dich berühre. In dem Moment, in dem du *Nein* sagst, höre ich auf. Es ist mir egal, wie weit ich gegangen bin oder wozu du in der Vergangenheit *Ja* gesagt hast. Dein *Nein* unterbindet alles." Er gluckste. „Selbst wenn es mich umbringt."

Sie starrte ihn weiterhin an. „Du würdest… das würdest du tun?"

„Natürlich", sagte er. „Du bist kein Spielzeug, das ich benutzen und wegwerfen kann. Wir beide kennen die Umstände, die Hindernisse, die Zukunft, die wir nicht vermeiden können. Aber ich möchte, dass es dir Freude bereitet. Ich möchte, dass dies etwas ist, auf das du mit Freude zurückblicken kannst. Diese Affäre soll für dich, Helena, genauso einzigartig sein wie für mich."

Sie schluckte schwer, dann nickte sie. „Danke."

„Darf ich nun?", fragte er und neigte seinen Kopf zu ihrem Geschlecht.

Ihre Lippen öffneten sich, ihre Unsicherheit war noch deutlich zu spüren. Doch dann schluckte sie schwer und sagte: „Ja. Ich vertraue dir, Baldwin."

Er erkannte, wie schwer es ihr fiel, ihm dieses Vertrauen zu schenken, und schwor sich selbst, sie niemals dazu zu bringen, es zu bereuen. Sanft legte er eine Hand auf jeden ihrer Schenkel und drückte sie auseinander. Er legte sich auf den Bauch, stützte sich zwischen ihren Beinen ab und strich dann mit seinen Fingern über ihre Weiblichkeit.

Sie stieß einen unbestimmten, seligen Laut aus, und ihre Beine öffneten sich weiter. Er lächelte, als er sanft die Falten ihres Geschlechts teilte, und beugte sich vor, um sie noch einmal zu lecken.

~

Helena zuckte zusammen bei dem unerwarteten und übermächtigen Gefühl, als Baldwins Zunge sie auf die intimste Art und Weise berührte. Die Vorstellung, dass er das tun würde, hatte sie verwirrt, aber nun… nun, wo er es tatsächlich tat, verstand sie. Es war herrlich.

Besser noch, es schien ihm genauso viel Spaß zu machen, denn er stürzte sich mit großer Hingabe und Begeisterung in den Akt. Er war unerbittlich, fuhr mit seiner Zunge über ihre Öffnung und strich dann über die gleiche Stelle, an der er sie letzte Nacht berührt hatte. Und genau wie vor all diesen Stunden ertappte sie sich dabei, wie sie sich im Takt seiner Berührungen bewegte und nach dem lustvollen Höhepunkt strebte, den sie zuvor mit ihm gefunden hatte.

Talentiert und entschlossen, wie er war, dauerte es nicht lange. Sie fanden gemeinsam einen Rhythmus, etwas Hartes und Schnelles, das ihre Beine erzittern ließ, während sie ihre Fersen in die Decke rammte. Er streichelte und neckte mit der flachen Seite seiner Zunge, und sie konnte die kurzen, klagenden Schreie nicht unterdrücken, die ihren Lippen entwichen und von der sanften Brise, die vom See kam, fortgetragen wurden.

Druck baute sich in ihr auf, genau wie in der Nacht zuvor. Eine unbändige Lust, die einem Sturm glich. Sie wollte es. Sie brauchte es mehr als Luft, Nahrung oder Wasser. Helena war verzweifelt, gierte danach, und gerade als sie den Höhepunkt erreichte, saugte er an ihr und sie zerbarst.

Er leckte sie weiter, während sie sich gegen ihn stemmte, die Decke umklammerte und sich wand, um der Ekstase zu entkommen. Es ging weiter und weiter, viel länger als in der letzten Nacht.

Die Wellen der Lust vervielfachten sich, bis sie erschöpft zusammenbrach. Erst dann löste er seinen Mund von ihr und gönnte ihr eine Atempause von dem starken, überwältigenden Gefühl.

Er kroch an ihrem Körper hoch und küsste sie. Sie erwiderte seinen Kuss und schmeckte einen erdig-süßen Geschmack auf seiner Zunge, der noch mehr Verlangen in ihr weckte. Es war *ihr* Geschmack, von diesem geheimen Ort, von dem sie dachte, dass er unrein und verwerflich war.

Aber es schmeckte nicht verwerflich. Was er getan hatte, hatte sich auch nicht verwerflich angefühlt. Es hatte sich... wunderbar angefühlt. Und er war so sanft gewesen, so fürsorglich, dass keine ihrer Erinnerungen sie geplagt hatte, als er sie berührte. Tatsächlich hatte sie in diesen süßen, sinnlichen Momenten überhaupt nichts stören können.

Er bedeckte sie wieder mit ihren Röcken und rollte sich neben sie, wobei er seine Hand sanft auf ihren Bauch legte. „Das war viel besser, weil ich jetzt nüchtern bin", sagte er mit einem Lächeln, das sein düsteres Gesicht zum Leuchten brachte.

Sie lachte. „Ob nüchtern oder betrunken, du reißt mich auf eine Weise mit, von der ich nicht wusste, dass sie möglich ist."

Er streichelte sie. „Du verdienst diese Freude, Helena. Und es ist mir ein großes Vergnügen, sie dir zu bereiten."

Sie runzelte die Stirn und sah an seinem Körper hinunter. So wie gestern Abend war sie sich der geschwollenen Länge bewusst, die sich gegen seine Beinkleider abzeichnete. Sie wusste, dass er bei beiden Malen nicht auf seine Kosten gekommen war.

„Was ist mit *dir*?", fragte sie.

Er wölbte eine Braue. „Versucht Ihr, mich in Versuchung zu führen, Miss Monroe?"

„Ich *hoffe*, dass ich dich in Versuchung führe", sagte sie.

Er ergriff ihre Hand und zog sie sanft an seinem Körper hinunter, bis sie seine Erektion berührte. „Das tust du", versprach er. „Aber wenn ich komme, möchte ich mich in deinem Körper vergraben. Und das will ich nur tun, wenn ich die Zeit habe, es richtig zu tun."

„Inmitten einer Landpartie könnte das eine gewisse Herausforderung darstellen."

Er zuckte mit den Schultern, als er ihre Hand losließ. „Ich kann sehr gut mit Herausforderungen umgehen." Einen Moment lang lagen sie so da, dann blickte er in Richtung Haus, das hinter dem Hügel versteckt war. „Am liebsten würde ich den ganzen Tag hier bei dir liegen bleiben, aber es ist schon spät am Morgen. Bald werden die anderen aufstehen."

Sie stöhnte und vergrub ihr Gesicht an seiner Schulter. „Ich will nicht zurück in die Realität."

Er lachte, als er ihr mit der Hand über das Haar strich. „Ich auch nicht, das kannst du mir glauben. Aber es muss sein."

Sie nickte langsam und hob dann den Kopf, um ihn anzulächeln. „Aber danke für die Illusion."

„Ich danke *dir*", erwiderte er, bevor er sie noch einmal küsste.

Sie wollte in ihm versinken. Sich ihm hingeben. Aber er ließ es nicht zu. Mit einem Stöhnen zog er sich zurück und stand dann auf. Sie sah ihm zu, wie er sich aufrichtete, bevor er ihr eine Hand anbot, um ihr aufzuhelfen. Sie nahm sie und bemühte sich, ihr Kleid zu glätten. Ihre Unterkleider saßen etwas schief, aber Helena würde sie später zurechtrücken.

„Komm mit mir", sagte er, als sie den Hügel hinaufgingen, wo sein Pferd graste. Er ergriff die Zügel, und gemeinsam schritten sie den Hügel hinauf.

Sie seufzte, als das Haus in der Ferne in Sicht kam. Die Wirklichkeit kehrte zurück, wie sie es immer tat. Nun begann Helena wieder, an die Folgen, die Zukunft, die Opfer und alles andere zu denken.

„Du sagtest, du hättest gestern Abend schlechte Nachrichten erhalten", sagte sie. „Kann ich dir irgendwie helfen?"

Er warf ihr einen Seitenblick zu. „Das hast du gerade."

Sie schüttelte den Kopf. „Du kannst allen anderen etwas vorspielen, Baldwin, aber bitte nicht mir."

Sie sah, wie ihm die Luft wegblieb und seine Schultern zusammensackten, und einen Moment lang war die Last, die er trug, so offensichtlich. „Es war nur eine schlechte Nachricht wegen der Schuldscheine, von denen ich dir erzählt habe."

Sie runzelte die Stirn. „Diejenigen, die du nicht finden konntest."

Er nickte. „Ja. Jemand hat… sie alle gekauft."

Sie standen nun fast vor dem Haus, und sie hielt inne und sah ihn an. „Eine einzige Person hat sie alle gekauft? Wer denn?"

„Das war die schlechte Nachricht – ich weiß es nicht." Er seufzte und blickte in Richtung Haus. „Aber es kann nichts Gutes verheißen."

Sie neigte dazu, ihm zuzustimmen, aber das zu sagen, würde ihn nicht beruhigen. Stattdessen streckte sie die Hand aus und berührte seinen Arm. „Du weißt noch nichts Genaues. Hab Vertrauen, Baldwin. Du bist zu gut, um noch Schlimmeres ertragen zu müssen."

Er schaute sie an, und einen Moment lang dachte sie, er würde sie küssen. Sie wünschte es sich, auch wenn jeder sie nun beobachten konnte. Er warf einen Blick auf das Haus und seufzte niedergeschlagen.

„Danke", sagte er. „Du hast mir genau das gegeben, was ich brauchte, um meinen Kopf freizubekommen."

„Wenn ich wenigstens ein bisschen dazu beitragen konnte, dann bin ich froh", sagte sie. Mit einem Seufzer trat sie zurück. „Ich muss ins Haus gehen. Es ist schon spät, und meine Cousine kann jeden Augenblick aufwachen und in den Salon stürmen, um mich zu bitten, ihr beim Anziehen zu helfen."

Er runzelte die Stirn. „In den Salon?"

Helena zuckte mit den Schultern. „Sie wollte das Bett ganz für sich allein. Ich schlafe auf dem Sofa."

Sein Kiefer spannte sich, und sie sah, wie Zorn in seinem Gesicht aufblitzte. „Diese kleine…"

Ihre Augen weiteten sich und sie schüttelte den Kopf. „Sag es nicht. Das ist es nicht wert."

„Ich wusste, ich hätte dir ein eigenes Zimmer geben sollen", sagte er. „Ich dachte, die schöne Aussicht würde dir gefallen und…"

Sie legte den Kopf schief. „Du hast den Raum mit der schönsten Aussicht für *mich* ausgesucht?"

„Natürlich", sagte er ohne zu zögern. „Du hast doch nicht gedacht, dass es für Charity ist, oder?" Er schnaubte verächtlich.

Ihre Haut wurde heiß vor Freude und sie senkte ihren Kopf. „Oh, nun, ich… ich sollte hineingehen. Ich danke dir. Guten Morgen."

Sie spürte, wie er ihr nachsah, als sie sich umdrehte und ins Haus huschte, *weg von ihm*. Weg von allem, was sie gemeinsam am See erlebt hatten. Sie hatte keine Ahnung, wohin diese Affäre führen würde.

Sie wusste nur, dass sie hoffte, dass sie weitergehen würde.

KAPITEL 15

Als Helena wenige Augenblicke nach der Trennung von Baldwin ihr Zimmer betrat, fand sie Charity bereits wach vor. Ihre Cousine fuhr herum und schnauzte sie an: „Und wo hast *du* gesteckt?"

Helena versuchte, ihr plötzlich rasendes Herz zu beruhigen und setzte das strahlendste Lächeln auf, das sie zustande brachte. „Ich bin früh aufgewacht und dachte, ich mache einen Spaziergang durch das Gelände. Guten Morgen, Perdy."

Charitys Zofe hob den Blick von ihrer Arbeit, knöpfte Charitys Kleid zu, und lächelte zaghaft. Helena hatte Mitleid mit ihr. Die arme Perdy hatte mit Charity und ihren Launen öfter zu tun als Helena. Allein die letzten Monate waren für sie selbst bereits mehr als genug gewesen.

„So so," sagte Charity und wölbte eine Augenbraue. „Ganz allein?"

Helena musste sich schnell etwas einfallen lassen. Das war eine heikle Frage. Sie wollte ihrer Cousine nicht erzählen, was heute Morgen wirklich passiert war, aber wenn sie log und jemand Charity erzählte, dass sie mit Baldwin gesehen worden war, würde das die Sache nur noch schlimmer machen. Ihre Cousine schien sich bereits viel zu sehr für den Duke zu interessieren und dafür, wie Helena mit ihm umging.

„Ich habe zufällig den Duke of Sheffield getroffen. Er war auf einem morgendlichen Ausritt", gab sie zu. „Wir sind zusammen zurückgegangen."

Charity legte den Kopf schief und lächelte dann. „Und habt ihr über mich gesprochen?"

„Ja", sagte Helena mit einem knappen Lächeln ihrerseits. Es war die Wahrheit, obwohl sie bezweifelte, dass Charity der Ton oder das Thema dieses Gesprächs gefallen hätte. Sie wurde immer noch rot, wenn sie daran dachte, dass Baldwin darauf bestand, dieses schöne Gemach eigens für *sie* ausgesucht zu haben.

„Gut", sagte Charity. „Wir könnten deine merkwürdige kleine Freundschaft mit ihm und seiner Familie gut gebrauchen."

Helena durchquerte den Raum und setzte sich neben Charity. Perdy war gerade mit ihrer Aufgabe fertig, und bald würde ihre Cousine am Frisiertisch Platz nehmen und sich die Haare machen lassen.

„Wie meinst du das?", fragte Helena.

„Er ist sehr attraktiv", sagte Charity, wobei sie Helenas Blick nachdrücklich festhielt. „Findest du nicht auch?"

Helena hielt den Atem an. Sie kannte Charity schon ihr ganzes Leben lang – sie waren zusammen aufgewachsen – und wusste genau, was die kleinen Falten um Charitys Mund und der Tonfall ihrer Stimme bedeuteten. Ihre Cousine war auf der Suche nach Informationen. Sie versuchte, Dinge herauszufinden, die Helena nicht preisgeben wollte.

Charity hatte offensichtlich einen Verdacht. Angesichts der Vereinbarung, die Helena gerade mit Baldwin getroffen hatte, konnte dies für sie sehr gefährlich werden.

Sie räusperte sich. „Er ist einer von vielen gut aussehenden Männern auf dieser Landpartie. Der Duke of Tyndale ist auch recht gut gebaut. Und es gibt noch ein paar andere mit weniger bedeutenden Titeln, die nicht als hässlich zu bezeichnen sind."

„Ich habe nicht nach *ihnen* gefragt, sondern nach *ihm*." Charity drehte ihren Frisiertischstuhl so, dass er Helena zugewandt war, und ließ sich darauf nieder, sodass Perdy gezwungen war, sich zwischen Tisch und Stuhl zu zwängen, um Charitys Haar zu frisieren.

„Er ist gutaussehend", gab Helena leise zu.

„Ich mag ihn, glaube ich", fuhr Charity fort. „Mindestens so sehr wie jeden anderen. Er kam auf mich zu, nachdem er mich mit Grifford tanzen sah. Vielleicht war er eifersüchtig auf unsere Beziehung."

Helena versuchte, ruhig zu bleiben. „Du hast eine Beziehung zum Earl of Grifford? Der Mann, über den du dich einst beschwert hast, er sei so alt?"

Charity zuckte mit den Schultern. „Er ist mir ans Herz gewachsen. Aber er ist kein Duke. Was würdest du davon halten, wenn ich zuließe, dass mir Sheffield den Hof macht?"

Der Raum stand plötzlich still, und alle Bewegungen verlangsamten sich, während Helena ihre Cousine entgeistert anstarrte. Sie wusste ja, dass Baldwin Charity nicht besonders mochte. Unter anderen Umständen hätte ihr diese Tatsache die Gewissheit gegeben, dass dieser Wunschtraum ihrer Cousine zu nichts führen würde.

Aber sie kannte auch Baldwins Notlage. Und Onkel Peter hatte dafür gesorgt, dass Charity finanziell so gut gestellt war wie kaum eine andere Dame in dieser Saison, weder hier in England noch in Boston.

Diese Mitgift war etwas, was Baldwin nicht vernachlässigen konnte. Diese Vorstellung legte sich in Helenas Magen wie ein Stein.

„Ich denke, es wäre..." Sie räusperte sich wegen des Kloßes in ihrem Hals. „Ich bin sicher, dass es für euch beide von Vorteil wäre."

„Das finde ich auch." Charity warf ihrer Zofe einen finsteren Blick zu. „Meine Güte, Perdy, du zerrst ja!"

Helena kniff die Augen zusammen, als Charity das arme Dienstmädchen anschnauzte. Ihr Herz hatte in ihrem ganzen Leben noch nie so geschmerzt. Der Gedanke daran, dass Charity Baldwin nachstellen würde und er gezwungen war, sie in Betracht zu ziehen…

Nachdem, was sie gerade erlebt hatten, war dieser Gedanke kaum zu ertragen.

„Hol meine Kette, ja, Helena?", sagte Charity und deutete auf das Schmuckkästchen auf dem Tisch gegenüber.

Helena schüttelte ihre Gedanken ab und tat, was ihr befohlen wurde. Denn sie musste es tun. Sie hatte keine andere Wahl.

Baldwin holte tief Luft, schloss die Augen und neigte den Kopf in Richtung Sonne. Einen Moment lang überkam ihn ein Gefühl des Friedens. Es war das erste Mal, dass er allein war, seit seine Mutter vorgeschlagen hatte, diese Landpartie zu veranstalten, und nun genoss er den Augenblick. Bald genug würde er wieder ins Haus müssen. Bald genug würde er sich wieder mit Schulden und heiratswilligen Ladys beschäftigen müssen, und er würde in Helenas Nähe sein und sie so sehr begehren, dass es wehtat.

Aber im Moment war er…

„Euer Gnaden?"

Er stieß einen kleinen Seufzer aus, bevor er die Augen öffnete und beobachtete, wie eine der von seiner Mutter erkorenen Anwärterinnen den Gartenweg entlang auf ihn zukam. Lady Winifred, die Tochter des Earl of Snodgrass. *Fünfzehntausend Pfund und dieses verdammte Rennpferd.* Diese Informationen schossen ihm unwillkürlich durch den Kopf, und er zuckte zusammen, als er merkte, wie käuflich er geworden war. Er sah sich die Frau etwas genauer an. Sie war keine unattraktive junge Lady. Dunkles Haar, braune Augen, hübsches Gesicht. Sie war nur nicht die Person, die er sich wünschte.

Er erhob sich von seinem Platz auf der Bank und zwang sich zu einem Lächeln. „Lady Winifred", sagte er. „Ihr seid früh unterwegs."

Sie nickte und sagte: „Eure Mutter und ich haben uns über meine Liebe zu Rosen unterhalten, also hat sie mich hergeschickt, um Euren Garten zu begutachten."

„Meine Mutter", wiederholte er langsam. Er wandte seinen Blick zur Terrasse hinauf und sah die Duchess dort stehen. Er runzelte die Stirn über ihren heimtückischen Hinterhalt und über die Art, wie sie ihm zuwinkte, bevor sie den Anstand hatte, sich abzuwenden, um ihre dunklen Machenschaften zu verbergen.

„Ja", sagte Lady Winifred. „Sie war ziemlich hartnäckig, und ich glaube, sie wollte mit mir gehen, aber dann wurde sie von einer Haushaltsangelegenheit abgelenkt."

„Natürlich. Nun, ich wäre nachlässig, wenn ich Euch nicht anbieten würde, Euch selbst auf dem Gelände herumzuführen." Er bot ihr seinen Arm an, und sie nahm ihn ohne zu zögern. Er verspannte sich, als sie es tat, und hasste es, wie er sich fühlte… oder eher was er *nicht* für sie fühlte. Kein Funke, kein Interesse. Einfach nichts.

Weil sie nicht Helena war. Wieder einmal schlich sich dieser Gedanke in seinen Kopf. Er musste ihn wieder verdrängen, als sie begannen, durch den Garten zu gehen, während seine Begleiterin unaufhörlich über Rosen sprach. Arten. Farben. Düfte. Ursprünge.

Großer Gott, so würde sein Leben sein. Endloses Gerede über Rosen, während er verzweifelt versuchte, fünfzehntausend Pfund und ein Rennpferd in die Länge zu ziehen, um seine leeren Kassen zu füllen.

„Euer Gnaden?", fragte sie.

Er blinzelte und blickte zu ihr hinunter. „Ich entschuldige mich aufrichtig, Mylady. Ich war abgelenkt, und das war sehr unhöflich von mir. Ich glaube, Ihr habt über die Moosrose gesprochen."

„Das tat ich", gab sie zu. „Aber gerade eben erwähnte ich, dass Eure Rosen dieses Jahr sehr früh geblüht haben."

Er schaute sich die jungen Schönheiten an, die seine Mutter und seine Großmutter so sehr liebten und geliebt hatten. „Ich nehme an, es ist ein bisschen früh, ja."

Lady Winifred legte den Kopf schief. „Das bringt Unglück, wisst Ihr. Wenn sie zu früh blühen."

Baldwin unterdrückte ein trockenes Lachen. „Nun, manchmal ist das einzige Glück, das ein Mann hat, das Pech."

Lady Winifred blickte ihn verwirrt an. Nicht neugierig, nur unsicher. Doch bevor sie ihr Gespräch fortsetzen konnten, kam die Countess of Snodgrass den Weg entlang und lächelte den beiden zu. „Da bist du ja, Winifred. Und guten Tag, Euer Gnaden."

Baldwin nickte. „Mylady."

„Winifred, du streifst nun schon seit fast einer halben Stunde durch die Gärten des Dukes. Du willst doch nicht zu viel Sonne abbekommen. Ein Gentleman mag keine Lady, die zu stark gebräunt ist – nicht wahr, Euer Gnaden?"

Baldwin ließ Winifred los, die an die Seite ihrer Mutter zurückkehrte. Er spürte dabei eine große Erleichterung. „Ich kann nicht für alle Herren sprechen", sagte er.

Lady Snodgrass kicherte, und Winifred errötete. „Guten Tag, Euer Gnaden. Wir sehen uns heute Abend beim Essen."

Die beiden drehten sich um und schlenderten davon, während Baldwin sich erschöpft gegen den nächsten Baum lehnte.

„Guten Tag."

Er erstarrte, und sein Herz machte einen Sprung, ganz anders als vorher, als er bei der anderen jungen Frau gestanden hatte. Er kannte diese Stimme. Und als er sich umwandte, sah er Helena, die ein paar Meter entfernt stand und ihn aufmerksam beobachtete.

„Helena", flüsterte er, ihr Name war ein Gebet, eine Bitte, ein Balsam. „Ich bin so froh, dass du es bist und nicht irgendeine andere Frau, die meine Mutter aus dem Haupthaus zu mir heruntergeschickt hat."

Helena bewegte sich leicht. „Ja, ich habe dich mit Lady Winifred gesehen. Sie ist also eine der… Hoffnungsträgerinnen?"

Baldwin starrte hinauf zum Haus, in das die junge Frau und ihre Mutter gegangen waren. „Ja", sagte er leise. „Ich nehme an, das ist sie."

„Nun, sie ist hübsch", sagte Helena in einem sehr vorsichtigen Ton.

Er schaute ihr belustigt ins Gesicht. „Spielst du jetzt meine Heiratsvermittlerin?"

Sie erwiderte das Lächeln nicht. „Ich glaube, das wäre zu schwierig."

Er nickte. „Ja. Das alles ist… schwierig."

„Für uns beide, denke ich. Du mochtest sie überhaupt nicht, oder?"

Baldwin zuckte mit den Schultern. „Es geht nicht darum, ob ich sie mag oder nicht mag. Sie ist eine sehr nette junge Frau. Nur fühle ich nichts, wenn ich mit ihr zusammen bin."

Helena schluckte schwer. „Ich verstehe."

„Nicht so, wie wenn ich mit dir zusammen bin", murmelte er und ging einen Schritt auf sie zu.

Sie hielt den Atem an und er sah, wie sich ihre Pupillen vor Verlangen weiteten. Er liebte es, diese Empfindung in ihr aufblühen zu sehen, so wie die Blumen, von denen Lady Winifred gesprochen hatte.

„Wir sind zu nah am Haus", flüsterte Helena. „Jeder könnte uns sehen."

„Ein gutes Argument", sagte er und bot ihr einen Arm an. „Gehst du ein Stück mit mir? Ich würde deine Gesellschaft sehr schätzen."

Sie sah aus, als wollte sie ablehnen. Wahrscheinlich sollte sie ihn darauf hinweisen, dass das, was sie taten, gefährlich und falsch war und mitnichten dazu beitrug, die Zukunft, die jedem von ihnen bevorstand, zu akzeptieren.

Stattdessen seufzte sie und sagte: „Natürlich. Du weißt, dass ich nicht *Nein* sagen kann."

Sie nahm seinen Arm, und dieses Mal strömten unzählige Gefühle durch ihn hindurch. Wärme und Lust, Verlangen und Verzweiflung. Er war sich jedes Teils ihres Körpers bewusst, der sich an ihn schmiegte, jedes Fingers, der sich in seine Ellenbeuge krümmte. Er fühlte alles, und er genoss es.

„Worüber habt ihr denn gesprochen?", fragte sie.

Er blickte zu ihr hinunter, als sie tiefer in den Garten gelangten, weiter weg vom Haus und von allen neugierigen Augen, die sie sehen könnten. „Willst du das wirklich wissen?"

„Ich bin mir nicht sicher", murmelte sie. „Ein Teil von mir will es wissen. Ein anderer Teil möchte es lieber nicht. Ich bin etwas eifersüchtig, und ich hasse mich dafür."

Er schüttelte den Kopf. „Du brauchst nicht eifersüchtig zu sein. Lady Winifred ist eine große Blumenliebhaberin, und ich habe innerhalb einer halben Stunde alles über Rosen erfahren."

Sie blickte zu ihm auf. „Das ist alles, was sie dir zu sagen hatte?"

„Du klingst überrascht. Vielleicht bringe ich nur die langweiligsten Themen aus den Menschen heraus", sagte er mit einem Lachen, das seine Stimmung aufhellte.

Es schien, als ob er nur bei ihr seinen Humor wiederfand.

Sie lächelte. „Kann sein. Ich hätte mir bei einem Spaziergang mit dir dieses Thema nicht ausgesucht."

„Welches Thema hättest *du* denn gewählt?", fragte er verschmitzt und führte sie in den überdachten Pavillon.

Sie sah sich errötend um, und er konnte sehen, wie sich ihre Gedanken überschlugen. Sie beschäftigte sich offenbar mit demselben Problem, über das er eben nachgedacht hatte. Würden sie hier sicher genug sein, um sich wenigstens zu küssen? Natürlich nicht... die Gefahr war zu groß. Aber er wollte sie trotzdem küssen.

Sie biss sich auf die Unterlippe, ließ seinen Arm los und wich zurück. „Meine Cousine hat mir erzählt, dass sie vorhat, um deine Gunst zu werben."

Alle fröhlichen, verspielten Gedanken verschwanden auf einen Schlag aus Baldwins Kopf, und er starrte Helena entsetzt an. „Charity?"

„Ja, sie ist meine einzige Cousine, die dir im Moment nachstellen könnte, denn alle anderen befinden sich zurzeit in Amerika", sagte sie scharfzüngig und wandte sich ab, um im Pavillon umherzugehen. „Sie hat es mir heute Morgen erzählt, gleich nachdem ich von… als wir…"

Sie sah ihn nicht an, sondern stützte sich mit beiden Händen auf die Balustrade des Pavillons und lehnte sich darauf, als laste das Gewicht der gesamten Welt auf ihren Schultern.

„Ich verstehe", murmelte er. „Du weißt, dass ich sie nicht will."

„Du willst keine von ihnen", sagte Helena und sah ihn hilflos an. „Aber wir beide kennen die Realität. Charity hat eine riesige Mitgift. Sie könnte sogar größer sein, als alle behaupten. Ich sehe ein, dass du sie in Betracht ziehen musst."

Sein Magen drehte sich um. „Hör mir zu, Helena. Ich würde deine Cousine auf keinen Fall in Betracht ziehen, nicht einmal, wenn sie hunderttausend Pfund oder eine Million hätte."

Ihre Wangen erröteten, und sie lächelte leicht. „Sei nicht albern. Sogar *ich* würde sie für eine Million Pfund heiraten."

Er begriff, dass sie versuchte, diese furchtbare Situation mit Humor zu entschärfen. Und es funktionierte sogar. Er musste unwillkürlich lächeln und streckte die Hand nach ihrer aus.

„Sprechen wir nicht weiter über sie", sagte er. „Ich habe so wenig Zeit mit dir, ich möchte sie nicht mit müßigem Geschwätz über Charity oder Lady Winifred oder Rosen verschwenden."

„Dann wähle du das Thema, du hast ja heute schon genug gelitten", sagte sie, und ein weiteres neckisches Lächeln umspielte ihre Lippen.

Lippen, die er so verzweifelt küssen wollte. Aber ein Kuss wäre nur der Anfang, eins würde zum anderen führen…

Stattdessen zog er sie zu einer Bank in der Mitte des Pavillons und setzte sich. „Erzähl mir von deinen Freunden zu Hause."

Er hatte erwartet, dass sie dieses Thema aufheitern würde, aber stattdessen versteifte sie sich und spannte ihren Kiefer an.

„Es tut mir leid", sagte er und hielt ihre Hand etwas fester. „Ich wollte kein schmerzhaftes Thema anschneiden."

„Es ist nicht deine Schuld", sagte sie leise. „Die Wahrheit über mein Unglück kam dank dieser sogenannten Freunde ans Licht. Ich hatte mich meiner engsten Freundin anvertraut, weil ich jemanden zum Reden brauchte. Anstatt mir zu helfen hat sie es den anderen erzählt, und die… haben sich dann von mir abgewandt. Der Skandal weitete sich aus, die Tatsachen wurden verdreht, und… nun, ich will nicht nach Boston zurückkehren, glaub mir."

Baldwin schüttelte langsam und ungläubig den Kopf. „Das klingt nicht nach Freunden", knurrte er. „Ich kann mir nicht vorstellen, dass meine eigenen Freunde so etwas täten. Sie würden mir zur Seite stehen."

„Belügst du sie deshalb in Bezug auf deine Situation?", fragte sie sanft, aber bestimmt.

Er starrte sie an. „Ein gutes Argument", gab er zu. „Und keines, das wir noch einmal besprechen sollten. Aber Helena, du kannst darauf zählen, dass die Freundschaften, die du mit Emma, Meg, Charlotte und Adelaide geschlossen hast, viel aufrichtiger sind. Ich habe in meinem ganzen Leben nie eine bessere Gruppe von Frauen kennengelernt."

Helena rutschte unbehaglich auf der Bank hin und her. „Ich war mir damals sicher, dass meine eigenen Freundinnen mir beistehen würden. Ich will nicht, dass die Duchesses die Wahrheit erfahren."

In ihrem Ton lag eine Spur von Verzweiflung. Eine Spur von Schrecken, Traurigkeit und Niedergeschlagenheit, bei der sich Baldwin der Magen verkrampfte. Er konnte sich nicht länger zurückhalten. Er umfasste ihr Kinn, beugte sich vor und strich mit seinen Lippen über ihre.

Sie gab einen leisen, hingebungsvollen Laut von sich, der ihn wahnsinnig machte, aber er vertiefte den Kuss nicht und verlangte auch nicht mehr von ihr. Hier ging es nicht um Besitz oder Begehren. Es ging um Trost. Um Beistand. Und um Gefühle, die er nicht benennen wollte, weil sie zu nichts führen konnten.

Er löste sich von ihr und hielt ihrem Blick stand. „Ich werde dein Geheimnis hüten, Helena. Ich würde dich niemals hintergehen. Aber ich verspreche dir auch, dass sich deine neuen Freundinnen nie gegen dich wenden werden."

„Aber sie würden es nicht verstehen", flüsterte sie.

„Adelaide und Emma würden es", sagte er leise. „Sie sind beide nur knapp dem gleichen Schicksal entgangen."

Ihre Augen weiteten sich. „Adelaide und Emma?", wiederholte sie.

„Sie wurden von ein und demselben Mann angegriffen, zu unterschiedlichen Zeiten", sagte er, und sein Kiefer verkrampfte sich, als er an die Geschichten zurückdachte, die James und Graham ihm erzählt hatten. Er war damals schon aufgebracht gewesen, aber nun war er wütend. Nun konnte er sich vorstellen, was Helena durchgemacht hatte, und es brach ihm das Herz.

„Derselbe Mann", sagte sie und ihre Augen weiteten sich vor Schreck.

„Er ist tot", beruhigte er sie. „Ich will damit nur sagen, dass es nicht deine Schuld war, was dir passiert ist. Und ich weiß, dass die Ladys verstehen würden, was du durchgemacht hast, wenn du ihnen die Wahrheit erzähltest."

Sie seufzte tief und blickte in den Garten hinaus, wenn auch mit abwesendem Blick, mit Augen, die nicht wirklich zu sehen schienen. „Ich werde darüber nachdenken, Baldwin. Wirklich. Es wäre... schön, Freunde zu haben, denen man sich anvertrauen kann und die einen verstehen."

„Du beschäftigst dich schon so lange allein damit", ermutigte er sie. „Ich hoffe, du wirst es in Betracht ziehen."

Sie sah sich hastig um und lehnte dann kurz ihren Kopf an seine Schulter. Wärme breitete sich in seinem ganzen Körper aus, und er schlang seine Arme um sie, als sie sich an ihn schmiegte. Sie vertraute offenbar darauf, dass er ihr in diesem schwierigen Moment eine starke Schulter bot, und seine Brust schwoll vor Stolz... und dem Wunsch, sie für den Rest ihres Lebens zu beschützen.

Nur war ihm dies nicht vergönnt. Und sie schien sich im gleichen Augenblick wie er daran zu erinnern, denn sie setzte sich auf und lächelte ihn tapfer an. Es war ein wehmütiger Ausdruck, nicht ganz überzeugend.

„Wir sollten nun zurückgehen", sagte sie. „Charity hat ein Nickerchen gemacht, aber sie wird bald aufwachen, und dann habe ich meine Pflichten zu erfüllen."

Er nickte, stand auf und bot ihr ein zweites Mal seinen Arm an. Als sie ihn nahm und er sie zurück in den Garten führte, sagte er: „Das Gute an meinem Sparziergang mit Lady Winifred ist, dass ich dir nun über jede Rose, die jemals existiert hat, Fakten aufzählen kann, während wir uns auf den Weg zurück zum Haus machen."

Sie lachte herzlich darüber, was ihn wie ein Blitzschlag zu treffen schien. „Ich kann es kaum erwarten, Euer Gnaden. Ich habe gehört, man kann nie genug über Rosen wissen."

„Da muss ich widersprechen", stichelte er. „Bis ich fertig bin, wirst du deine Meinung geändert haben. Betrachten wir nun die Zentifolie…"

KAPITEL 16

Normalerweise liebte Helena das Frühstück. Sie war noch nie ein wählerischer Esser gewesen, aber Baldwins Koch war in jeder Hinsicht talentiert. An diesem Morgen fand sie jedoch, dass alles nach Nichts schmeckte, und sogar der Geruch der Speisen drehte ihr den Magen um. Aber der Grund dafür hatte nichts mit der Qualität des Essens zu tun.

Sie warf einen Blick über den Tisch und beobachtete, wie Baldwin sich zu einer der infrage kommenden Frauen neigte, die ihn gerade umgaben. Seine *Anwärterinnen*, wie er sie nannte. Die Frauen, unter denen er sich eine Braut aussuchen würde. Darunter auch ihre Cousine, trotz all seiner gegenteiligen Beteuerungen.

Und heute schien er entschlossen, sich mit diesen Frauen zu befassen. Sie war nicht verärgert. Natürlich hatte sie Verständnis. Aber oh, wie weh es tat, ihm dabei zuzusehen. Zu sehen, wie er sich mit diesen Frauen unterhielt, und zu wissen, dass er eines Tages eine von ihnen so berühren würde, wie er sie berührt hatte.

„Miss Monroe, Ihr seht heute wirklich reizend aus."

Sie zuckte zusammen und drehte sich zu Baldwins Mutter um. Die Duchess of Sheffield hatte kurz zuvor neben ihr Platz genommen, war aber bis zu diesem Augenblick in ein Gespräch mit der Duchess of Abernathe vertieft gewesen. Nun lächelte sie Helena an.

„Danke, Euer Gnaden", sagte Helena und errötete. Ihr Kleid war nicht so schön oder ausgefallen wie die Kleider der anderen Ladys. Sie nahm an, das war Absicht. Charity war sehr knauserig, was abgetragene Kleider anging. Im Allgemeinen gab sie Helena nur die schlichtesten Stücke aus ihrer Sammlung. Dennoch gefiel ihr die Farbe... ein fröhliches Blau mit einem frühlingsgrünen Überwurf.

„Meine Tochter und ihre Freunde sprechen in den höchsten Tönen von Euch", fuhr die Duchess fort. „Charlotte hat es sehr genossen, Euch hier zu haben."

„Ihre Gnaden ist sehr freundlich", sagte Helena. „Ich verbringe sehr gerne Zeit mit ihr und den anderen Duchesses."

„Erzählt mir mehr von Euch", drängte die Duchess of Sheffield. „Charlotte sagt, Ihr seid eine begeisterte Leserin."

„Ich mag gute Bücher, ja. Man wird in eine ganz andere Welt entführt, kann sich für ein paar Stunden verlieren. Das ist meine Lieblingsbeschäftigung."

Die Duchess nickte. „Das habe ich auch immer so empfunden. Wir werden unsere Leselisten vergleichen müssen, denn ich habe Lust auf eine neue, gute Geschichte."

„Gerne", sagte Helena. „Ich würde mich freuen, Euch meine Liste zu zeigen. Auf der Fahrt nach Sheffield habe ich ein sehr gutes Buch zu Ende gelesen. Meine Cousine liest keine Bücher, wenn Ihr es also mögt..."

Die Duchess schenkte ihr ein warmes Lächeln. „Das wäre schön, danke." Sie neigte sich leicht nach vorn, und ihr Blick wanderte zu Baldwin. Die Sorge, die sie empfand, war nicht zu übersehen. Der Druck. Helenas warme Gefühle verblassten, als die Realität sie wieder einmal gnadenlos einholte.

„Ihr seid... besorgt um Euren Sohn?", fragte sie vorsichtig.

Die Duchess sah sie lange an, eine Augenbraue hochgezogen. „Ist das so offensichtlich?"

Helena zuckte mit den Schultern. „Nur wenn man aufmerksam ist."

Nun hielt die Duchess ihrem Blick stand. „Und das seid Ihr, vor allem wenn es um Baldwin geht, denke ich."

Helenas Atem stockte. Es schien, als wäre sie nicht die einzige, die aufmerksam war. Sie dachte, sie seien vorsichtig gewesen, aber die Veränderung im Verhalten der Duchess of Sheffield sagte ihr, dass dem nicht so war.

„Ich stehe ein wenig am Rande, das ist alles, Euer Gnaden", sagte sie. „Ich nehme jeden wahr."

Die Duchess nickte, aber ihr Blick blieb so konzentriert wie zuvor. Helena hatte die Intensität in ihren Augen und ihr Verständnis nicht mildern können. „Ich bin eine Mutter", sagte die Duchess langsam. „Es ist meine Pflicht, mich um meine Kinder zu sorgen. Charlotte hat sich gut eingelebt und ist glücklich, sodass sich meine Sorgen auf Baldwin verlagern."

„Ich hätte nicht fragen sollen", sagte Helena leise. „Ich bitte um Verzeihung."

„Nein, es ist klar, dass Ihr eine…, dass Ihr eine sehr sympathische Frau seid", sagte die Duchess. „Niemand könnte auch nur einen Moment mit Euch verbringen ohne Euch zu mögen. Ihr scheint Euch auch um meine Kinder zu sorgen, und das weiß ich zu schätzen." Sie blickte wieder zu ihrem Sohn hinüber. „Baldwin hat eine große Verantwortung zu tragen, Miss Monroe. Das Leben ist in dieser Hinsicht oft nicht fair, aber es ist, wie es ist. Wir müssen es akzeptieren. Wir müssen… wir müssen es akzeptieren."

Helena starrte auf ihren Teller, und das Essen drehte ihr nun noch mehr den Magen um. Die Duchess plauderte nicht mehr. Dies war eine persönlich an Helena gerichtete Warnung. Eine sanfte Warnung, ja. Eine freundlich formulierte, aber sie erfüllte dennoch ihren Zweck. Sie riet Helena davon ab, Baldwin nachzustreben.

Helena spürte, wie ihr die Tränen in die Augen stiegen. Das Unbehagen der Peinlichkeit vermischte sich mit dem gedämpften

Nachhall des Verlustes. Aber sie konnte sich ihre Gefühle nicht anmerken lassen. Wie immer musste sie sich verstellen.

Die einzigen Gelegenheiten, bei denen sie sich nicht verstellen musste, waren die gestohlenen Momente mit dem Mann, von dem sie wusste, dass er nicht ihr Mann sein konnte. Und ihre gemeinsame Zeit wurde knapp.

Das brachte sie in der Tat zur Verzweiflung.

Baldwin streckte den Rücken durch, als er sein Zimmer betrat und sein Bett anlächelte. Er wollte die Anspannung abschütteln und sich schlafen legen, um einen weiteren Tag hinter sich zu lassen, der sich schlussendlich zu einem endlos langen Spießrutenlauf entwickelt hatte. Er hatte den ganzen Nachmittag mit den Anwärterinnen verbracht. Dafür hatte seine Mutter gesorgt. Sie war dabei nicht einmal besonders behutsam vorgegangen.

Und sie waren ja alle nett. Sie waren *in Ordnung*. Mit keiner von ihnen war wirklich etwas *nicht* in Ordnung, außer vielleicht mit Charity, die er überhaupt nicht mochte. Die anderen hatten jedoch ein gemeinsames Problem - sie waren nicht Helena. Helena, nach der er in jeder Menschenmenge Ausschau hielt. Helena, die von ihrem grausamen Onkel und ihrer Cousine genauso auf Trab gehalten wurde wie er von seiner Mutter. Wenn er es nicht besser wüsste, würde er denken, dass seine Mutter und Helenas Familie ihre Bemühungen aufeinander abgestimmt hatten, um sie voneinander fernzuhalten.

Er wusste aber, dass sich seine Mutter nie mit Peter Shephard zusammentun würde. Selbst ihre Verzweiflung hatte gewisse Grenzen.

Er wollte seinen Kammerdiener rufen, doch bevor er dazu ansetzte, hörte er ein Rascheln hinter sich. Er fuhr herum und machte große Augen, als Helena aus dem Schatten in der Ecke seines Gemaches hervortrat.

Ihr Gesicht war blass, ihre Augen geweitet, und ihre Hände zitterten an ihrem Körper, als sie flüsterte: „Ich… hätte ich nicht kommen sollen?"

Er antwortete nicht, nicht mit Worten. Er konnte keine formen, als seine Gefühle und sein Verlangen ihn übermannten. Stattdessen durchquerte er den Raum in raschen Schritten, zog sie an sich und küsste sie leidenschaftlich. Sie wurde sofort weich, schlang ihre Arme um seinen Hals und keuchte, als er ihr Gesäß ergriff und sie noch näher an sich heranzog.

„Ich hoffe sehr, dass dies kein Traum ist", murmelte er gegen ihre Lippen.

Sie lächelte. „Es ist kein Traum", beruhigte sie ihn, während er begann, ihren Hals zu küssen. „Aber es ist leider auch nicht die Wirklichkeit."

Er wich zurück und blickte auf sie herab. So schön und so perfekt und doch so unerreichbar. Er räusperte sich. „Dann lass uns diese Fantasie genießen, solange wir können. Aber zuerst eine Frage."

Sie nickte. „Natürlich."

„Was ist mit deiner Cousine?"

„Charity schnarcht in ihrem Bett im unerschütterlichen Glauben, dass ich in ihrem Salon auf dem Sofa schlafe. Sie gehört nicht zu denen, die mitten in der Nacht aufstehen, also sind wir in dieser Hinsicht sicher."

„Gut", sagte er und schob sie langsam zu seinem Bett. „Dann kann ich dich die ganze Nacht bei mir behalten. Oder zumindest fast."

Er fühlte wie sie zitterte, und er hielt inne, wobei er sich zwang, an ihre Vergangenheit zu denken. Er spürte, dass diese Situation Angst und Unruhe bei ihr auslösen könnte. Er holte tief Luft und lehnte sich mit ihr gegen die Matratze seines Bettes.

„Ich möchte mit dir schlafen, Helena", flüsterte er. „Das will ich mehr als alles andere. Aber nicht, wenn es dir Kummer bereitet. Also sag mir… ist es auch wirklich das, was du willst?"

Sie nickte ohne zu zögern. Das beruhigte ihn ein wenig. Ebenso wie ihre Worte, als sie sagte: „Ich kann nur an dich denken, Baldwin. Ich weiß, dass unsere gemeinsame Zeit nicht von Dauer sein wird. Das kann sie nicht. Aber ich will heute Nacht mit dir zusammen sein."

„Gut", sagte er und ließ seine Hände an ihrem einfachen Kleid heruntergleiten, um es vorne zu öffnen. Er gab ihren Blick nicht frei, während er langsam jeden Knopf öffnete. „Aber wenn du willst, dass ich aufhöre oder warte oder langsamer weitermache, dann sag es mir. Wir haben die ganze Nacht Zeit. Und ich will, dass alles perfekt wird."

~

Helena erschauderte, als Baldwin ihr Kleid öffnete und das schlichte Unterkleid darunter zum Vorschein brachte. Seine warmen Finger glitten unter den Stoff und schoben ihn langsam von ihren Schultern, über ihre Arme und Hüften, bis ihre Kleidung ihr zu Füßen fiel.

Sie wand sich ein bisschen, weil es ihr unangenehm war, in einem so entblößten Zustand gesehen zu werden. Ihr Unterkleid war aus dünner Baumwolle, zu oft gewaschen, und sie wusste, dass es an einigen Stellen fast durchsichtig war. Darunter trug sie ein Paar Unterhosen, deren faltenreiche Ränder unter dem Stoff hervorlugten. Sie spürte, wie ihre Haut heiß wurde, als er sie schweigend anstarrte. Fast ehrfürchtig.

„Du bist so schön. Ich möchte mir jede Kurve deines Körpers einprägen. Ich möchte dieses Bild für immer in mein Gedächtnis einbrennen, damit ich es nie vergesse, egal was passiert."

Sie erzitterte bei diesen süßen Worten. Und noch einmal, als er einen Finger unter die dünnen Träger ihres Unterkleides schob und auch diese über ihre Schultern gleiten ließ. Zentimeter für Zentimeter wurde ihre Haut freigelegt, tiefer und tiefer, bis ihre Brüste entblößt waren und von der warmen Luft im Raum umspielt wurden.

Sie wandte ihren Kopf ab, unfähig, ihm weiter in die Augen zu sehen.

„So schön", murmelte er, mehr zu sich selbst, wie es schien, als zu ihr. Als ihr Unterkleid fiel und sich zu ihrem Kleid am Boden gesellte, hob er eine Hand und umfasste sanft ihre nackte Brust. Er strich mit dem Daumen über ihre Brustwarze und eine sinnliche Lust durchzuckte ihre Adern, sodass sie überrascht aufstöhnte.

Er ließ eine Hand unter ihre Knie gleiten und hob sie auf sein Bett. Sie lehnte sich an die Kissen und sah zu, wie er sich vom Bett entfernte und die Knöpfe seiner Jacke öffnete. Er warf sie beiseite, ebenso wie seine Weste. Er löste seine Krawatte und knöpfte sein Hemd auf. Dann zog Baldwin es aus der Hose und streifte es sich über den Kopf, und Helenas Welt blieb einfach... stehen.

Er war etwas Besonderes. Breitschultrig, perfekt gebaut, muskulös und mit einer Spur von dunklem Brusthaar, die sich einen Weg in seinen Hosenbund bahnte. Sie hatte nicht viel Erfahrung mit nackten Männern. Ihr Angreifer hatte sich nicht entkleidet. Ihr einziger Anhaltspunkt waren Gartenstatuen, die ihre Fantasie beflügelten.

Baldwin war anders.

Er zog seine Stiefel aus und kam zu ihr zurück, wobei er seine Hose anbehielt, genau wie sie ihre Unterkleider noch anhatte. Er legte sich neben sie aufs Bett und rollte sich auf die Seite, um sie anzusehen.

„Ist alles in Ordnung?", fragte er.

Sie nickte. „Ja. Du musst verstehen, Baldwin, was passiert ist, hat mich gebrochen. Aber ein geheilter Knochen ist stärker als zuvor. Mir ist es ähnlich ergangen."

„Ja, ich sehe das. Ich bewundere dich sehr dafür." Er begegnete ihrem Blick. „Das heißt aber nicht, dass ich nicht vorsichtig mit dir umgehen werde. Nicht nur wegen deiner Vergangenheit, sondern weil du unglaublich schön und wunderbar bist und es verdienst, dass man…" Er beugte sich vor und fuhr mit seiner Zungenspitze über ihre Brustwarze. „dich verehrt", beendete er.

Sie wölbte sich unter ihm und wunderte sich über all die erstaunlichen Empfindungen, die dieser Mann in ihr auszulösen imstande war. Heute Abend wollte sie alles. Es könnte das erste und letzte Mal sein, dass sie solche Glückseligkeit erlebte.

Es gab kein Zurück.

Er spürte, dass sie sich ergab, und machte das deutlich, indem er ihre Brust ein wenig anhob und wieder an ihr leckte. *Er saugte.* Jedes Mal, wenn er das tat, schossen kleine Lustschübe durch sie hindurch, die die Art und Weise nachahmten, wie ihr Körper gebebt hatte, als er sie intim berührt hatte. Es brachte ihr keine Erlösung, aber es lockte sie in diese Richtung. Ein dumpferes Vergnügen, das so viel mehr versprach.

„Es gibt nichts Vergleichbares zu deinem Geschmack", flüsterte er gegen ihrer Haut. „Ich werde ihn nie vergessen."

Sie schaute zu ihm hinunter, und ihre Finger fuhren durch sein Haar, als er ein wenig fester saugte, bis an ihre Schmerzgrenze aber nie darüber hinaus. Gerade so stark, dass sie sich lebendig, begehrt und frei fühlte.

Während er sie liebkoste, glitt er mit der freien Hand in der Mitte ihres Körpers hinunter und strich mit den Fingern über ihre nackte Haut, bis er den Schnürzug ihrer Unterhosen erreichte. Er ließ von ihrer Brust ab und hob seinen Blick zu ihr.

Sie erzitterte. Sie wusste, dass er es spüren konnte. Die Vorfreude pulsierte in ihr, aber auch die Angst. Entsetzen. Ganz gleich, wie lange es her war, die Furcht war zurück und setzte sich in ihrer Brust fest.

Er blickte nach unten, und gemeinsam sahen sie zu, wie seine Finger die Schleife des Kordelzugs lösten. Mit ein paar geschickten Handgriffen löste er die Schnur und ließ sie los. Langsam glitt seine Hand darunter, über ihren Bauch, über ihren Schamhügel. Ihre Beine öffneten sich und erlaubten ihm erneut den Zugang zu ihrem Geschlecht.

Er streichelte sie dort, ließ die Nässe ihres Körpers ihr Geschlecht benetzten. „Es hat wehgetan... beim letzten Mal", sagte er.

Sie holte tief Luft und versuchte, sich nicht an diese schreckliche Nacht und den Mann zu erinnern, der ihr in einem einzigen grausamen Akt ihre Unschuld und ihre Träume gestohlen hatte. „Ja", gab sie zu.

„Heute Abend wird es das nicht", versprach er. „Heute Abend geht es um dich und deine Freude. Wenn du mir vertraust, werde ich alles daran setzen, die Vergangenheit auszulöschen und dieses erste Mal zu etwas zu machen, das du nicht bereuen wirst."

Sie keuchte, als sein Finger leicht in sie eindrang. „Ich werde es nie bereuen", brachte sie hervor, als die Lust, die er so leicht erzeugen konnte, sich zu steigern begann. „Bitte, gib mir nur... nur das."

Er schob seinen Finger ein paar Mal sanft in sie hinein und wieder heraus, dann zog er sich zurück, worauf sich ihr Körper wölbte. Er erhob sich vom Bett und Helena konnte ihn nur anstarren, als er seine Hose öffnete und sie in einer einzigen, fließenden Bewegung herunterstreifte.

Ihr Blick zeigte Verblüffung. Ihn halbnackt zu sehen war *eine* Sache, vollkommen nackt eine ganz andere. Sie wusste kaum, wohin sie schauen sollte. Auf die schmalen Hüften? Die kräftigen Schenkel? Oder auf sein Glied zwischen seinen Beinen? Es war hart und ragte nach oben, in Richtung seines Bauches.

Er sagte nichts, sondern kam langsam auf das Bett zu. Dann griff Baldwin nach dem Saum ihrer Unterhosen und streifte sie ab, warf sie über seine Schulter zu Boden und entblößte Helena so sehr wie sich selbst.

Sie starrten einander an. In seinem Gesicht stand genauso viel Verwunderung, wie in ihrem eigenen Gesicht geschrieben stand, obwohl ein Mann wie er bestimmt zahlreiche Geliebte gehabt haben musste. Sie war nur die nächste in einer Reihe, aber warum er so fasziniert schien, war ihr ein Rätsel.

Er kam näher und legte eine Hand auf ihre Wade. Er beobachtete ihr Gesicht, während er seine Finger immer weiter nach oben gleiten ließ, Zentimeter um Zentimeter an Stellen, an denen noch nie ein anderer Mensch sie berührt hatte. Er erweckte sie zum Leben und machte ihr alles, was er mit ihr tat, in jeder Faser ihres Wesens bewusst.

Er bewegte sich weiter, und diesmal legte er seinen Körper über den ihren. Sie keuchte, als sein Mund den ihren bedeckte. Aber die Küsse waren angenehm, sie machten ihr keine Angst. Bald versank sie in dem überwältigenden Verlangen, das er mit seinen Lippen auf den ihren auslöste. Die Furcht verblasste, als er sie immer weiter küsste, und wurde durch die brennende Begierde ersetzt, die in ihrem ganzen Körper brodelte.

Er zog sich zurück, und sie spürte, wie er seine Knie benutzte, um ihre Beine ein wenig weiter zu spreizen, Dann spürte sie plötzlich, wie seine harte Länge ihr Geschlecht berührte.

Sein Blick hielt den ihren fest, während er sanft vorstieß. Sie spürte, wie er in sie eindrang, und sofort verkrampfte sie sich gegen den bevorstehenden Schmerz, der mit Sicherheit folgen würde. Ganz gleich, was er gesagt hatte, sie wusste, wie es sein würde.

Er hielt sofort inne und blickte besorgt auf sie herab. „Keine Angst, Helena", flüsterte er. „Vertrau mir."

Sie holte ein paar Mal tief Luft. Sie vertraute ihm. In manchen Bereichen war das leicht, aber in diesem… nicht so sehr. Dennoch atmete sie langsam und tief, bereit, ihren Körper zu entspannen. Ihm die Kontrolle zu überlassen, weil er versprochen hatte, dass er sie nicht verletzen würde. Nach und nach entspannte sie sich, und erst dann bewegte er sich wieder.

Er dehnte sie mit jedem Zentimeter, und sie wartete auf den Schmerz. Aber er kam nicht. Ganz im Gegenteil, es war ein herrliches Gefühl, ausgefüllt zu werden. Sein Glied drang zu Stellen vor, von denen sie nicht gewusst hatte, dass es sie gab, und die Lust, die sie zuvor bei jeder Berührung empfunden hatte rauschte durch sie hindurch und gab flüsternde Versprechen, von denen sie nicht wusste, ob sie überhaupt möglich waren.

Schließlich drang er ganz in sie ein und legte dabei seine Stirn an die ihre. Sein Atem kam kurz und seine Hände ballten sich zu Fäusten, als er sie in das Kissen unter ihrem Kopf drückte. Er kämpfte sichtlich um Selbstbeherrschung, damit es für sie vergnüglich bliebe.

Das bedeutete ihr alles.

„Ich will mich bewegen", stieß er hervor, seine Stimme rau vor Leidenschaft. „Mehr als alles in der Welt. Aber ich werde warten, bis du bereit bist."

Sie wiegte sich sanft unter ihm, und ein lustvoller Blitz durchfuhr sie. Es muss ihm genauso ergangen sein, denn seine Ellbogen knickten leicht ein, und er gab einen erstickten Laut von sich.

„Ja", keuchte sie. „Bitte!"

Sie brauchte ihn nicht zweimal zu fragen. Er zog sich zurück und stieß tief in sie hinein. Sie hob ihr Becken, um ihn zu empfangen, überwältigt von der ausfüllenden, kraftvollen Bewegung seines Körpers in ihr. Sie umklammerte ihn, umschloss ihn und stöhnte, als die Lust sie erfasste.

Er fuhr fort, sein Körper bewegte sich über und in ihr. Er ließ seinen Mund auf ihren senken, und sie öffnete sich ihm. Sie verschlangen sich, keiner von beiden hielt sich zurück, als der Verstand den Empfindungen Platz machte.

Sie konnte es kaum fassen, wie schnell sie sich verlor, ihr Körper bewegte sich in einem natürlichen Rhythmus, ihr Verstand leerte sich von allem außer dem intensiven Gefühl, das sich mit jedem einzelnen Stoß aufbaute. Helena bebte, als er dieses wunderbare Tempo fortsetzte und sie vorwärtsdrängte, immer vorwärts, immer der Erlösung entgegen.

Als sie sie erreichte, war sie stärker als je zuvor. Die Lust explodierte in ihr, und sie schrie auf. Er bedeckte ihren Mund mit seinem, um ihren Laut zu unterdrücken, und sie schmiegte sich an seine Lippen, während sich ihre Finger in seine Schultern gruben und ihr Körper von einer Welle der Lust nach der anderen erfasst wurde und pulsierte.

Er beschleunigte seine Stöße und jagte sie unerbittlich weiter durch ihre Ekstase. Plötzlich spannte sein Körper sich an, er stieß ein leises Knurren aus und rollte sich dann von ihr herunter, kurz bevor er in seine Hand kam. Dann ließ er sich erschöpft neben ihr auf die Kissen zurückfallen.

Sie blieben eine Ewigkeit, wie es schien, so liegen, um zu Atem zu kommen, dann drehte er sich wieder auf die Seite und sah sie an. Besorgnis stand ihm ins Gesicht geschrieben und hatte den Frieden, den ihm die Erleichterung vorübergehend gegeben hatte, ausgelöscht.

„Geht es dir gut?", flüsterte er.

Sie schüttelte lächelnd den Kopf. „Du machst dir zu viele Sorgen um mich, Baldwin. Ich bin heute Nacht hergekommen, weil ich genau das wollte, was gerade passiert ist. Und falls mein Schreien und Wimmern nicht Beweis genug sind, dass ich alles bekommen habe, was ich mir gewünscht hatte, und noch viel mehr, dann sei versichert..."

Er lächelte über ihre Beschreibung und beugte sich vor, um sie zu küssen, noch bevor sie zu Ende sprechen konnte. Sie umfasste seine Wangen und schwelgte in seinem Kuss. Sie genoss die Wärme, die nach dieser überwältigenden Vereinigung noch übrig war, genoss das Kribbeln, das sie immer noch in ihrem Körper spürte.

Das war ein Geschenk gewesen, und sie würde es für den Rest ihres Lebens in Ehren halten.

Er löste sich von ihr und sagte: „Es ist mein gutes Recht, mir Sorgen zu machen, Helena, und sicherzustellen, dass für dich alles perfekt ist. Du hast es verdient. Du verdienst so viel mehr, als ich dir jemals geben könnte."

Ihr Herz schien bei diesen Worten überquellen zu wollen. Und zwar von Gefühlen, die sie seit dem ersten Moment, als sie sich umgedreht und diesen Mann auf der Terrasse entdeckt hatte, der sie beim Zählen der Sterne beobachtete, zu unterdrücken und zu bekämpfen versucht hatte.

Aber sie waren da und so unbestreitbar wie die körperliche Anziehung zwischen ihnen. Sie liebte ihn. Sie liebte diesen Mann mit allem, was ihr Herz zu bieten hatte, und weitdarüber hinaus.

Sie liebte ihn, und dennoch wusste sie, dass er niemals ihr gehören würde. Außer heute Abend. Außer hier.

Sie umfasste seinen Nacken und zog ihn für einen weiteren Kuss zu sich herunter. Dieser war jedoch langsamer, inniger, und Baldwin rührte sich, als er begann, mit seinen Händen über ihren Körper zu streichen. Sie zitterte und zog sich zurück.

„Zeig es mir", flüsterte sie.

Seine Augen weiteten sich, von erneutem Verlangen erfüllt, das ihrem eigenen in nichts nachstand. Und als er sich noch einmal über sie rollte, gab sie sich ihm ganz hin.

Und sie wusste, dass sie damit einen Teil von sich aufgab, den sie nie wieder zurückbekommen würde.

<h1 style="text-align:center">KAPITEL 17</h1>

Helena saß im Salon, der sich im hinteren Teil des Hauses befand. Während sich die anderen nach einem weiteren Tag voller Spiel und Spaß in ihren Gemächern ausruhten, bevor sie sich auf das Abendessen vorbereiteten, genoss sie ein Buch.

Nun, *genießen* war vielleicht zu viel gesagt. Sie hielt ein Buch in der Hand, sie sah es sogar an. Aber alles, woran sie dachte, war Baldwin und ihre gemeinsame Nacht. Diese ach so wundervolle Nacht, in der er immer wieder mit ihr geschlafen hatte. Ihre Freude hatte keine Grenzen gekannt, und es schmerzte sie, dass sie das nie wieder erleben würde.

„Oh, Helena, ich wusste nicht, dass du schon wieder auf den Beinen bist."

Helena schüttelte den Kopf, um die Gedanken an Baldwin zu vertreiben, und erhob sich, als Adelaide den Raum betrat. Ihr blondes Haar war wie immer offen, und sie trug ein blaues Kleid, das perfekt zu ihren Augen passte. Sie war wunderschön, aber das lag nicht nur an ihrem hübschen Gesicht. Sie hatte so viel Selbstvertrauen.

Aber Helena erinnerte sich daran, was Baldwin über sie gesagt hatte. Dass sie angegriffen worden war, obwohl jemand sie gerettet hatte, bevor es zum Schlimmsten gekommen war. Irgendwie war Adelaide den Folgen einer solchen Untat nicht erlegen.

Helena fragte sich, ob Graham Adelaide half zu vergessen, so wie Baldwin es gestern Abend für sie getan hatte.

„Geht es dir gut?", fragte Adelaide, deren Gesicht plötzlich vor Sorge erblasste.

„Es tut mir leid", platzte Helena heraus und ihre Wangen wurden rot. „Ich habe dich angestarrt wie eine Idiotin."

„Du brauchst dich dafür nicht zu entschuldigen", versicherte Adelaide ihr, während sie nach vorne trat, um Helenas freie Hand zu ergreifen. „Ich habe deine Lektüre unterbrochen. Ich werde mich zurückziehen, wenn du sie fortsetzen willst."

„Nein", sagte Helena und legte das Buch beiseite. „Ich würde mich sehr über deine Gesellschaft freuen."

Adelaide lächelte, und sie setzten sich zusammen auf das Sofa. Sie nahm das Buch in die Hand. „Oh, Emma wollte dieses Buch lesen. Sie schwärmt ständig davon."

„Ich werde es ihr zukommen lassen, sobald ich damit fertig bin", versprach Helena. „Vielleicht überzeuge ich sie sogar, mir zu schreiben, was sie darüber denkt – ich würde mich freuen, mit jemandem darüber sprechen zu können."

Adelaide legte das Buch beiseite und neigte ihren Kopf, um Helena genauer zu betrachten. „Hältst du es für möglich, dass du mehr von Emma, von uns allen, sehen wirst, wenn du nach London zurückkehrst?"

Helena schürzte die Lippen. „Wenn ich Charity zu Veranstaltungen begleiten kann, bei denen du anwesend bist, natürlich."

„Das habe ich nicht gemeint", sagte Adelaide leise.

Helena stand auf und ging ein paar Schritte. „Ich gehöre eigentlich nicht in eure Kreise, Adelaide, obwohl ihr alle so freundlich zu mir seid. Wir alle kennen die Wahrheit, nicht wahr? Wir können uns nicht ewig verstellen."

„Das ist Blödsinn", schnaubte Adelaide. „Und es ist nicht das, was ich meinte." Helena wandte sich ihr zu, und Adelaide warf ihr einen vielsagenden Blick zu. „Ich habe nach dir und Baldwin gefragt."

Helenas Lippen öffneten sich. „Ihr Duchesses seid gnadenlos."

Adelaide lachte. „Ja, das sind wir. Da du dir nun dessen bewusst bist, warum hören wir dann nicht auf, um den heißen Brei herumzureden? Was ist zwischen euch?"

Helena seufzte und kehrte an ihren Platz zurück. Sie hielt Adelaides Blick stand und sagte: „Nichts." Wieder schnaubte Adelaide, und Helena warf die Hände hoch. „Nun gut. Mehr als nichts. Wir sind… wir sind uns näher, als ich es je für möglich gehalten hätte. Aber es hat keine Zukunft, Adelaide, egal, wie sehr wir uns das wünschen."

Adelaides Gesichtsausdruck wurde ernster. „Als du das zum ersten Mal zu mir gesagt hast, dachte ich, du wärst nur schüchtern. Dass du versuchst, dich von den Gefühlen zu distanzieren, die so viele vor dir empfunden haben. Aber… es ist mehr als das, nicht wahr?"

Helena nickte, und Erleichterung und Enttäuschung machten sich in ihr breit. „Du hast recht."

Einen Moment lang zögerte Adelaide. Dann rückte sie näher und ergriff Helenas Hände. Die wohlige Wärme dieser Berührung traf Helena völlig unerwartet, nachdem sie so lange keine wahre Freundschaft erfahren hatte, die ihr Halt hätte geben können.

„Wir sind neue Freundinnen, ich weiß, aber ich hoffe auch, gute Freundinnen. Willst du nicht mit mir darüber reden, Helena?" Als Helena nicht sofort antwortete, seufzte Adelaide. „Ich weiß aus Erfahrung, wie schwer es ist, mit solchen Dingen ohne eine Vertrauensperson fertig zu werden. Ich habe das Gleiche erlebt, als es nur Graham und mich gab, und es war äußerst anstrengend."

Helenas Lippen öffneten sich. Sie konnte sich nicht vorstellen, dass zwischen Northfield und Adelaide jemals etwas schwierig gewesen sein könnte. Sie liebten sich offensichtlich sehr. Sie zweifelte auch daran, dass ihre Freundin jemals ohne Beistand gewesen sein könnte. Aber andererseits wusste sie noch so wenig über alle

Duchesses. In all ihren Lebensgeschichten waren Schwierigkeiten angedeutet worden.

„Ich kann nicht über alle Gründe sprechen, die Baldwin und mich trennen", sagte sie. „Einige kann ich nicht verraten."

„Aber wenn du wenigstens die nennen willst, über die du sprechen kannst", drängte Adelaide. „Für dich habe ich immer ein offenes Ohr, ich will nur das Beste für dich."

Helena neigte den Kopf. „Baldwin sagte, du könntest... du würdest es verstehen. Du hast etwas Ähnliches durchgemacht."

Adelaide lehnte sich näher zu ihr. „Etwas Ähnliches?"

Sie hob ihren Blick und starrte Adelaide hilflos an. „Ich will nicht, dass du anders von mir denkst."

„Das könnte ich nicht", versicherte ihr die Duchess sanft. „Das verspreche ich dir."

Helena kniff die Augen zusammen, und dann begannen die Worte aus ihr herauszusprudeln. Wie schon bei Baldwin erzählte sie Adelaide alles über ihre Vergangenheit. Sie sah die Duchess erst wieder an, als sie fertig war.

In Adelaides Augen stand Verständnis. „*Das* ist der Skandal", sagte sie leise, „der dich aus Boston vertrieben hat."

Helena nickte langsam.

Adelaide schüttelte den Kopf. „Manche Menschen sind grausam. Dir die Schuld für eine Untat zu geben, die du nicht verursacht hast, ist widerwärtig." Helena wich vor ihrem harschen Ton zurück und staunte über die Fürsprache, um die sie nicht gebeten hatte. Adelaide lehnte sich vor. „Aber meine Liebe, du kannst doch nicht glauben, dass diese Geschehnisse Baldwin von dir fernhalten würden. Du glaubst doch nicht, dass er die Art von Mann ist, die dich verurteilen würde?"

Helena keuchte. „Oh, nein! Nein, ganz und gar nicht. Er war immer sehr freundlich und sanft und verständnisvoll. Er hat mich sogar ermutigt, mit dir oder Emma zu reden, weil ihr beide..."

„Eine ähnliche Vergangenheit haben." Adelaide drückte ihre Hand. „Emma und ich hatten großes Glück. James hat ihren

Angreifer aufgehalten. Graham hätte ihn fast getötet, als er auf mich losging. Aber ja, wir beide kennen einen winzigen Teil des Schreckens, den du in diesen Momenten empfunden haben musst."

Helena holte tief Luft, und dann spürte sie, wie ihr die Tränen über die Wangen liefen. Sie griff zu ihrem Gesicht, um sie zu bedecken, während das Entsetzen sie durchströmte. Sie hatte das alles zwar schon lange verdrängt, und doch, einen Beistand zu haben... es war, als *dürfe* sie sich daran erinnern, dass sie verletzt worden war. Dass man ihr Unrecht getan hatte.

Adelaide schnalzte mit der Zunge und zog sie zu einer festen Umarmung an sich. „Weine nur, Liebes. Du kannst so viel weinen, wie du willst. Das wird dir guttun."

Helena entspannte sich in der Umarmung, und einen Moment lang erlaubte sie sich, die Hilflosigkeit, gegen die sie so lange gekämpft hatte, zu spüren. Den Schmerz, den man ihr bis dahin verwehrt hatte. Sie versank darin und machte sich selbst das Geschenk, über die Vergangenheit zu trauern, über das, was ihr genommen worden war.

Und als sie endlich wieder atmen konnte, lächelte Adelaide sie sanft an. „Das macht es ein bisschen besser, nicht wahr? Wie ein Ventil, das geöffnet wurde."

„Ja", stimmte Helena traurig zu. „Das tut es."

Adelaide strich ihr eine Haarsträhne aus dem Gesicht. „Aber wenn du sagst, dass Baldwin dich deswegen nicht verurteilt, warum glaubst du dann, dass ihr nicht zusammen sein könnt?"

Helena richtete sich ein wenig auf und seufzte. „Ich kann dir nur sagen, dass meine Vergangenheit das einzige Hindernis ist. Ich kann einfach nicht... das sein, was er braucht. Das ist der Lauf der Welt. Ich muss – ich muss es akzeptieren. Damit fertigwerden und weitermachen."

Adelaide verzog ein wenig das Gesicht. Helena war ergriffen. Sie sah das Mitgefühl dieser Frau, ihr sanftes Herz, das für das, was Helena ertragen hatte und noch ertragen würde, gebrochen schien.

Dies zu sehen bedeutete ihr alles.

„Ich hoffe, du irrst dich", sagte Adelaide schließlich und streckte die Hand aus, um sie erneut zu umarmen. „Ich hoffe aus tiefstem Herzen, dass du und Baldwin das Glück finden könnt, das ihr beide so sehr verdient habt. Das Leben ist viel zu kurz."

Plötzlich hörte Helena, wie sich jemand hinter ihnen räusperte. Sie und Adelaide drehten sich gleichzeitig um, und Helenas Herz sank. Ihr Onkel und Charity standen in der Tür zum Salon. Sie sahen beide gereizt aus. Sogar wütend. Und Helena musste sich für die möglichen Folgen wappnen.

„Euer Gnaden", sagte Onkel Peter in kühlem Ton.

Adelaide stand auf, Helena direkt hinter ihr, und sagte: „Mr. Shephard, Miss Shephard. Guten Tag."

„Ihr könnt mich Charity nennen", sagte Charity, und ihr Tonfall war scharf und von Eifersucht durchtränkt, die Helena die Augen zusammenkneifen ließ.

Adelaide nickte. „Ja, natürlich. Ich hatte gerade die wunderbarste Unterhaltung mit Helena. Ihr haben ein Juwel in eurer Familie, Mr. Shephard. Ich hoffe, Ihr wisst es zu schätzen."

Der Kiefer ihres Onkels verspannte sich und er stieß hervor: „Genau. Charity und ich haben gerade über unser kleines… Juwel gesprochen. Meint Ihr, wir könnten einen Moment mit Helena allein sprechen?"

Adelaide wandte sich ihr zu und zog eine feine Augenbraue hoch. „Wenn du denkst, dass wir mit unserem Gespräch fertig sind?"

Helena erkannte die Botschaft im Gesichtsausdruck ihrer Freundin, die sich fragte, ob sie bei ihrer Familie sicher sein würde. Die Wahrheit war, dass sie die Antwort nicht genau kannte. Aber sie zu verleugnen, würde es auf lange Sicht nur schlimmer machen.

„Vielleicht können wir es später fortsetzen", schlug sie sanft vor. „Beim Abendessen?"

Adelaide lächelte. „Ich werde dafür sorgen, dass wir nebeneinander sitzen werden. Vielleicht könnte Emma sich zu uns setzen.

Das würde mir sehr gefallen. Ich werde sofort mit Charlotte sprechen und die Vorbereitungen treffen."

Helena nickte und Adelaide drückte ihre Hand, bevor sie Charity und Onkel Peter freundlich anlächelte und den Raum verließ.

Sobald sie draußen war, griff Helenas Onkel nach hinten und schloss die Tür mit einem lauten Knall.

„Was glaubst du eigentlich, was du hier tust?", fragte er, kaum imstande, seine Wut zu unterdrücken. Sie spürte, wie sie unter der Oberfläche brodelte, und sah es im Funkeln seines Blickes.

„Tun?", wiederholte sie, während sie unbewusst einen Schritt zurücktrat.

„Wir haben gesehen, wie du die Duchess von Northfield *umarmt* hast", spuckte Charity. „Das war vollkommen fehl am Platz."

Helena schüttelte den Kopf. „Die Duchess hat mir nur zugehört", sagte sie. „Ich habe keine Grenzen überschritten."

„Natürlich hast du das", schimpfte ihr Onkel. „Und es ist nicht das erste Mal seit unserer Ankunft in London."

Helena hielt den Atem an. Onkel Peter und Charity wussten nicht einmal die Hälfte der Grenzen, die sie überschritten hatte… oder doch? Sie und Baldwin waren in der Nacht zuvor vorsichtig gewesen, aber alles war möglich.

Charity schritt auf sie zu. „Auf dieser Reise sollte es um *mich* gehen, Helena! Als ich dir vorschlug mitzukommen, hätte ich nie gedacht, dass du dich bei den wichtigsten Leuten in England beliebt machen würdest. Dass du dich in ihre Herzen einschmeicheln und mich ins Abseits drängen würdest."

Helenas Lippen öffneten sich. Sie hörte den *Schmerz* in Charitys Tonfall, nicht nur den Zorn, und das veranlasste sie dazu, sich zu verteidigen. „Das hatte ich nie vor. Oh, Charity, meine Freundschaften mit diesen Leuten sind völlig unabhängig von deinen eigenen. Ich habe keinen Einfluss auf sie, das versichere ich dir."

„Wirklich?", schnauzte Charity. „Seit wir hier sind, und vor allem seit wir auf dem Sheffield-Anwesen sind, hast du *die ganze Aufmerk-*

samkeit auf dich gezogen. Es wurde mehr mit dir getanzt als mit mir, mehr mit dir geredet als mit mir. *Du* wurdest getröstet, nicht ich." Charitys Stimme überschlug sich, und sie verschränkte die Arme. „Und… und du drückst dich auch vor deinen Pflichten."

Helena schüttelte den Kopf. „Ich war immer verfügbar, wenn du mich gebraucht hast."

Charity stemmte die Hände in die Hüften. „Gestern Abend habe ich dich gesucht und du warst nicht da."

Helenas Herz blieb stehen. Oh Gott, es *ging* um Baldwin. Sie wussten es. Sie wussten es, und alles war im Begriff, zusammenzubrechen.

„Charity hat mir heute Nachmittag von deiner Abwesenheit erzählt", sagte ihr Onkel. „Das war der letzte Strohhalm. Wo warst du?"

„Ich war nicht müde", sagte sie vorsichtig. „Ich wollte dich nicht stören, indem ich mich auf dem Sofa im Nebenzimmer hin und her wälzte, also bin ich aufgestanden, um ein bisschen herumzulaufen. In der Hoffnung, dass mich das müde macht."

Charity und Onkel Peter tauschten einen Blick aus, und dann zuckte Charity mit den Schultern. „Trotzdem", sagte sie. „Du überschreitest die Grenzen."

„Du wurdest allein aufgrund meines Wohlwollens hierher gebracht, Mädchen, vergiss das nicht. Wenn Charity nicht darauf bestanden und ich nicht zugestimmt hätte, wärst du in Boston auf der Straße gelandet. Deine Familie wusste, dass du eine Hure bist. Du verdankst mir alles."

Helena zuckte zusammen, aber bevor sie reagieren konnte, öffnete sich die Tür zum Salon und Baldwin trat ein. Aber es war nicht der Baldwin, den sie in der Nacht zuvor gesehen hatte. Ihr sanfter Liebhaber war verschwunden, so wieder vorsichtige Duke.

Vor ihr stand ein wütender Stier, mit rot angelaufenem Gesicht und zusammengekniffenen Augen. Und diese ganze Wut richtete sich direkt auf ihren Onkel.

Baldwin konnte kaum atmen, als er in den Salon stürmte und sich Helena und ihrer Familie gegenüberfand. Was er auf dem Flur gehört hatte, Shephards scharfe und grausame Beschimpfungen… das war schon schlimm genug. Aber in den Raum zu kommen und Helenas bleiches, schmerzverzerrtes Gesicht zu sehen, wie sie in eine Ecke gedrängt dastand und versuchte, sich so klein wie möglich zu machen…

Das war zu viel. Er vergaß alle Zurückhaltung. Er vergaß seinen Anstand. Er vergaß, dass sie nicht ihm gehörte.

Er warf alles über Bord und stürmte in drei langen Schritten bis zur Mitte des Raumes. „Was zum Teufel geht hier vor?", knurrte er und war froh, dass er sich so weit unter Kontrolle hatte, dass er zusammenhängende Sätze sprechen konnte.

Shephard zuckte überrascht zusammen, und Charity wich einen Schritt zurück. Helena blieb an ihrem Platz, die Schultern immer noch hängend. Sie blickte ihn an, ihr Ausdruck war eine Mischung aus Verblüffung und Erleichterung, aber auch blankem Entsetzen.

Er wollte sie am liebsten in den Arm nehmen und mit ihr weglaufen. Wegreiten von allem, was sie voneinander trennte. Wegreiten und nie, nie wieder zurückkommen.

„Das ist eine Familienangelegenheit, Euer Gnaden", sagte Shephard und warf Helena einen weiteren erbarmungslosen Blick zu. „Ich schlage vor, Ihr haltet Euch da raus."

„Wenn Ihr in meinem Salon in einem solchen Ton mit einem meiner Hausgäste sprecht, werde ich mich nicht heraushalten", entgegnete Baldwin. Er ging noch ein paar Schritte weiter. „Miss Monroe ist eine Dame, Sir. Ich schlage vor, Ihr behaltet das immer im Hinterkopf."

Irgendwie hatte er erwartet, dass Shephard auf diese Ermahnung hin nachgeben würde. Dass er ein wenig Anstand zeigen würde. Doch Baldwin sollte enttäuscht werden. Stattdessen lehnte sich Shephard vor und lachte. „Eine Dame! Ist es das, wovon Helena

Euch überzeugt hat? Nun, lasst mich Euch von diesem Eindruck abbringen, Euer Gnaden. Meine Nichte ist alles andere als eine Dame."

Charity keuchte und Helena wandte den Kopf ab, ihre Wangen glühend vor Demütigung. Baldwin stürzte nach vorne und baute sich vor Shephard auf, bereit, wenn nötig zuzuschlagen. Er konnte sich gerade noch zurückhalten.

„Stellt mich nicht auf die Probe, Shephard", sagte er leise.

Shephard blieb nicht ungerührt. Baldwin Brust schwoll stolz an, als er sah, wie der andere Mann leicht zu zittern begann. Wie ein dünner Schweißfilm auf seiner Oberlippe ausbrach, während er in Baldwins Gesicht starrte.

Doch dann änderte sich etwas. Die Angst verflog und wurde durch eine hässliche Selbstgefälligkeit ersetzt, die Baldwin den Magen umdrehte.

„Nein, Junge", sagte der andere Mann und stieß seinen Finger in Baldwins Brust. „Stellt *Ihr* mich nicht auf die Probe."

Sie starrten sich einen Moment lang schweigend an. Dann zeigte Baldwin auf die Tür. „Verlasst diesen Raum, Sir. Oder ich werde Euch entfernen lassen."

Shephard lachte, als er Charity ein Zeichen gab. „Komm mit, Liebes. Und du auch, Helena."

„Sie bleibt", schnauzte Baldwin. „Sie wird auf keinen Fall mit Euch gehen, solange Ihr nicht über Euer Verhalten ihr gegenüber nachgedacht habt."

Shephard warf Helena einen bösen Blick zu, dann packte er Charity am Arm und zerrte sie fast aus dem Raum, sodass Baldwin mit Helena allein war.

Er drehte sich zu ihr um, aber in ihrem Blick lag keine Dankbarkeit. Sie sah nicht glücklich darüber aus, was er getan hatte. Sie schüttelte den Kopf, immer wieder, und ihr Gesicht war blass.

„Helena", sagte er leise.

Sie schluchzte auf und sagte: „Das hättest du nicht tun sollen, Baldwin."

KAPITEL 18

Baldwin starrte Helena an, und sie konnte seine Überraschung sehen, weil sie sich nicht in seine Arme gestürzt und ihn zu ihrem Helden erklärt hatte. Vielleicht wollte ein Teil von ihr das sogar tun. Es gab einen Moment, in dem ihr Tyrann von einem Onkel tatsächlich ängstlich ausgesehen hatte, und es war nicht zu leugnen, dass sie das über alle Maßen genossen hatte.

Aber das änderte nichts an der Situation, in der sie sich nun befand. Und dieser Moment der Freude, genau wie alle anderen freudigen Momente, die sie in letzter Zeit gestohlen hatte, würde am Ende schlimme Folgen nach sich ziehen.

Baldwins stand verwirrt da, aber dann marschierte er durch den Raum und schloss sanft die Tür, um ihnen etwas Abgeschiedenheit zu gönnen, die sie eigentlich nicht haben durften. Dennoch fehlte ihr die Kraft, ihn darauf hinzuweisen.

„Er hat dich angegriffen, Helena. Du kannst nicht wirklich erwarten, dass ich das zulasse."

Sie warf ihre Hände hoch. „Warum nicht? Wie er schon sagte, es war ein Familienstreit."

Er stemmte die Hände in die Hüften, und derselbe strenge und zornige Ausdruck, den er zuvor hatte, kehrte in sein hübsches

Gesicht zurück. „Nun, dann werde ich dir genauso antworten, wie ich es ihm gegenüber getan habe. Er hat dich in meinem Haus, unter meinem Dach, beschimpft. Ich würde bei jedem Gast, der so behandelt wird, einschreiten."

Er rückte näher, und plötzlich war sie sich seines ganzen Wesens bewusst. Sie war sich des Blicks in seinen Augen bewusst. Der Blick, der ihr sagte, dass er sie berühren wollte.

„Baldwin", flüsterte sie.

Er ignorierte die Warnung in ihrer Stimme. „Und ich würde noch weiter ausführen, was ich bei ihm nicht getan habe, dass ich sicherlich nicht zusehen würde, wie *du* beschimpft wirst. *Du*, Helena, bist eine Frau, die ich sehr gut kenne. Eine Frau, die mir am Herzen liegt. Eine Frau, die zehn Peter Shephards wert ist."

Sie schüttelte den Kopf. „Wenn ich zehn Peter Shephards wert wäre, würden wir ein ganz anderes Gespräch führen", flüsterte sie. „Aber das bin ich nicht. Und obwohl ich deine Beweggründe zu schätzen weiß, musst du einsehen, dass eine Konfrontation mit ihm meine Situation nur noch verschlimmern könnte. Ich bin sogar davon überzeugt. Und er könnte *dir* sogar wehtun. Er hat dir beinahe offen gedroht."

Baldwin schüttelte den Kopf, dann griff er nach ihren Armen und zog sie zu sich, bis sie aneinander gepresst waren und sie zu ihm aufblickte. Seine Körperwärme umhüllte sie, seine Muskeln stützten sie, und er war das Einzige, was in diesem Moment zählte. Auf der ganzen Welt.

„Hat sich *noch nie* jemand für dich eingesetzt?", fragte er mit brüchiger Stimme.

Tränen schossen ihr in die Augen, und sie blinzelte vergeblich, um sie zu trocknen. Sie hatte keine Ahnung, was sie ihm sagen sollte. Wie sie es ihm begreiflich machen konnte, wie sie ihm klarmachen konnte, dass das, was er tat, vollkommen nutzlos war.

Schließlich stieß sie hervor: „Ich gehöre dir nicht."

Seine Miene verfinsterte sich, erfüllt von einem Schmerz, den sie nicht deuten mochte. Sie dachte, er würde sich zurückziehen, aber stattdessen neigte er den Kopf und drückte seine Lippen auf ihre.

Sie war nicht imstande, sich zu wehren, wenn er sie berührte. Die Vernunft verließ sie, der Verstand existierte nicht. Alles, was zählte, war die Sinneswahrnehmung, wie zärtlich er sie küsste – und dann nicht mehr so zärtlich, und dann gar stürmisch. Leidenschaft brach zwischen ihnen aus, und sie verlor sich in ihm und ließ zu, dass Baldwin alles andere, was sie in der letzten Stunde empfunden hatte, auslöschte.

Er schob sie in seiner Umarmung rückwärts, bis sie mit dem Rücken gegen die nächste Wand gedrückt wurde, löste seinen Mund von ihrem und fuhr stattdessen ihren Hals hinunter, während er mit ungebremster Lust und unbestreitbarem Verlangen seine Lenden gegen ihre stieß. Sie begehrte ihn so sehr, die Folgen sollen verdammt sein. Ihr Körper schrie verzweifelt danach, sich ihm zu öffnen, sich ihm hinzugeben. Bis er sie zu einer Wonne treiben würde, die die Zukunft hell erscheinen ließe.

Vielleicht hätte sie sich gehen lassen. Vielleicht hätte er sich in ihr verloren, und sie hätte ihm den Weg gezeigt. Doch bevor es so weit kommen konnte, öffnete sich die Tür neben ihnen, und der Duke of Tyndale schritt herein.

„Baldwin, Charlotte hat mir erzählt, dass…"

Helena stieß sich mit aller Kraft von Baldwins Brust ab und taumelte von ihm weg, aber sie spürte Tyndales Blick auf sich. Ihre Wangen brannten vor Scham, während sie alles tat, um seinen Blick zu meiden.

„Es tut mir so leid", sagte Tyndale und hatte zumindest den Anstand, den Blick abzuwenden. „Ich wusste nicht, dass du hier bist, Helena."

Sie schüttelte hastig den Kopf und ging um Baldwin herum zur Tür. „Ich muss gehen. Ich sollte sowieso nicht hier sein."

In ihrer Eile stolperte sie über die Teppichkante. Matthew fasste sie am Ellbogen und hielt sie sanft auf den Beinen. „Helena…"

„Helena…", sagte Baldwin gleichzeitig.

Sie winkte mit der Hand. „Bitte nicht. Es ist alles in Ordnung!"

Dann rannte sie aus dem Raum. Ihr Körper zitterte und ihre Augen füllten sich mit Tränen, denn alles, was heute in diesem Salon geschehen war, erfüllten sie mit Herzschmerz und Furcht.

„**D**as war kein guter Zeitpunkt ", schnauzte Baldwin Matthew an, während er Helena dabei zusah, wie sie aus dem Raum flüchtete, als wären ihr die Höllenhunde auf den Fersen. Ihr aufgebrachter Gesichtsausdruck hatte sich dabei in sein Gedächtnis eingebrannt – eine Mischung aus Demütigung und Herzschmerz, Verlangen und Bedauern. *Er* hatte ihr all diesen Schmerz zugefügt, und er hasste sich dafür.

Matthew starrte ihn wortlos an und schloss dann die Tür. Er lehnte sich mit verschränkten Armen dagegen und sagte: „Es reicht jetzt. Sag mir, was zum Teufel hier los ist, Baldwin. Du und Helena mögt euch offensichtlich."

„Offensichtlich", schnaubte Baldwin, während er zur Anrichte schritt und sich ein großes Glas Scotch einschenkte. Matthew winkte ab, als er ihm dasselbe anbot. „Es wäre dumm von mir, es zu leugnen, nachdem du uns in einer solchen Lage erwischt hast."

Auf Matthews Gesicht blitzte plötzlich Hoffnung auf, als er sich von der Tür abstieß und einen Schritt auf Baldwin zuging. „Heißt das, du hast dich für deine Braut entschieden?"

Baldwin nahm einen großen Schluck und schüttelte den Kopf. „Nein", flüsterte er.

Tyndales Gesichtsausdruck wurde steinern und dunkel. „Ein solches Verhalten würde ich vielleicht von… Robert erwarten. Aber von *dir*? Sie ist eine Dame, Baldwin! Wie kannst du es wagen, ihre Tugend in Gefahr zu bringen?"

Baldwin knallte das Glas auf den Tisch. „Erstens, vergleich mich nicht mit Roseford. Du weißt, was ich von seiner Hurerei halte."

„Natürlich. Du hast des Öfteren deutlich gemacht, dass du es nicht gutheißt, wie er sich in Sex ertränkt. Aber es scheint, als wärst du nicht viel besser."

Baldwin schüttelte den Kopf. „Ich spiele nicht mit ihr, verdammt noch mal, das versichere ich dir. Wenn ich eine andere Wahl hätte, würde ich…" Er unterbrach sich selbst, denn wenn er es laut ausspräche, würde er vor Verzweiflung zusammenbrechen.

Tyndale starrte ihn an. „Du *kannst* sie *nicht* heiraten?"

Baldwin schritt davon. „Nein."

„Warum? Und wechsele verdammt noch mal nicht das Thema und lüge mich nicht an. Ich habe es satt."

Baldwin drehte sich um. Er und Matthew und Ewan waren sich als Jungen sehr nahe gewesen. Die Cousins hatten ihn wie ihren eigenen Bruder behandelt, und er hatte sich im Laufe der Jahre so oft auf sie verlassen, auch außerhalb ihrer Verwicklungen in ihrem gemeinsamen Club.

Er sah jetzt Matthew an und wollte sich einfach nur alles von der Seele reden. Das Verlangen übermannte ihn, und dank der starken Gefühle, die in ihm brodelten, war es nur schwer zu kontrollieren.

„Bitte", sagte Matthew nun sanfter und freundlicher. „Lass mich dir helfen."

Baldwin legte den Kopf schief. Er konnte es nicht mehr leugnen. Er *musste* Matthew die Wahrheit sagen. Und… er tat es.

Die Worte sprudelten nur so aus ihm heraus. Er redete über die großen Schulden und seine falschen Entscheidungen, über die Fehler seines Vaters und seine eigenen. Von den fehlenden Teilen seines Hauptbuchs, den Schuldscheinen, die hinter seinem Rücken verkauft worden waren, und der Angst, die all diese schrecklichen Umstände begleitete.

Er redete eine halbe Stunde lang, und Matthew sagte nichts. Er hörte nur aufmerksam zu und starrte mit großen Augen vor sich hin, bis Baldwin auf dem nächsten Stuhl zusammensackte, erschöpft von der Beichte und voller Angst vor der Reaktion seines Freundes.

„Und nun weißt du alles."

Matthew stand auf und schenkte sich wortlos vom Getränk ein, das er zu Beginn abgelehnt hatte. Er trank die Hälfte davon, bevor er ansetzte: „Bin ich der Einzige?"

Baldwin räusperte sich. „Nein. Sie weiß es."

„Sie." Matthew hob eine Braue. „Helena."

Baldwin nickte langsam. „Ich musste... ihr erklären, warum ich sie nicht umwerben konnte."

Matthew schloss die Augen. „Ich verstehe. Und was hat sie gesagt?"

Er wischte sich mit der Hand über das Gesicht. „Sie ist so verdammt daran gewöhnt, kaum besser als ein Hund behandelt zu werden, dass sie es akzeptiert hat. Sie *behauptet,* es zu verstehen. So sind wir in die Lage gekommen, in der du uns vorgefunden hast."

„Du hast sie also geküsst und... was auch immer du sonst noch getan hast", sagte Matthew mit tiefer, verächtlicher Stimme. Baldwin wich zurück. „Aber du willst sie nicht heiraten."

„Ich *kann nicht.* Ich verstehe, wenn du mich für alle meine Fehler verurteilst."

„Nein, nicht für deine Fehler", schnauzte Matthew. „Jeder hätte den Weg einschlagen können, den du gegangen bist. Ich kann vollkommen nachvollziehen, wie du zu in diese Lage geraten bist. Ich verurteile dich dafür, dass du, obwohl du diese Frau liebst – denn es ist offensichtlich, dass du sie liebst – dich von ihr abwendest, als wäre das nichts."

Baldwin stand auf und ging auf ihn zu. „Glaub mir, es ist nicht einfach. Es ist..."

Er brach ab und wollte sich umdrehen, aber Matthew hielt ihn am Arm fest und riss ihn zurück. „Was?"

„Grauenvoll", sagte Baldwin leise.

Matthew ließ ihn los, und Entsetzen machte sich in seinen Zügen breit. Er wich Schritt um Schritt zurück und starrte dabei Baldwin fassungslos an, wie er es noch nie zuvor getan hatte. Sein Ausdruck brach Baldwins Herz.

„*Grauenvoll*", wiederholte Matthew, seine Stimme war hohl. „Nein, *grauenvoll* ist es, die Frau, die man liebt, wegen etwas, das man getan hat, begraben zu müssen. Es ist *grauenvoll*, sie sterben zu sehen und nichts dagegen tun zu können. *Grauenvoll* ist es, wenn einem die Zukunft genommen wird und trotzdem alle erwarten, dass man weitermacht, als hätte es sie nie gegeben. *Das* ist grauenvoll. Das, was du tust, ist nicht grauenvoll. Es ist schlicht und einfach feige."

Baldwin ließ die Schultern hängen. Er hatte dem nichts entgegenzusetzen. Matthew hatte nicht unrecht.

„Es tut mir leid."

Matthew zuckte mit den Schultern. „Im Moment bist du ein Feigling. Du wendest dich einfach ab, lässt sie gehen."

„Ich muss es tun, auch wenn ich fürchte, was passieren wird, wenn sie nicht mehr unter meinem Schutz steht."

Matthews Augen verengten sich. „Warum?"

„Ihr Onkel ist… grausam. Widerlich. Ich weiß nicht, ob er ihr etwas antun würde, aber ich denke, er wäre dazu fähig." Baldwin ballte die Fäuste, als er daran dachte, wie wütend Shephard auf Helena gewesen war, als er dazwischengetreten war.

„Das wird ja immer besser", murmelte Matthew. „Nun, wie wäre es damit? Ich heirate sie."

Baldwin ließ seinen Blick zu Matthew schweifen. Tyndale stand da, die Arme vor der Brust verschränkt, und starrte Baldwin mit… *herausforderndem* Blick an.

„Mach keine Witze", sagte Baldwin.

Matthew zog eine Augenbraue in die Höhe. „Meinst du, ich würde das tun? Jeder erwartet von mir, dass ich heirate. Ich mag Helena gut genug, und es klingt, als müsste sie gerettet werden. Da *du* nichts zu tun gedenkst, ist das die perfekte Lösung für alle Beteiligten. Oder etwa nicht?"

Baldwin sackte in sich zusammen. Was Tyndale anbot, war genau das, was Helena brauchte. Matthew hatte Geld und Ansehen. Er würde sie beschützen. Und doch war die Vorstellung, sie ständig sehen zu müssen, zuschauen zu müssen, wie Matthew und sie miteinander umgingen, eine Qual. Zuzusehen, wie sie sich umeinander kümmerten, denn er hatte keinen Zweifel daran, dass Helena selbst Matthews gebrochenes Herz mit der Zeit zum Schmelzen bringen würde…

„Allein der Gedanke daran bringt mich um", gab er zu. „Es wäre, als würde ich mir selbst das Herz herausreißen und es von dir zermalmen lassen."

Matthews Gesichtsausdruck wurde weicher. „Weil du sie *liebst*."

Baldwin nickte diesmal und erlaubte sich endlich, das einzugestehen, was er seit Tagen zu leugnen versucht hatte. Und es tat genau so weh, wie er es befürchtet hatte. Er liebte Helena. Er wollte sie für sich.

Und er sah immer noch keinen Ausweg.

„Wenn du sie liebst, dann *unternimm* etwas", sagte Matthew. „Es ist noch Zeit. Vergiss den Rest. Dein Herz sagt dir genau, was du tun musst, nicht wahr?"

Baldwin erschauderte. „Wenn ich das täte, wenn ich sie heiratete, würde ich mich vor meinen Pflichten drücken. Die Schulden würden nicht bezahlt werden. Die Wahrheit käme ans Licht. Es würde meine Familie zerstören."

„Die Liebe ist jedes Opfer wert", sagte Matthew altklug. „Wenn du es nicht tust, wirst du dir dein Leben lang wünschen, du hättest es getan. Der Rest wird sich von selbst regeln."

Baldwin schloss die Augen, stützte die Arme auf die Knie und atmete tief ein. Matthew bot ihm einen Rettungsanker. Mit vielen Hindernissen, ja gar mit viel Zerstörung in der Folge.

Aber nun musste er sich entscheiden, ob er dieses Risiko eingehen und die Konsequenzen tragen wollte. Er musste einen Entschluss fassen.

～

Helenas ganzer Körper zitterte, als sie die Räume betrat, die sie mit Charity geteilt hatte. Irgendwie schaffte sie es bis zum Sofa, ließ sich darauf fallen und legte einen Arm über ihr Gesicht, während sie versuchte, ihren keuchenden Atem und ihr rasendes Herz zu beruhigen.

Dieser Nachmittag war eine absolute Katastrophe gewesen. Nicht nur, dass die Konfrontation zwischen Baldwin und ihrem Onkel alles noch schlimmer für sie gemacht hatte, der Duke of Tyndale war zudem hereingeplatzt, während Baldwin sie an die Wand gedrückt hatte. Während er sich an ihr rieb und sie sich ihm hingab wie eine Dirne.

Sie hatte keine Ahnung, was dabei herauskommen würde. Sie mochte Tyndale natürlich. Sie hielt ihn für einen lieben Menschen. Vielleicht würde er mit niemandem sonst darüber sprechen. Aber sie konnte sich nicht sicher sein.

„Und nun legt sie sich hin."

Helena richtete sich ruckartig auf und drehte sich um, um zu sehen, wie ihr Onkel und ihre Cousine den Salon betraten. Charitys Kopf war gesenkt, aber Onkel Peter sah wie immer selbstgefällig aus. Er zog höhnisch eine Braue nach oben.

„Sei versichert, kleines Fräulein, du gehst zurück nach Boston, sobald ich dir eine Überfahrt buchen kann."

Helena drehte sich der Magen um, aber sie schaffte es irgendwie, einen ruhige Miene zu bewahren, während sie zu ihm aufblickte. Letztendlich war Boston wahrscheinlich die beste Option für sie. Sie hätte sich nie träumen lassen, dass sie das jemals sagenwürde. Sie hatte dort niemanden. Ihre Familie hatte sie im Stich gelassen. Aber das war besser, als hier zu bleiben und grausam behandelt zu werden, um dann schließlich zuzusehen, wie Baldwin eine Erbin heiratete.

„Ich hole mir etwas zu trinken", sagte ihr Onkel und verließ den Raum, ohne seine Tochter oder seine Nichte eines Blickes zu würdigen.

Als er gegangen war, zwang sich Helena, aufzustehen. Charity beobachtete sie nun aufmerksam, ihre blauen Augen waren unergründlich. Helena strich ihr Kleid glatt und wünschte sich, sie könnte ihre Gefühle ebenfalls so einfach in Ordnung bringen. „Warum hasst du mich so sehr?", fragte sie.

Charity zuckte zusammen, und zu Helenas Überraschung zog ein verletzter Ausdruck über ihr Gesicht. „Ich weiß es nicht", sagte sie.

Helena starrte sie entgeistert an. Schließlich bewegte sie ihren Kopf in Richtung Tür. „Nun, *er* tut es. Aber keine Sorge, Charity, es scheint, dass dein Wunsch in Erfüllung geht. Ich werde bald weg sein, und dann wird dir niemand mehr den Glanz nehmen können. Entschuldige mich jetzt bitte, ich brauche frische Luft."

Sie machte auf dem Absatz kehrt und verließ den Raum. Sie hörte noch, wie Charity ihren Namen rief, blickte aber nicht zurück. Sie ging einfach weiter.

KAPITEL 19

Baldwin ging mit langen Schritten im Salon auf und ab und hielt nur inne, wenn er sich umdrehte, um erneut die Gegenrichtung einzuschlagen. Die ganze Zeit über kreisten seine Gedanken. Weniger als vierundzwanzig Stunden waren seit dem aufwühlenden Gespräch mit Matthew vergangen, aber die letzten Stunden waren ihm wie eine Ewigkeit vorgekommen.

Dieses Gefühl wurde noch dadurch verstärkt, dass Helena am Abend zuvor weder zum Abendessen noch zu den anschließenden Spielen erschienen war. Ihr Onkel hatte sehr selbstgefällig dreingeschaut, als er ohne mit der Wimper zu zucken behauptete, sie habe Kopfschmerzen. Baldwins einziger Trost war, dass die Diener, die ihr ein Tablett mit Essen hinaufgebracht hatten, ihm versichert hatten, dass es ihr gut ging und sie nicht verletzt war. Nur wurde sie… versteckt. Oder eingesperrt, wie eine Prinzessin in einem Turm.

Anstatt ihr zu Hilfe zu eilen, hatte Baldwin eine lange Nacht in seinem Arbeitszimmer verbracht. Er war jedes Buch, jeden Eintrag durchgegangen und hatte jede Möglichkeit abgewogen, während er sich das Hirn zermarterte. Er war erst zu einem einzigen Entschluss gekommen, als er seine Kammer betrat und eine abgrundtiefe

Enttäuschung darüber empfand, dass Helena nicht wieder dort auf ihn gewartet hatte.

Und so... war er hier. Es gab nur noch eine Sache, die er tun musste, bevor er die Zukunft, die vor ihm lag, mit beiden Händen ergreifen würde. Diese Zukunft würde schwerwiegende Folgen haben.

Seine Mutter und Charlotte betraten den Salon, Ewan dicht hinter ihnen. Die beiden Frauen lachten, und Ewans Grinsen war breit. Baldwin nahm sich einen Moment Zeit, um ihre glücklichen Gesichter zu betrachten. Dies waren die Menschen, die er liebte. Er hatte sie in Gefahr gebracht, aber er hatte auch einiges zu tun versucht, um sie zu beschützen.

Nun würde er sie alle ein letztes Mal mit der Wahrheit verletzen. Und beten, dass sie ihm verzeihen konnten.

„Oh, Baldwin", sagte Charlotte lächelnd, doch als sie ihn ansah, wurde sie ernst. „Oh, mein Lieber, was ist los?"

Während seine Schwester durch den Raum eilte, um ihn zu umarmen, schloss Ewan die Tür, wobei sich seine Augen zu Schlitzen verengten und sein ausdrucksstarkes Gesicht sich mit Mitgefühl und Liebe füllte. Auch ihre Mutter starrte ihn an, und die Farbe war aus ihren Wangen gewichen. Sie war die Einzige, die wenigstens eine Ahnung von ihren Problemen hatte.

Sie stand nun im Begriff, mehr darüber zu erfahren. Er hoffte, sie würde nicht unter der Last zusammenbrechen, so wie es ihm ergangen war.

„Mir geht es gut", sagte Baldwin leise, während er Charlottes Hände drückte, um sie zu beruhigen. „Ich danke euch allen, dass ihr so früh am Morgen hergekommen seid."

„Was ist los?", fragte seine Mutter mit zitternder Stimme. „Ist etwas passiert?"

Er hielt ihrem Blick stand und sah darin ihre Angst, aber auch ihren Mut. „Mama, es ist an der Zeit, dass sie die Wahrheit erfahren."

Die Duchess ließ die Schultern hängen, und Ewan eilte an ihre

Seite, um ihren Ellbogen zu fassen zu kriegen. Behutsam führte er sie zu einem Sofa und half ihr, darauf Platz zu nehmen.

„Muss es denn sein?", flüsterte sie, als sie sich gesammelt hatte. „Oh, Baldwin, ist es wirklich *unvermeidbar*?"

Charlotte schaute zwischen ihrer Mutter und ihrem Bruder hin und her. Ihr scharfer Blick zeigte Verwirrung und Angst. „Was ist los? Von welcher Wahrheit sprichst du?"

Baldwin nahm ihre Hand und führte sie zu ihrer Mutter. Ewan stellte sich hinter sie und legte eine Hand auf Charlottes Schulter. Sie streckte die Hand aus, um seine zu bedecken, und Baldwin ertappte sich dabei, wie er das Paar einen Moment lang bewunderte. *Das war Liebe.* Das war Hingabe. Das war alles, was er für sich selbst wünschte.

„Du hast mich in den letzten Jahren oft nach meiner veränderten… Stimmung gefragt", begann er. „Sowohl du als auch Ewan haben sich Sorgen gemacht."

Die beiden nickten.

„Baldwin", flüsterte seine Mutter.

„Es ist in Ordnung, Mama", beruhigte er sie. „Sie haben ein Recht darauf, es zu erfahren, und du auch, denn du wurdest auch im Dunkeln gelassen."

Sie legte den Kopf schief. „Gibt es noch mehr?"

Charlotte schürzte ihre Lippen. „Kann mir *bitte* jemand erklären, was hier los ist?"

Baldwin holte tief Luft. Es gab wirklich keine andere Möglichkeit, als kurz und schmerzlos reinen Tisch zu machen. „Die Sheffields sind fast gänzlich mittellos. Wir haben fast nichts außer dem Land."

Während ihre Mutter mit einem leisen Schluchzen den Kopf in den Händen vergrub, starrte Charlotte ihn nur mit offenem Mund an. Ewan kam um das Sofa herum und stellte sich neben ihn. Er machte ein paar Handzeichen, und Charlotte zwang sich, ihn anzuschauen.

„Er bittet dich, das genauer zu erklären. Es ist *nichts* mehr da?"

Sie schüttelte den Kopf. „Wie ist das möglich, Baldwin? Ist etwas passiert? Wir haben nie etwas verlangt."

Baldwin nickte langsam. „Ich weiß. Vater hat seine Geheimnisse sehr gut gehütet. Mama und ich wussten nichts von der Misere, bis ich erbte und die Bücher fand. Er hat ständig versucht, kleine Fische zu bestehlen, um die großen zu bezahlen. Er hatte überall im Land Schulden."

„Wie?", flüsterte Charlotte betroffen.

Baldwin zuckte bei dem Schmerz in ihrer Stimme zusammen. Er war dabei, ihre Illusionen über ihren Vater zu zerstören. Einen Mann, den sie angebetet hatte. Er wusste, wie sie sich fühlte. Er hatte das Gleiche durchgemacht.

„Er war süchtig", sagte Baldwin leise. „Glücksspiele. Ich habe es mit eigenen Augen gesehen, obwohl ich die Auswirkungen erst erkannte, als es schon viel zu spät war."

„Deshalb bist du so finster, so mürrisch, seit du geerbt hast", sagte Charlotte, während Ewan gestikulierte. „Warum hast du nicht mit uns geredet? Mit deiner Familie oder deinen Freunden?"

Baldwin legte den Kopf schief. „Weil ich es schlimmer gemacht habe und nicht wollte, dass ihr mich verurteilt."

Seine Mutter hob ihren Blick und schaute ihn entsetzt an. „Was?"

Seine Wangen wurden heiß. Dies war nun der Teil, den sie nicht kannte. Die Tatsachen, die er ihr vorenthalten hatte, um sich selbst zu schützen. Nun macht er sich darauf gefasst, seine eigenen Fehlentscheidungen zu erklären, wie er sie noch tiefer in die Schulden geritten hatte.

„Das ist mir alles sehr peinlich", sagte er, als alles gesagt worden war und alle im Raum lange geschwiegen hatten, während sie sein Geständnis verarbeiteten. „Ich wollte nicht, dass ihr es erfahrt."

Charlotte hatte ihn nur angestarrt, während er sprach, aber nun stand sie langsam auf. Er beobachtete misstrauisch, wie sie sich auf ihn zubewegte. Dann schlang sie ihre Arme um ihn und umarmte ihn so fest wie immer. Ihre Stimme zitterte, als sie ihm zuflüsterte:

„Wie schrecklich, dass du dachtest, diese Last allein tragen zu müssen. Oh, Baldwin, es tut mir so leid."

Er wich zurück. „Es tut dir leid? Ich bin derjenige, der das Bild unseres Vater zerstört und unseren Familiennamen ruiniert hat."

Sie schüttelte den Kopf. „Natürlich bin ich enttäuscht. Aber das liegt nicht an dir, sondern an ihm. Er hatte viele gute Eigenschaften. Im Moment bin ich fassungslos, aber diese Neuigkeit ändert nichts daran, wie liebevoll er sein konnte. Wie hilfsbereit. Wie gütig."

Baldwin runzelte die Stirn. Er hatte so lange mit den Folgen der Misswirtschaft seines Vaters zu kämpfen gehabt, dass er sich nicht mehr an die Dinge erinnern konnte, die Charlotte offensichtlich im Gedächtnis behalten hatte. Nun kamen sie ihm wieder in den Sinn. Wie sein Vater ihm das Reiten beibrachte, ihn für seine Erfolge lobte und bei seinen Misserfolgen tröstete.

Er schwankte ein wenig, als diese liebevollen Gefühle zurückkehrten. Als Geschenk seiner Schwester.

„Da ist noch mehr, fürchte ich", krächzte er, während er Charlotte bedeutete, erneut Platz zu nehmen.

Seine Mutter stöhnte erneut auf. „Oh nein."

Er nickte. „Es tut mir leid. Es gab drei ausstehende Forderungen, deren Quelle ich nicht ausfindig machen konnte. Während wir hier waren, hat mein Anwalt mir mitgeteilt, dass sie von einer Privatperson aufgekauft worden sind."

Ewan schüttelte den Kopf und gestikulierte, während Charlotte übersetzte, „Gekauft? Jemand hat alle drei Schuldscheine gekauft? Warum?"

„Ich habe keine Ahnung", sagte Baldwin, hielt Ewans Blick stand und sah, wie sich das Gesicht seines Freundes vor Entsetzen über die *möglichen* Auswirkungen verzog.

„Es kann keinen guten Grund dafür geben", flüsterte Charlotte.

Ewan hob erneut die Hände: „Wie viel?"

Baldwin warf seiner Mutter einen Seitenblick zu, bevor er antwortete. „Fünftausend Pfund."

Die Duchess sprang auf und hielt sich beide Hände vor den Mund. Charlotte starrte ihn nur an, und Ewan sah etwas grün aus.

Baldwin ließ sie die schreckliche Nachricht einen Moment lang verarbeiten, dann holte er tief Luft. „Es gibt einen Grund, warum ich euch das alles nun endlich erzähle, nachdem ich es so lange geheim gehalten habe. Und zwar... Ich bin in Helena Monroe verliebt.“

Seine Mutter senkte langsam ihre Hände. „Oh, Baldwin.“

„Mama und ich hatten eine Liste mit geeigneten reichen Erbinnen erstellt, deren Vermögen groß genug wäre, um uns aus dem Schlamassel, den Vater und ich angerichtet hatten, zu ziehen, aber... ich liebe sie. Und sie besitzt *nichts*“, sagte Baldwin, und eine große Last fiel von seinen Schultern, als er diese Worte aussprach. Das letzte Geheimnis war gelüftet. Er war nicht mehr allein damit, er konnte die Last mit anderen teilen.

Charlottes Augen hatten sich mit Tränen gefüllt, und sie griff nach Ewans Hand. „Baldwin... oh, das sollte eine so glückliche Nachricht sein. Wir alle bewundern Helena sehr, und jeder sieht die Verbundenheit zwischen euch.“

„Sie zu lieben ist das Beste, was ich je in meinem Leben getan habe“, flüsterte er. „Wenn die Umstände anders wären, würde ich sie ohne zu zögern heiraten. Aber leider ist das unmöglich. Wenn ich also um ihre Hand bitten würde, hätte das weitreichende Konsequenzen. Mir ist bewusst, dass Mutter es verstehen und ihre Einwände äußern muss. Das ist ihr gutes Recht.“

„Du willst sie heiraten“, flüsterte seine Mutter.

Er nickte sofort, denn er hatte seinen Entschluss gefasst. „Das werde ich. Ich muss. Ein Leben ohne sie ist... unvorstellbar. Ich habe die Nacht damit verbracht, die Zahlen durchzugehen, die Bücher zu entziffern und zu versuchen, einen Weg zu finden, damit ich alles unter einen Hut bringen kann. Wir werden das Anwesen auf das Wesentliche beschränken müssen. Die Kunstwerke müssen verkauft werden, einige der Möbel in den anderen drei Häusern werden versteigert werden müssen. Wir werden in unser Londoner

Haus ziehen und fast unsere ganze Zeit dort verbringen." Er schüttelte den Kopf. „Ich werde ihr natürlich klarmachen, dass es ein karges Leben sein wird."

„Und was ist mit den Schuldscheinen, von denen du gesprochen hast?", flüsterte Charlotte. „Hast du sie berücksichtigt, falls sie von diesem mysteriösen Käufer zurückgefordert werden?"

Er zögerte. „Das ist der springende Punkt. Ich habe keine Ahnung von den Bedingungen, die diese unbekannte Person stellen wird. Ich kann sie nicht einplanen. Also... nein. Wenn diese Schulden eingefordert werden, dann... dann steht das Schlimmste womöglich noch bevor."

Ewan gestikulierte etwas. Ein paar einfache Fingerbewegungen in der Luft, aber Charlottes Miene wurde sanft, während sie ihn anblickte.

„Ich liebe dich", flüsterte sie.

Ewan lächelte sie an, seine Antwort war deutlich in seinen Augen zu sehen. Worte waren nicht nötig.

„Er sagt, er wird die Schulden bezahlen", sagte sie und erhob sich, um seine Hand zu nehmen.

Baldwins Lippen öffneten sich. „Es sind fünftausend Pfund. Ein kleines Vermögen."

Ewan starrte ihn einen Moment lang an, dann griff er in seine Tasche und holte sein kleines silbernes Notizbuch heraus. Er kritzelte darauf herum und reichte es ihm.

„'Zum Glück habe ich ein großes Vermögen'", las Baldwin leise. „'Ich bestehe darauf.'"

Baldwin reichte das Notizbuch zurück und senkte den Kopf. „Ich bin zu einem Fall für die Wohlfahrt für meine Familie und Freunde geworden."

Ewan packte seinen Arm, und als Baldwin aufblickte, schüttelte Ewan heftig den Kopf. Er gestikulierte wild darauf los, während Charlotte übersetzte. „Niemals! Das ist keine Wohltätigkeit. Es ist ein Geschenk, denn diese Familie hat mir das größte Geschenk meines Lebens gegeben."

„Ewan", hauchte die Duchess of Sheffield. „Dass du das für meinen Sohn tun würdest..."

Ewan fuhr mit den Gesten fort, ohne seinen Blick von Baldwin abzuwenden. Charlottes Stimme war belegt, als sie übersetzte: „Mein Bruder."

Baldwin nickte. Oh ja, Ewan war schon lange vor seiner Heirat mit Charlotte sein Bruder gewesen. Und nun bot er ihnen einen Rettungsanker im wogenden Sturm. Würde es leicht sein? Nein. Bestimmt nicht. Aber nun hatte er eine Chance zu überleben.

„Ich nehme dein großzügiges Angebot an. Ich werde alles in meiner Macht Stehende tun, um es zurückzuzahlen, obwohl ich weiß, dass es keine Möglichkeit gibt, dir deine Freundlichkeit und das wunderbare Leben, das du meiner Schwester geschenkt hast, je zu vergelten", sagte Baldwin, während er Ewan in die Arme schloss. „Du weißt gar nicht, wie viel mir das bedeutet."

Als sie sich trennten, drehte er sich um und blickte zu seiner Schwester und seiner Mutter, die sich in den Armen lagen. In ihren Augen glänzten Tränen. Er konnte Charlottes Zustimmung zu seinem Vorhaben in ihren Augen sehen. Es kam nun nur noch auf ihre Mutter an.

„Mama", sagte er leise und trat vor, um ihre Hände zu nehmen, als Charlotte an Ewans Seite trat. „Am Ende steht dein Name auf dem Spiel, genauso wie meiner. Ich kann nicht versprechen, dass Vaters Sünden nicht doch noch ans Licht kommen werden, dass es keinen Skandal geben wird."

Sie starrte ihn einen Moment lang an, dann sah sie zu Charlotte und Ewan hinüber. „Ich habe immer nur euer Glück gewollt, meine Lieben. Wenn ich dir die Chance verwehre, Helena zu heiraten, müsste ich zusehen, wie du ein Leben im Elend führst. Das wäre ein weitaus schlimmerer Skandal, denke ich, als wenn meine Freundinnen wüssten, dass mein Mann Schulden hatte. Die Hälfte ihrer Ehemänner sind nicht besser. Wenn es das ist, was du brauchst, um glücklich zu werden, so werde ich euch aus vollem Herzen unterstützen und jedem, der deine Entscheidung infrage stellt, die Meinung sagen."

Erleichterung durchströmte Baldwin, und er hob ihre beiden Hände an seine Lippen und küsste sie nacheinander. „Danke, Mama."

„Das klingt, als ob du mit jemandem bestimmten reden müsstest", sagte Charlotte, und ihr Lachen erfüllte den Raum wie Musik. „Geh schon und tu es schnell. Ich würde gerne mit unseren Freunden eine Verlobung feiern, bevor diese Landpartie zu Ende ist."

Baldwin sah sie einen nach dem anderen an, seine Familie, sein Ein und Alles. Jahrelang hatte er versucht, sie zu schützen, sich selbst zu schützen. Er hatte sich vor dem schlimmsten Fall gefürchtet, dass sie ihn für seine Taten verurteilen oder ablehnen würden.

Nun erschien ihm diese Angst vollkommen grundlos, denn natürlich würden sie ihn weiter lieben und akzeptieren. Es war ein Irrtum gewesen, je etwas anderes von ihnen zu erwarten.

„Danke", sagte er. „Und ja, ich denke, es ist an der Zeit, mich zu vergewissern, ob das alles überhaupt eine Rolle spielt. Ich muss mit Helena sprechen."

Ewan scheuchte ihn mit der Hand aus dem Raum, während seine Mutter und seine Schwester ihm gut zusprachen. Und als er den Flur hinunter zu seinem Arbeitszimmer schritt, um sich dort kurz zu sammeln und zu überdenken, was er der Liebe seines Lebens sagen würde, fühlte er sich zum ersten Mal seit Jahren glücklich. Er fühlte sich frei.

Er konnte nur hoffen, dass das, was er ihr anbieten konnte, Helena auch reichen würde. Denn was in diesem Moment zählte, war, ihr alles zu geben, was er konnte, und zu beten, dass sie es annehmen würde – ihn annehmen würde. Mit all seinen Schwächen.

KAPITEL 20

Helena stand am Fenster neben dem Sofa, das sie als Bett nutzte, und seufzte, während der Regen auf die Scheibe prasselte. Der Sturm passte zu ihrer Stimmung. Er reflektierte ihre aufgewühlten Gefühle, die ihr eigenes Herz erfüllten. Sie legte ihren Kopf zurück und schloss mit einem weiteren Seufzer die Augen.

Wie konnte eine Nacht, in der sie auf einer Terrasse die Sterne zählte, all dies verursacht haben? Über ihrem Kopf schwebte nun ein Damoklesschwert, und sie war sich ihrer Zukunft so ungewiss. Nicht, dass sie irgendetwas am Geschehenen ändern würde. Sie hatte diese gestohlenen Momente mit Baldwin sehr genossen. Sie bedeuteten ihr die Welt.

Ein leichtes Klopfen an der Tür hinter ihr ließ Helena erstarren. Nach den Ereignissen der letzten vierundzwanzig Stunden konnte sie nicht noch mehr Drama ertragen. Nicht, dass das Drama normalerweise so sanft anklopfte.

Sie ging zur Tür, öffnete sie und war überrascht, Walker dort stehen zu sehen. Der Butler lächelte. „Es tut mir leid, dass ich Euch stören muss, Miss, aber Seine Gnaden hat darum gebeten, dass Ihr Euch zu ihm in sein Arbeitszimmer begebt, wenn Ihr im Moment nicht anderweitig beschäftigt seid."

Ihr Herz schlug schneller, als sie versuchte, Walkers Gesichtsausdruck zu deuten, was ihr nicht gelang. „Seine Gnaden will mich sehen", wiederholte sie.

Er nickte. „So schnell wie möglich. Habt Ihr ihm eine Nachricht zu überbringen?"

„Ich werde gleich zu ihm kommen." Ihre Stimme zitterte, und sie errötete, denn ihre Aufregung war sehr auffällig.

Walker neigte den Kopf. „Sehr gut, Miss. Wisst Ihr, wo das Arbeitszimmer ist?"

„Ja", flüsterte Helena, wobei sie an den Abend denken musste, den sie dort mit Baldwin verbracht hatte. Der Butler lächelte noch einmal und verschwand dann.

Einen Moment lang starrte sie in den leeren Flur, dann schüttelte sie ihre Überraschung ab. Sie hatte keine Ahnung, warum Baldwin sie zu sich rufen würde. Es war zehn Uhr morgens, verhältnismäßig früh für die meisten. Immerhin war ihre Cousine noch im Bett.

Nach ihrer letzten Begegnung könnte er ihr alles sagen wollen. Vielleicht wollte er nach ihr sehen. Oder vielleicht wollte er ihr sagen, dass Tyndale missbilligte, was er am Vortag gesehen hatte. Vielleicht wollte er sogar ihre Affäre beenden.

„Ach, geh doch einfach hinunter", sagte sie laut zu sich selbst. „Hier oben zu stehen und über die Möglichkeiten nachzudenken, ist nutzlos."

Sie ging zum Spiegel und betrachtete sich kurz. Abgesehen davon, dass sie aussah, als hätte sie nicht geschlafen, was genau der Fall war, war sie vorzeigbar. Sie holte tief Luft und marschierte aus der Kammer und die Treppe hinunter. Während sie sich durch die Flure schlängelte, versuchte sie, ruhig zu bleiben, und zählte schließlich die Anzahl Türen, die zwischen ihr und ihrem Schicksal lagen.

Endlich erreichte sie Baldwins Arbeitszimmertür. Sie stand einen Spalt offen, und sie trat leise ein. Er stand am Fenster, die Hände hinter dem Rücken verschränkt. Sie nahm dieses Bild für einen kurzen Moment in sich auf. Er sah so gut aus. So stark. Und für einen kurzen Augenblick hatte er ihr gehört.

Ihn gehen zu lassen, würde sie zerstören.

Sie schüttelte den Gedanken ab und räusperte sich, um ihn auf sich aufmerksam zu machen.

Er drehte sich um, und ihr stockte ein zweites Mal der Atem, allerdings aus einem ganz anderen Grund. Baldwins Gesicht war erfüllt von… Licht. So hatte sie ihn noch nie gesehen, und es versetzte sie in Erstaunen. Die Melancholie hatte ihn immer wie ein tröstender Umhang umgeben, geboren aus der Verantwortung, die ihn jeden Tag ertränkte.

Nun war es anders. Es war, als wäre er zum Leben erweckt worden. Sie konnte nicht anders, als auf ihn und das Licht zuzugehen, um sich von ihm heilen zu lassen und sich bei ihm aufgehoben zu fühlen.

„Helena", sagte er und kam durch den Raum auf sie zu. „Danke, dass du gekommen bist."

Sie zuckte mit den Schultern. „Ich… natürlich, Baldwin. Ja, natürlich. Ist etwas passiert?"

Er legte den Kopf schief und musterte ihr Gesicht mit einem weiteren strahlenden Lächeln, das so schön anzusehen war. „Wie kommst du darauf, dass etwas passiert ist?"

Sie holte zittrig Luft. „Du hast dich verändert. Ich weiß nicht, es liegt etwas anderes in deiner Aura."

Er lachte, während er die Tür schloss und ihnen damit zur Abgeschiedenheit verhalf, nach der sie sich so sehr sehnte. Eine Abgeschiedenheit, die sie wahrscheinlich nicht haben sollten. Aber sie übersah das geflissentlich.

Sie *wollte* mit ihm allein sein. Sie hatte keine Ahnung, wie oft sie dazu noch Gelegenheit haben würde. Helena blieb nur noch zwei Tage auf seiner Landpartie. Und in ein oder zwei Wochen würde sie nach Amerika zurückgeschickt werden.

Sie verdrängte den Gedanken, als er ihre Hand ergriff, sie zum Sofa führte und sich neben sie setzte. *Zu nah.*

„Nur du würdest selbst die subtilsten Veränderungen in mir erkennen", sagte er und strich mit einem Finger über ihre Wange.

Sie schluckte schwer und versuchte, sich nicht der sanften Wärme seiner Berührung hinzugeben. „*Ist* etwas passiert?"

Er nickte, und seine Miene wurde ernster. Nicht melancholisch, nur ernst. „In der Tat, Helena. Es hat sich nicht alles auf einmal verändert, sondern in kleinen Schritten. Kleine Verschiebungen im Laufe der Zeit, die einen Mann von einem bestimmten Ort zu einem anderen bringen, sodass er es kaum bemerkt, bis er eines Tages aufwacht und… hier ist. Bei dir."

„Ich verstehe nicht", flüsterte sie.

„Ich weiß, dass du es nicht verstehst. Ich werde es dir erklären." Er schüttelte mit einem kleinen Lachen den Kopf. „Ich bin allerdings ziemlich nervös, also hoffe ich, dass du nachsichtig sein wirst."

Sie wich zurück. „Du? Nervös. Das kann ich mir kaum vorstellen."

„Das machst *du* mit mir", sagte er. „Das hast du immer getan. Ich hätte es in der ersten Nacht wissen müssen."

Ihre Hände hatten zu zittern begonnen, und sie hielt sie in ihrem Schoß fest verschlungen, während sie in sein Gesicht starrte und all ihre Hoffnungen und Träume darin widergespiegelt sah. Nur konnte das nicht sein. „Was hättest du wissen müssen?"

Er lehnte sich näher zu ihr heran und hielt ihren Blick mit seinem gefangen. Er ließ sie nicht wegsehen. Baldwin lächelte noch breiter. „Ich liebe dich, Helena Monroe."

Sie erstarrte. Das war ein Traum. Anders war es nicht zu erklären, dass Baldwin ihr gegenübersaß und ihr sagte, dass er sie liebte. Aber als sie sich zwickte, wachte sie nicht auf.

„Bitte nicht", sagte sie und sprang auf, um sich von ihm zu entfernen. „Bitte sag so etwas nicht zu mir."

～

Baldwin beobachtete, wie Helena durch den Raum wankte und ihre Hände hochhielt, um ihn abzuwehren. Sie sah nicht glücklich über sein Geständnis aus – sie sah entsetzt aus.

Langsam erhob er sich und strich sein Jackett glatt. „Nicht die Reaktion, die ich mir erhofft hatte, das gebe ich zu", sagte er und versuchte, seinen Tonfall ruhig zu halten. „Liegt dir nichts an mir?"

Er machte sich auf die Antwort gefasst, obwohl er auf ihre Ablehnung nie vorbereitet sein würde. Allein bei dem Gedanken daran drehte sich ihm der Magen um.

Sie schüttelte immer wieder den Kopf. „Du weißt, dass du mir viel bedeutest", sagte sie schließlich, ihr Atem war kurz, ihre Stimme zitterte. „Aber es ist grausam, mir das zu sagen, obwohl wir beide die Zukunft kennen. Ich habe akzeptiert, dass wir nicht zusammen sein können. Bitte zwing mich nicht, diese Worte laut auszusprechen. Ich würde in ihnen ertrinken."

Seine Erleichterung ließ ihn fast zusammensacken. Sie kannte seine Entscheidung noch nicht. Sie kannte sein Angebot nicht. Es war ihre Angst, die sie von ihm fernhielt, nicht ein Mangel an Gefühlen.

Er trat vor. „Sag die Worte", ermutigte er sie. „Ich werde dich nicht ertrinken lassen."

Eine Furche bildete sich zwischen ihren fein geschwungenen Augenbrauen. „Bitte."

„Sag es", wiederholte er.

„Ich liebe dich", flüsterte sie und neigte den Kopf. „Ich habe dich vom ersten Moment an geliebt, als ich dich gesehen habe. Aber wir wissen beide, dass ich dir nichts zu bieten habe."

Er runzelte die Stirn darüber, wie leicht sie akzeptierte, dass sie ihn verlieren würde. Das war das Ergebnis all der schlechten Behandlung, die sie so lange erfahren hatte. Von ihrer Familie und ihren Freunden… und von ihm. Wenn sie verheiratet waren, würde er ihr helfen, ihren eigenen Wert zu erkennen. Er wusste, dass sie ihr Selbstvertrauen wiederfinden konnte. Emma hatte es schließlich auch getan, und sie war Helena sehr ähnlich gewesen, als sie und James heirateten.

„Ich möchte nur dich", sagte er leise, als er einen Finger unter ihr Kinn legte und sie dazu brachte, zu ihm aufzusehen. Tränen funkelten in ihren Augen, und es brach ihm das Herz. „Du bist mehr wert als Gold."

„Das bin ich nicht", sagte sie. „Und das ist auch nicht das, worüber wir hier reden."

„Nein, wir reden über Geld", sagte er seufzend. „Ein Thema, das niemals mit der Liebe Hand in Hand gehen sollte."

„Aber das tut sie!", stieß sie hervor und trat einen Schritt von ihm zurück. „Ich kenne deine Lage, Baldwin. Ich habe sie, so gut ich kann, akzeptiert. Bitte reiß mir nicht noch die Seele aus dem Leib. Ich könnte es nicht ertragen."

„Helena, hör mir zu." Er ergriff ihre Hände, damit sie sich nicht losreißen konnte, und sie hörte sofort auf, es zu versuchen. Sie starrte zu ihm auf, und die erste Träne begann, über ihre Wange zu fließen. Sie war so stark gewesen, so gut darin, alles, was er ihr bieten konnte und was nicht, zu akzeptieren.

Nun sah er, wie schwer das für sie gewesen war. Wie grausam es gewesen war. Er hasste sich dafür, dass er sie auch nur einen Moment lang hatte leiden lassen.

„Matthew wollte dich heiraten", sagte er.

Sie zuckte zurück, ihre Augen weiteten sich. „Was?"

„Ich habe ihm gestern alles erklärt, nachdem er uns zusammen im Salon überrascht hatte. Alles über meine finanzielle Situation, über dich und die Grausamkeit deines Onkels dir gegenüber. Ich habe ihm gesagt, warum ich trotz meiner Gefühle nicht mit dir zusammen sein kann, und er hat mich zu Recht als das bezeichnet, was ich bin – ein Feigling. Er hat mir angeboten, dich zu heiraten und dich vor dem zu bewahren, was dein Onkel dir antun könnte – und antun würde, wenn du dir selbst überlassen wärst."

Ihr Atem stockte nun, und Baldwin befürchtete, sie würde

zusammenbrechen. „Ich verstehe nicht. Tyndale würde mich heiraten?"

Er nickte, und schon bei der Erinnerung an diesen Moment wurde ihm übel. „Ja. Als er dieses Angebot machte, brach meine ganze Welt zusammen. Ich wusste, dass es deine Probleme lösen würde. Dass es mir erlauben würde, dir Sicherheit zu bieten. Aber der Gedanke daran brachte mich um. Und ich mir wurde ohne jeden Zweifel bewusst, dass ich nicht in einer Welt leben könnte, in der du nicht mir gehörst."

Ihr Mund öffnete sich erschrocken. „Baldwin..." Sein Name war ein Flüstern auf ihren Lippen, kaum hörbar.

Er fuhr fort. „Ich habe die Sucht meines Vaters und meine eigene jahrelang geheim gehalten. Aber für dich habe ich es meiner Familie erzählt."

Sie wich zurück. „Du hast es deiner Familie erzählt?"

„Alles. Ewan hat seine Hilfe angeboten. Und dank ihm gibt es noch etwas Hoffnung für mich. Ich kann dir nicht das Leben versprechen, das Tyndale dir bieten würde. Er hat Geld, er könnte dich zu einer Prinzessin machen, wenn du so behandelt werden willst. Das hättest du verdient. Aber das Leben, das ich dir bieten kann, ist voller Liebe, Helena. Ich werde nicht lügen und behaupten, dass es nicht hart wäre. Es würde nicht einfach sein. Es könnte einen Skandal geben, wenn einige meiner Schulden aufgedeckt würden. Aber ich liebe dich."

„Du bietest mir eine Zukunft an?", fragte sie. „Baldwin, das bedeutet, dass du alles wegwirfst, was du haben könntest! Viele der Erbinnen würden dir helfen, dich aus dieser Notlage zu befreien. Du könntest wieder zu Reichtum kommen, du könntest..."

„Ich will dich." Er berührte sanft ihre Wangen. „Ich liebe dich, Helena. Und das bedeutet mir inzwischen mehr als alles andere auf dieser Welt. Ich liebe dich, und ich will dich heiraten."

Sie blinzelte. Sah ihn einfach nur an. Als ob sie es nicht verstehen würde. Als ob sie es nicht verstehen könnte.

„Du würdest alles für mich aufgeben?", flüsterte sie.

Er wich zurück, denn er dachte schon lange nicht mehr, dass er etwas aufgeben würde. Im Gegenteil, es wäre ein Gewinn. Und doch begriff sie das immer noch nicht. „Ich würde für dich den Mond vom Himmel holen", sagte er. „Ich würde den Atlantik überqueren. Ich würde meinen Titel aufgeben, meinen Namen, alles, was mir geblieben ist. Ich würde für dich sterben, Helena Monroe. Und ich werde für dich leben, wenn du nur aufhörst, mich anzusehen, als sei ich verrückt geworden, und mir sagst, dass du mein sein wirst. Meine Frau. Für den Rest meines Lebens, sei es kurz oder lang. Bitte, bitte sag, dass du mich heiraten wirst."

Sie zitterte nun, ihre Fassade wurde brüchig. „Und was ist, wenn du es bereust?", fragte sie.

Er schüttelte den Kopf. „Das könnte ich nie. Verstehst du denn nicht? Du bist der einzige Mensch auf dieser Welt, bei dem ich so sein kann, wie ich bin… wirklich so, wie ich bin. Du nimmst mir jede Last. Wie könnte ich das je bereuen? Bitte, Helena. Bitte, heirate mich."

Sie holte schluchzend Luft und nickte. „Ja. Ja, ich liebe dich, und der Gedanke, von dir getrennt zu sein, hat mir das Herz gebrochen. Wenn du dir sicher bist, dann ja. Ich werde dich heiraten, Baldwin."

Die Freude, die ihn überkam, war so gewaltig und so fremd, dass er fast ins Wanken geriet. Er zog sie an seine Brust und küsste sie, während seine Finger über ihre Wangen strichen und er ihre Tränen, seine eigenen schmeckte. Sie schlang ihre Arme um seinen Hals und drückte ihren Körper an seinen, als hätte sie Angst, ihn zu verlieren. Dass dies ein Traum oder eine Illusion war.

Und das war es auch. Nur einer, den sie für immer gemeinsam ausleben würden. In diesem Moment hatte er seine Sorgen völlig beiseitegeschoben und gab sich der sanften Leidenschaft ihres Kusses hin. Der Erkenntnis, dass sie jetzt ihm gehören würde. Für immer.

Er führte sie küssend zum Sofa und drückte sie mit dem Rücken gegen die Lehne. Sie ließ sich nieder, und er beugte sich über sie, wobei er das Gefühl ihres Körpers unter seinem genoss. Noch nie hatte jemand in seinem Leben eine solche Leidenschaft in ihm geweckt. Dieses Bedürfnis, zu fordern, zu geben und für immer zu lieben.

Er konnte sich keine bessere Art und Weise vorstellen, ihre Verlobung zu feiern. Sie zu lieben, ohne die Schranken, die beim letzten Mal zwischen ihnen gestanden hatten.

Sie musste seine Gedanken gelesen haben, denn natürlich konnte sie auch das. Sie zog sich leicht zurück. „Wir werden nicht… unterbrochen?"

Er lächelte. „Nein. Es ist noch früh, und ich habe die Tür abgeschlossen."

„Wirklich?" Sie lachte. „Ich war so besorgt, dass ich es nicht bemerkt habe."

„Ich war schlau", sagte er und drückte seine Lippen auf ihre. „Ich werde immer Wege finden, um mit dir allein zu sein."

„Ich nehme an, wir haben nun den Rest unseres Lebens Zeit, um herauszufinden, wie wir zusammen sein können, ohne unterbrochen zu werden", sagte sie, und ihr Gesicht leuchtete mit der gleichen Verwunderung auf, die er selbst empfand.

Sie würden zusammen sein. Für immer. Er grinste, bevor er wieder ihren Mund bedeckte. Aber die Verspieltheit verblasste schnell, als sie dem Verlangen Platz machte. Helena gab sich ihm so vollständig, so offen hin. Trotz ihrer Vergangenheit hatte sie weder ihre Zärtlichkeit noch ihre Leidenschaft verloren. Er war noch nie so froh über etwas gewesen.

Er begann, sich gegen sie zu stemmen, während seine Hände an ihrer Seite hinunterwanderten und dann ihre Brust sanft drückten. Sie gab einen lustvollen Laut von sich, und ihre Hüften stießen gegen seine, was seinen ohnehin schon hartes Glied noch härter machte.

„Die Dinge, die du mit mir machst", murmelte er, als er seinen Mund von ihren Lippen zu ihrem Hals gleiten ließ.

„Zeig es mir", flüsterte sie, und ihre Stimme zitterte in der Stille des Raumes.

Er hob seinen Kopf und ergriff ihre Hand, zog sie zwischen sich und drückte sie auf sein Glied. Sie stöhnte auf, als sie es berührte, dann umfasste sie es und begann, es durch den nun viel zu dicken Stoff seiner Hose zu streicheln.

„Ich brauche dich", stöhnte er.

Sie nickte, und ihre Hand glitt zur Knopfleiste seiner Hose. Während sie mit dem Aufknöpfen begann, schob er ihre Röcke hoch, die sich um ihre Hüften bauschten. Sie spreizte ihre Schenkel, und er ließ sich zwischen ihnen nieder.

Endlich von der Enge seiner Hosen befreit, traf seine Hitze auf die ihre. Er glitt in sie hinein, während sie genüsslich seinen Namen ausstieß.

Er konnte sich nicht so wortreich ausdrücken. Als ihre enge, feuchte Hitze um ihn pulsierte, war er nicht mehr imstande, einen klaren Gedanken zu fassen, geschweige denn zusammenhängende Sätze zu bilden. In diesem Moment war er ein Tier, verloren in den Empfindungen der Lust, die ihm befahl zu nehmen. Zu beanspruchen. Helena auf die endgültigste Art und Weise, die er sich vorstellen konnte, zu seiner zu machen.

Er stieß in sie, kurz und hart, und ihre Finger krallten sich in seinen Rücken. Er beobachtete ihr Gesicht, als er sie nahm. Ihr Mund öffnete sich vor Begierde und ihre Augenlider fielen zu. Er merkte sich jedes Zucken und Stöhnen und lenkte seine Bewegungen durch ihre Reaktionen. Er beobachtete, wie sie sich auf den Orgasmus vorbereitete, und er liebte jeden Moment dieser Reise, während sie sich mit ihm bewegte.

Endlich flogen ihre Augen auf und weiteten sich. Sie stieß einen gurgelnden Schrei aus, und ihre Spalte begann, um ihn herum zu pulsieren, drückte ihn voller Lust und verlangte, dass er mit ihr verschmolz. Und er tat es, wobei er härter in sie stieß und es genoss, wie sich seine Hoden zusammenzogen. Ein Blitz schoss durch ihn hindurch. Er presste seinen Mund auf den ihren und ließ seine Lustschreie an ihren Lippen verklingen, während er sich hart und heiß in ihren sich zusammenziehenden Körper ergoss.

Dann schmiegte er sich an sie und drückte Küsse auf ihren Hals, während sie ihre Hände über seinen Rücken gleiten ließ. Sie war sein. Wahrhaftig sein, auf eine Art und Weise, die er vorher nie zugelassen hatte. Auf eine Weise, die sicherstellte, dass es kein Zurück mehr geben würde. Nicht, dass er das wollte.

Denn sie war die Liebe seines Lebens, und er konnte es kaum erwarten, es der ganzen Welt mitzuteilen.

„Das war wunderbar", murmelte sie und drückte ihren Mund an seinen Hals. „Jedes Mal ist wunderbar. Ich hätte nie gedacht, dass es so sein könnte."

Er rollte sich halb von ihr herunter und balancierte gefährlich auf der Kante des Sofas, um ihr zugewandt zu sein. Ihre Körper trennten sich bei dieser Bewegung, und sie stieß einen kleinen Seufzer des Unmuts aus, der ihn zum Lächeln brachte. „Stell dir vor, wie schön es sein wird, wenn wir nicht mehr herumschleichen müssen. Oder die Zukunft uns nicht mehr voller Gefahren und möglicher Verluste erscheint."

Sie ließ ihre Finger durch sein Haar gleiten und streichelte sanft seine Kopfhaut. „Ich könnte da etwas arrangieren", sagte sie lachend.

Er zog eine Augenbraue hoch. „Zur Kenntnis genommen, Miss Monroe. Ich kann dafür sorgen, dass es nach unserer Heirat ein bisschen gefährlich bleibt. Ich werde dich an Seen und in Nebenräumen auf Partys lieben, wenn die Angst, erwischt zu werden, dich meinen Namen so hübsch wimmern lässt."

Ihre Wangen färbten sich dunkelrosa. Aber in ihren Augen war auch Interesse an der Idee zu erkennen, und er gluckste. Er würde sich diesen Hinweis auf jeden Fall merken.

„Ich würde die mögliche Gefahr, in die uns dieses Vorhaben bringt, sehr gerne weiter verfolgen. Aber…" Er setzte sich auf und zog sie ebenfalls hoch. Dann brachten sie ihre Kleidung in Ordnung. Sie lachte, als sie sein Haar glättete und er ihre verirrten Locken wieder an ihren Platz zurücksteckte. Kurz darauf sahen sie beide wieder etwas vernünftiger aus.

„Ich fürchte, wir müssen uns noch einer unangenehmen Sache stellen", sagte er schließlich.

Ihre Miene verfinsterte sich, und sie schmiegte sich noch ein wenig enger an ihn. „Meinem Onkel."

Er nickte. „Deinem Onkel. Du musst wissen, dass ich bei ihm nicht um deine Hand anhalten werde. Ich eröffne ihm nur, dass ich sie nehme. Das wäre eine Höflichkeit, die ihm nicht zusteht."

Sie schürzte ihre Lippen, und er konnte sehen, wie ihre tiefe Unruhe zurückkehrte. Wie sehr er das hasste. Er hoffte, dass sie eines Tages nichts mehr davon spüren würde.

„Wenn du das tust", sagte sie mit zittriger Stimme, „sei einfach vorbereitet. Er ist ganz und gar furchtbar, vor allem, wenn er verärgert ist. Er ist vielleicht nicht in der Lage, dir mit einer Rückkehr nach Boston zu drohen, wie er es bei mir getan hat, aber er wird alles in seiner Macht Stehende tun, um uns die Hölle auf Erden zu bereiten."

Baldwin zuckte mit den Achseln. „Hat er gedroht, dich nach Amerika zurückzuschicken?"

Sie nickte langsam. „Eher ein Versprechen als eine Drohung."

Die Wut, die er zuvor empfunden hatte, als er Peter Shephard dabei erwischt hatte, wie er sie im Salon beschimpfte, kam wieder hoch. Nur dieses Mal hatte er mehr Mittel, um Helena zu schützen.

„Ich werde nie wieder zulassen, dass er dir wehtut", versprach er leise.

Sie lächelte, und ihr Lächeln tauchte seine Welt in unendlichen Farben. In diesem Moment wurde ihm klar, dass sein Leben von nun an viel angenehmer verlaufen würde. Die Schwierigkeiten würden durch das große Herz dieser Frau, durch das Licht, das sie so mühelos mit sich trug, verblassen.

Er beugte sich vor, um sie zu küssen, und stand dann auf, um sie auf die Beine zu ziehen. „Komm, lass es uns hinter uns bringen, dann können wir endlich feiern."

Er konnte sehen, dass sie noch zögerte, aber dann nickte sie tapfer und ließ sich von ihm zur Tür führen.

KAPITEL 21

Helena war sich nicht sicher, wie es möglich war, sich gleichzeitig so glücklich und so verängstigt zu fühlen. Aber es war so. Innerlich war sie so aufgewühlt, dass sie kaum noch atmen konnte. Sie wusste, welche schlimmen Auswirkungen diese Ankündigung haben würde. Es gab dazu hunderte schreckliche Folgen gegen so wenige positive, zumindest zu Beginn.

Aber über all der Furcht, all der Besorgnis, wie schlimm es werden könnte, lag noch etwas anderes. Als sie sich umdrehte und Baldwin in diesem ruhigen Moment ansah, den sie gemeinsam im Salon verbrachten, bevor Onkel Peter und Charity eintrafen, schwoll ihr Herz vor Freude und Glück an, wie sie es nie zu erleben geglaubt hatte.

Baldwin liebte sie. Das hatte sich, seit sie ihm zum ersten Mal begegnet war und er ihr Herz höher schlagen gelassen hatte, als etwas Unerreichbares angefühlt. Sie hatte sich nicht erlaubt, auf mehr zu hoffen als auf die gestohlenen Momente, die ihnen das Schicksal zugestanden hatte. Sich mit der Tatsache abzufinden, dass sie nichts darüber hinaus haben konnte, war ihre einzige Möglichkeit zu überleben gewesen, obwohl ihre Liebe zu diesem Mann mit jedem Tag zunahm.

Aber nun… gehörte er ihr. Er blickte ebenfalls zu ihr, und sie sah in seinen Augen, dass die Illusion, das Märchen, wahr war. Und sie wusste, dass sie für den Rest ihres Lebens zusammen glücklich sein würden.

Er ließ seine Finger durch ihre gleiten und verschränkte sie miteinander, bevor er ihre Hand anhob, um sie zu küssen. „Ich werde dich *immer* beschützen, Helena."

Es war ein kraftvolles Versprechen, das durch die Jahre, in denen sie nur auf sich selbst gestellt gewesen war, noch verstärkt wurde. Sie nickte langsam. „Ich glaube Euch, Euer Gnaden."

Er lächelte, als sich die Tür öffnete und ihr Onkel und ihre Cousine eintraten. All ihre schönen Gefühle verflüchtigten sich, und Helena geriet sofort in Alarmbereitschaft. Aus Gewohnheit löste sie sich von Baldwin und trat einen Schritt von seiner Seite weg. Es war töricht, wenn man bedachte, was sie zu verkünden hatten, aber nachdem sie den wütenden Gesichtsausdruck ihres Onkels gesehen hatte, als er sie zusammen sah, fürchtete sie die Konsequenzen, die ihr frischgebackener Verlobter noch nicht ganz zu begreifen schien.

Onkel Peter war durchaus zu grausamen und hässlichen Gemeinheiten fähig. Er würde ihre Verlobung als Verrat ansehen, und wenn er einen Angriffspunkt finden konnte… war es sehr wahrscheinlich, dass er ihn skrupellos ausnutzten würde.

Baldwin runzelte die Stirn, als sie den Kopf neigte, doch dann richtete er seine Aufmerksamkeit auf die Neuankömmlinge im Raum. „Mr. Shephard", sagte er mit eiskaltem Tonfall. „Und Miss Shephard. Guten Morgen,… ich bin froh, dass Ihr wach seid und Euch einen Moment zu uns gesellen konntet, bevor der Rest der Gesellschaft mit der Partie des Tages beginnt."

„Haben wir Euch bei etwas gestört?", fragte Helenas Onkel und warf ihr einen hasserfüllten Blick zu. Sie spürte, wie er sie argwöhnisch betrachtete.

„Nein", antwortete Baldwin für sie. „Helena und ich wollten

Euch nur unsere frohe Botschaft mitteilen, bevor wir sie allen anderen Gästen verkünden."

Helena hielt den Atem an, als sie die Reaktion ihrer Familie abwartete. Charity wurde blass, aber ihr Onkel hob fragend beide Augenbrauen. Er sah nicht verärgert aus, obwohl es offensichtlich war, was Baldwin sagen wollte.

„Eine frohe Botschaft?", wiederholte Charity langsam.

„Ja", sagte Baldwin und streckte die Hand aus, um Helenas Hand zu ergreifen. Er zog sie näher an sich heran und zwang sie, die untertänige Haltung abzustreifen, die sie eingenommen hatte. Sie zitterte und wollte ihn fast anflehen, es nicht zu sagen. Aber die Worte traten trotzdem aus seinem Mund. „Ich werde Helena heiraten. So bald wie möglich."

Einen Moment lang war es ganz still im Raum. Dann, ohne Vorwarnung, warf ihr Onkel den Kopf zurück und begann schallend zu lachen. Helena schrak bei dem grausamen Klang und dem verzerrten Ausdruck auf seinem Gesicht zurück, den man keineswegs der Belustigung zuschreiben konnte.

Nun wusste sie mit Bestimmtheit, dass er einen Weg finden würde, um dafür zu sorgen, ihr Glück zu verhindern. Er würde *alles* tun, was in seiner Macht stand, und jeden niedermachen, der sich ihm in den Weg stellte.

Auch Helena selbst.

Aber das wusste Baldwin nicht. Er kannte Peter und seine grausamen Neigungen nicht. Während sie ein wenig zurückwich, um sich kleiner zu machen, richtete sich Baldwin auf seine volle Größe auf, und sein Blick wurde hart.

„Und was ist daran so amüsant, Mr. Shephard?", fragte er. „Ich kann Euren Spott nicht verstehen."

„Oh, aber es gibt fürwahr so viel zu spotten." Onkel Peter schüttelte den Kopf und sagte, „Glaubt Ihr, Ihr könnt sie einfach… *haben*? Nein, nein, Euer Gnaden. Das geht nun wirklich nicht."

Baldwin ließ Helenas Hand los und machte einen Schritt auf ihren Onkel zu. Sie standen Brust an Brust, als Baldwin brummte:

„Ich habe nicht gefragt. Ihr könnt entweder unsere Verbindung und Eure Nichte unterstützen, oder Ihr und Eure Tochter könnt gehen."

Peter legte den Kopf schief, sein Blick war ruhig und kalt. Er drehte sich um und ging um Baldwin herum, um auf dem Sofa Platz zu nehmen. Dann verschränkte er die Arme und blickte den Duke herausfordernd an.

Helena drehte sich der Magen um. Was auch immer jetzt passieren würde, sie wusste, dass es nichts Gutes bedeutete. Es würde Baldwin fertigmachen, und ihr Herz brach.

„Ich glaube, Euch sind einige Schuldscheine abhandengekommen, Euer Gnaden", sagte ihr Onkel sanft.

Helenas Ohren begannen zu klingeln, und ihr Blick fuhr schlagartig zu Baldwin. Er stand regungslos und starrte Peter an, die Augen vor Schreck geweitet und die Hände an den Seiten zu Fäusten geballt. Sie konnte sehen, dass die Erkenntnis ihn in diesem Moment mit voller Wucht traf.

„Sie gehören jetzt *mir*", fuhr ihr Onkel mit einem süffisanten Lächeln fort.

~

Baldwin wollte diesem arroganten Ungeheuer nicht die Genugtuung einer Reaktion geben, aber es war unmöglich, sie zu unterdrücken. Die Welt drehte sich im Kreis, geriet aus den Fugen. Es gab keinen Ort, an dem er sich verstecken konnte, nichts, was das, was Peter Shephard gesagt oder angedeutet hatte, ungeschehen machen konnte.

Er rang um Selbstbeherrschung und Ruhe, bevor er gefasst sagte: „Ich verstehe."

„Das bringt Euch in Verlegenheit, nicht wahr, Sheffield?", sagte Shephard und prustete erneut los. „Nun seid Ihr nicht mehr so überlegen, nicht wahr?"

Baldwin gehörte nicht zu denen, die sich gerne prügelten. Das war eher James' oder Roberts Stil. Aber in diesem Moment hatte er die größte Lust, diesem Mann eine Faust ins Gesicht schlagen.

„Warum?", fragte Helena, deren Stimme zitterte, als sie sich neben Baldwin stellte. Sie berührte ihn nicht, aber er spürte trotzdem ihre Anwesenheit, und das beruhigte ihn ein wenig. „*Warum* hast du seine Schulden gekauft?"

„Weil ich ein Geschäftsmann bin, meine Liebe", sagte ihr Onkel. „Und im Geschäft geht es nur um Druckmittel. Nun habe ich eines."

„Ich werde Euch bezahlen", sagte Baldwin leise und war nie glücklicher darüber, dass er Ewans Angebot angenommen hatte, das fehlende Geld in voller Höhe zur Verfügung zu stellen, sollte es jemals zurückgefordert werden. Damals hatte sich das wie eine demütigende Opfergabe angefühlt, aber nun hatte er wenigstens die Chance, der jetzigen Situation das Wasser zu reichen. „Ich kann es Euch geben, sobald wir nach London zurückkehren."

„Ihr habt das Geld nicht", schnaubte Shephard. „Bitte. Glaubt Ihr, ich hätte mich nicht gründlich über Eure finanzielle Lage informiert?"

Baldwin ballte die Fäuste an seiner Seite. „Ich habe Freunde, verdammt noch mal. Ihr werdet Euer Geld bekommen."

Shephard schüttelte den Kopf. „Nein, nein, *nein*. Ich weiß alles über Eure Freunde. Sie sind weitaus erfolgreicher als Ihr selbst, Euer Gnaden. Tut das weh?"

„Nein." Baldwin biss die Zähne zusammen.

Shephard zuckte mit den Schultern. „Ich kann mir nicht vorstellen, dass es das nicht tut. Aber das ist eigentlich egal. *Deren* Geld ist nicht das, was ich will. Was ich will, ist *Euer* Geld."

Helena schlug sich eine Hand vor den Mund. „Nicht", flüsterte sie durch ihre Finger. „Oh, bitte tu das nicht."

Baldwin warf ihr einen Seitenblick zu und sah dann wieder zu ihrem Onkel. Shephard lächelte, als er auf sie zeigte. „Sie kennt mich. Sie versteht mich."

Baldwin verschränkte die Arme. „Dann klärt mich auf, Sir.

Warum sollte es Euch interessieren, woher das Geld kommt? Vor allem, weil Ihr doch ein Geschäftsmann seid."

Shephard lehnte sich zurück, ganz entspannt, als gehörte ihm die ganze Welt. „Ich will, dass *Ihr* zahlt, Sheffield. Andernfalls werde ich dafür sorgen, dass jeder Mann, jede Frau und jedes Kind in diesem Land und im Ausland von Euren wahren Umständen erfährt. Und Ihr wisst, was das bedeutet, nicht wahr?"

Baldwin schluckte. Oh ja, das tat er. Es war das schlimmste Szenario, das er sich ausmalen konnte. Wenn seine wahre finanzielle Situation geheim blieb, konnte er weitermachen, zwar sparsam und vorsichtig, aber auf diesem Wege könnte er überleben. Es war die einzige Möglichkeit, um Helena einen Antrag zu machen und sie nicht beide zu zerstören.

Aber wenn seine anderen Gläubiger davon erfuhren, dass seine Kassen leer waren, könnte Panik ausbrechen. Die Schulden könnten in voller Höhe zurückgefordert werden. Die Zinsen würden sich verdoppeln, aus Angst, dass er in Verzug geriete. Er und seine Familie, einschließlich Helena, wenn sie verheiratet wären, würden in London in keinem Geschäft mehr willkommen sein. Seine Mutter würde möglicherweise das gleiche Schicksal erleiden, obwohl ihr eigenes Erbe von seiner Erbschaft und den leeren Kassen verschont geblieben war. Auch Charlotte wäre trotz ihres sicheren Standes als Duchess of Donburrow nicht vor Fragen und Getuschel gefeit.

Es war ein Albtraum, der wahr geworden war.

„Ihr habt verstanden", sagte Shephard. „Ich sehe, wie Ihr das alles in Euren Gedanken durchspielt. Ich kann übrigens alles noch schlimmer machen, je nachdem, wie ich es verkünden lasse."

Baldwin schluckte die Galle hinunter, die sich in seiner Kehle gesammelt hatte, und blickte Shephard an. „Warum habt Ihr es dann nicht schon längst getan? Die Schulden wurden vor über einer Woche gekauft. Bevor wir überhaupt hierherkamen, obwohl ich erst davon erfuhr, als die Landpartie begonnen hatte. Warum spielt Ihr dieses Spiel?"

„Es ist das Spiel, das zählt. Es gibt viele verschiedene Möglichkeiten, die wir noch besprechen müssen. Eure völlige Zerstörung ist nur eine davon. Es *gibt* noch einen anderen Ausweg."

„Und welcher wäre das?", fragte Baldwin, unsicher, ob er es überhaupt wissen wollte. Aber der Mann hatte Macht über ihn. Es gab nur einen Weg, dies zu überstehen, und der bestand darin, seinen Gegner zu kennen.

„Ihr könnt diese Schuld vollständig erlassen bekommen, ohne dass je ein Pfund den Besitzer wechselt."

Baldwin runzelte völlig verwirrt die Stirn. Er glaubte nicht, dass Shephard ihm das aus reiner Herzensgüte anbot. „Was? Wie?"

Shephard wandte sich an Charity. „Es ist ganz einfach, Euer Gnaden. Es ist die Option, die schon immer auf dem Tisch lag. Ihr heiratet meine Tochter."

KAPITEL 22

Baldwins Magen krampfte sich zusammen, als er erst Shephard und dann Helena anstarrte, deren Gesicht blass geworden war, während sie unter dem Gewicht der grausamen Manipulation ihres Onkels zu schwanken schien. Das war das Schlimmste an der ganzen Sache. Baldwin hatte versprochen, sie zu beschützen. Nun konnte er es nicht mehr, egal was er tat.

„Ich soll Charity heiraten", sagte er tonlos, wobei die Worte aus seinem Munde ebenso wenig anziehend klangen wie aus Shephards.

Sein Blick glitt zu Charity, und er war überrascht, dass ihr Gesichtsausdruck genauso entsetzt war wie der seine. Sie jubelte nicht über diese Wendung, obwohl er sich nicht sicher war, ob sie nicht auch an dem teuflischen Plan ihres Vaters beteiligt war.

„Du Mistkerl", flüsterte Helena mit zitternder Stimme.

Shephard drehte sich zu ihr, einen Finger vorwurfsvoll ausgestreckt. „Nimm dich in Acht, Mädchen. Ich habe freundlicherweise angeboten, deine Überfahrt nach Hause zu bezahlen, aber ich kann das zurücknehmen und dich einfach auf die Straße setzen. Es würde dir nicht gefallen, herauszufinden, wie eine Dame überlebt, wenn sie keine mitfühlenden Verwandten hat. Und wenn du dich zu sehr einmischst, nehme ich vielleicht sogar das großzügige Angebot

"

zurück, das ich deinem Liebsten gemacht habe, und zerstöre ihn aus Spaß an der Freude. Du willst doch nicht die Schuld dafür tragen, oder?"

Sie zuckte zurück und wandte sich ihrem Liebsten zu. „Baldwin", flüsterte sie.

Ihr Gesichtsausdruck und ihr Tonfall ließen ihn zurückschrecken. Sie stand kurz davor ihm zu sagen, dass er dieses Angebot in Betracht ziehen sollte. „Nein!", schnauzte er. „Ich werde sie nicht heiraten, Helena."

„Nein?" Shephard lachte und drängte sich erneut zwischen sie. „Nun, ich brauche einen Titel. Ich will ihn. Ich will ihn all jenen ins Gesicht werfen, die mich im Laufe der Jahre wegen meiner Loyalität während des Krieges nicht ernstgenommen haben. Ich will die Türen, die ein Adelstitel öffnen wird, nutzen können. Türen, die anderen aufgrund der erneuten Spannungen zwischen unseren beiden Ländern verschlossen geblieben sind. Ihr tragt den besten von allen, den höchsten der infrage kommenden Titel."

„Der Rang bedeutet nichts", entgegnete Baldwin. „Großer Gott, Ihr könnt selbst sehen, dass er nichts bedeutet."

„Auf dem Papier bedeutet er sehr viel. Es bedeutet sehr viel, wenn man denjenigen, mit denen man einen Vertrag abschließen will, sagen kann, dass die Tochter weniger als dreißig Tode davon entfernt ist, Königin zu werden."

Baldwin starrte ihn entgeistert an und war entsetzt über den grenzenlosen Ehrgeiz dieses Mannes. „Siebenundzwanzig Plätze vom Thron entfernt zu sein ist gleichbedeutend wie siebenundzwanzigtausend."

Shephard zuckte mit den Schultern. „Wie auch immer, ich will den Titel haben. Und Ihr wisst, dass es ein großzügiges Angebot ist. Ihr werdet einen großen Schatz zum Tausch erhalten."

„Eure Tochter?", fragte Baldwin.

„Nein!" Shephard warf einen Blick auf Charity und seufzte. „Sie ist ganz in Ordnung, wenn auch eine Enttäuschung, denn ein Junge hätte mir viel mehr gebracht."

Charity wandte den Kopf ab, und Baldwin hatte fast Mitleid mit ihr. Es schien, dass Helena nicht die einzige Zielscheibe für die Grausamkeiten dieses Mannes war.

„Nein, ich versuche nicht, ein romantisches Argument anzubringen, wie glücklich Ihr mit Charity sein würdet", schnaubte Shepard verächtlich. „Ich spreche von den Schulden, die einfach verschwinden werden. Ich spreche von den fünfzigtausend Pfund, die auf magische Weise in Eure Kasse fließen könnten. Meiner Meinung nach wird das eine Menge Druck von Euren Schultern nehmen. Und es wird Euch die Freiheit geben, zu investieren… oder zu zocken. Ich habe gehört, das habt Ihr früher gern getan."

Baldwin erschrak. Der Mann hatte sehr gut recherchiert, wie es schien. Und nun erpresste er ihn mit diesem Wissen und schien auch noch Erfolg damit zu haben.

„Kurz gesagt, ich werde Euch retten", fuhr Shephard fort. „Oder Euch vernichten. Ihr habt die Wahl. Also, was soll es sein?"

Helena konnte kaum atmen, als sie von der kalten und grausamen Miene ihres Onkels abließ und zu Baldwin blickte. Sie sah den Schmerz. Die Verzweiflung, als er erkannte, dass alles, was er sich vorgenommen hatte, aussichtslos war. So oder so, die Zukunft, die sie sie sich erhofft hatten, würde es nicht geben. Entweder würde er sie aufgeben, oder alles andere in seinem Leben verlieren.

Sie konnte ihn dieses Opfer nicht bringen lassen.

„Baldwin", sagte sie und ging auf ihn zu. Als sie seine Hand ergriff, zuckte er zurück, fast so, als hätte er vergessen, dass sie da war. Als er sie ansah, vertiefte sich der Schmerz. „Du *musst* das, was er vorschlägt, in Erwägung ziehen."

Sein Gesicht verzog sich noch mehr vor Entsetzen. „*Nein!*"

„Ich weiß", sagte sie und berührte seine Wange, wobei sie verzweifelt versuchte, nicht zu weinen bei dem Gedanken, dass dies das allerletzte Mal sein könnte. „Ich weiß. Aber du *musst*. Er blufft nicht. Er wird dich ruinieren, und er wird kein bisschen Reue dabei empfinden." Sie wandte sich an ihren Onkel. „Lass uns einen Moment allein."

Onkel Peter schmunzelte und zuckte dann mit den Schultern. „Natürlich. Ich gewähre euch das gern. Aber die Uhr tickt, Helena. Komm mit, Charity."

Einen Moment lang stand ihre Cousine nur da und starrte Helena und Baldwin an. Dann schüttelte sie den Kopf, folgte ihrem Vater aus dem Salon und ließ die beiden allein.

Kaum waren sie allein, wandte sich Baldwin ihr zu. „Ich kann sehen, was du mir sagen willst. Und zwar, dass ich dich aufgeben soll. Ich werde es nicht tun, Helena. Ich *kann* es nicht tun."

Sie ergriff seine Hände. „Mein Liebster, hör mir zu. Wir hatten nie vor, eine gemeinsame Zukunft zu haben. Das war..." Ihre Stimme brach und sie holte tief Luft. „Das war eine Illusion."

„Es war Realität", betonte er. „Ich habe dich gebeten, meine Frau zu werden. Du hast zugestimmt. Wir waren bereit, es der Welt zu verkünden und gemeinsam eine Zukunft aufzubauen. Und hast du bedacht, dass wir heute, als wir uns geliebt haben, ein Kind gezeugt haben könnten? *Unser* Kind."

Ihre Hand stahl sich zu ihrem Bauch, als dieser Gedanke sie erfasste. Baldwins Kind, das womöglich jetzt schon in ihr wuchs.

„Hätten wir gewusst, was er getan hat", flüsterte sie, „wäre das alles nicht passiert."

Er fuhr sich mit der Hand über das Gesicht und stieß einen wütenden Laut der Verzweiflung aus. Noch während er schrie, öffnete sich die Tür zum Salon, und der Raum füllte sich plötzlich mit Charlotte und Ewan, der Duchess of Sheffield, Simon, Meg, James, Emma, Graham, Adelaide und Matthew, die alle hintereinander in den Salon traten. Helena wandte sich ab und wischte sich hastig die Tränen weg, die zu fließen begonnen hatten.

„Man sagte uns, Shephard und seine Tochter seien gegangen, und wir dachten, wir hätten etwas zu feiern", sagte die Duchess of

Sheffield, als sie weiter in den Raum trat. „Aber euren Gesichtern nach zu urteilen, scheint dies nicht der Fall zu sein."

Helena griff nach Baldwins Hand. Er umklammerte sie fest. Als ob er sie nicht loslassen wollte, damit er sie nicht gehen lassen musste. Sie wusste es besser.

„Einige von euch kennen die Wahrheit", sagte er leise. „Andere… nun, ich werde es euch später erklären. Alles, was ihr wissen müsst, ist, dass Peter Shephard meine Schuldscheine gekauft hat. Er verlangt, dass ich Charity heirate, oder er wird mich ruinieren."

Einen Moment lang herrschte Schweigen im Raum, während die Gesichter aller Anwesenden erschrocken wirkten. Dann trat Ewan vor und begann zu gestikulieren.

„Ich weiß, was du sagst, Charlotte braucht es nicht einmal zu übersetzen", sagte Baldwin mit einem schweren Seufzer. „Er weigert sich, irgendeine Art von Bezahlung von Dritten anzunehmen. Die Heirat ist die einzige Möglichkeit, die Schulden zu begleichen und sein Wissen über meine Notlage geheim zu halten."

Helena schluckte schwer. „Ich habe Baldwin gesagt, dass er das Angebot annehmen soll. Ich habe ihm gesagt, dass sich und seine Familie zu retten Vorrang hat."

Emma trat vor, ihre dunklen Augen füllten sich mit Tränen. „Oh, Helena. Oh, es tut mir so leid."

„Ich habe nicht zugestimmt", schnauzte Baldwin trotzig. „Ich liebe Helena. Ich habe sie gebeten, mich zu heiraten, und sie hat ja gesagt."

„Bevor wir es wussten", flüsterte Helena und drehte sich wieder zu ihm, um den Wortwechsel fortzusetzen, den sie geführt hatten, bevor die anderen in den Salon gekommen waren. „Ich liebe dich", sagte sie, und es war ihr in diesem Moment egal, dass diese Worte vor all ihren Freunden und seiner Familie ausgesprochen wurden. „Wirf nicht deine Zukunft für mich weg."

Er packte sie sanft bei den Schultern. „*Du* bist meine Zukunft", betonte er. „Auch wenn ich zerstört werde, so habe ich wenigstens dich. Soll er sich doch nehmen, was er will."

„Er wird sich *nichts* nehmen."

Helena und Baldwin wandten sich zur Tür. Charity stand im Rahmen, die Hände in die Hüften gestemmt. Die anderen traten beiseite und ließen sie eintreten, obwohl Helena sah, wie sie sie argwöhnisch anstarrten. Die Blicke wurden noch abweisender, als Peter Shephard hinter ihr in den Raum schlüpfte.

„Wovon redest du, Mädchen?", fragte er. „Du wirst dich doch nicht vor all diesen mächtigen Leuten zum Narren machen, oder?"

Simon stemmte die Hände in die Hüften und ging in Richtung der Tür. „Ihr verdammter..."

„Nein!", bellte Graham und packte Simons Arme.

„Hört auf euren Freund, Euer Gnaden. Ihr wollt doch nicht auf mich losgehen, wo ich doch so viel Schaden anrichten kann, oder?", sagte Helenas Onkel mit einer selbstgefälligen Grimasse.

Simon hielt sich zurück, die Augen immer noch zusammengekniffen. Meg schlich sich neben ihn und nahm seine Hand. Er sah zu ihr hinunter, und einen Moment lang starrten sie sich nur an. Dann atmete er aus und schüttelte den Kopf.

„Er verdient es nicht, beschützt zu werden", murmelte Crestwood.

„Ich sagte, wir brauchen einen Moment", sagte Helena und sah ihrer Cousine in die Augen. „Kannst du uns nicht wenigstens das geben, bevor du uns alles andere nimmst?"

„Du brauchst keinen Moment", sagte Charity und ging langsam auf Helena zu. „Du hast mich gestern gefragt, warum ich dich hasse. Ich habe dich nie gehasst."

Helena zog beide Brauen hoch. „Das ist schwer zu glauben."

„Das tue ich *wirklich* nicht", beharrte Charity. „Ich gebe zu, ich war eifersüchtig auf dich. Wer könnte das nicht sein? Du bist so hübsch. Und jeder mag dich auf Anhieb. Das war schon immer so. Nach deinem gesellschaftlichen Absturz verachtete ich dich, aber ich habe dich nie gehasst. Ich habe sogar meinen Vater überredet, dich mit uns mitzunehmen. Ich dachte, es könnte helfen."

Helena beobachtete ihre Cousine genau. Sie hatte Charity ihr ganzes Leben lang gekannt. Helena wusste, wann sie log. Wann sie jemanden manipulierte. Im Moment sah es nicht so aus, als würde sie lügen.

„Nun, ich bin froh, dass du mich nicht verachtest", sagte sie. „Aber das ändert nichts an unserer jetzigen Lage. Dein Vater wird Baldwin zu einer Entscheidung zwingen, die er bereuen wird, ganz gleich, wie sie ausfällt."

Nun wandte sich Charity an ihren Vater. Onkel Peter beobachtete sie wie ein Falke und blickte seine Tochter abschätzig an. „Was guckst du denn so?"

„Du wirst niemanden zu irgendetwas zwingen." Charitys Stimme war sehr ruhig, aber ihre Hände zitterten trotz der entschlossenen Miene, die sie aufsetzte. „Ich werde den Duke of Sheffield nicht heiraten. Ich werde mich nicht an deinem Plan beteiligen."

Er stürzte mit violettem Gesicht auf sie los. Helena hatte keine Ahnung, ob er ihr nur drohen oder tatsächlich etwas antun wollte. Er kam jedoch gar nicht erst dazu, denn Graham trat vor, packte Peter an der Kehle und drückte ihn mit dem Rücken gegen die Wand hinter ihm. Sein Gesicht war eisern, als er sagte: „Ihr erhebt keinen Finger gegen diese Frau, oder ich werde Euch in Stücke reißen."

Peter blickte zu ihm nieder, dann hob er die Hände. „Ich würde meine Tochter nie anfassen."

„Gut so." Graham wich zurück und griff nach Adelaide. Sie nahm seine Hand, und gemeinsam wandten sie sich erneut Peter und den anderen zu.

Charity war sehr blass, als sie ihr Kinn hob. „Ich werde jedoch den Earl of Grifford heiraten."

Ihr Vater legte den Kopf schief. „Grifford?"

Sie nickte. „Er hat mich vor zwei Nächten gefragt. Seitdem habe ich ihn warten lassen. Ich werde sein Angebot annehmen. Er ist mächtig genug für dich, denke ich. Und er verehrt mich, also kann ich bestimmt dafür sorgen, dass du so viel Zugang zu seinen

Verbindungen kriegst, wie du willst. Im Gegenzug habe ich jedoch meine eigenen Forderungen."

Shephard verschränkte misstrauisch die Arme. „Du hast Forderungen?"

Sie nickte. „Du wirst ihm seine Schulden erlassen." Sie zeigte auf Baldwin. „Und du wirst Helena mit einer Mitgift von zehntausend Pfund ausstatten."

Der ganze Raum stieß gleichzeitig einen überraschten Aufschrei aus, aber keiner war lauter und kräftiger als der von Helena. Sie taumelte und hielt sich an Baldwins Arm fest, während sie Charity ungläubig anstarrte.

Ihre Cousine lächelte sie an. „Siehst du? Ich habe dir gesagt, dass ich dich nicht hasse."

Helena fand keine Worte, aber Charity schien sie auch nicht hören zu wollen. Sie starrte ihren Vater an. „Nur so bekommst du das, was du willst."

„Ich werde dieser Hure keine zehntausend Pfund geben!", brüllte Peter.

„Haltet Euer verdammtes Maul!", brüllte Baldwin laut genug, dass Peter zusammenzuckte. „Wenn Ihr noch einmal so über sie sprecht, werde ich derjenige sein, der Euch in Stücke reißt, und niemand wird mich aufhalten."

Die anderen Männer im Raum nickten zustimmend, und Peter drehte sich um. „Egal wie ich über sie rede, ich werde ihr trotzdem keinen Penny geben."

Charity stieß ein wütendes Schnauben aus. „Bitte, Vater. Zehntausend sind nur ein winziger Bruchteil deines Vermögens. Wenn du glaubst, dass ich deine Mittel nicht bis auf den letzten Penny kenne, irrst du dich gewaltig. Du kannst dir diese Ausgabe leisten. Und das wirst du auch."

Sie lächelte sanft, und Helena kannte den Ausdruck gut. Es war das verwöhnte Grinsen, das Charity immer aufsetzte, wenn sie wusste, dass sie bekommen würde, was sie wollte. Zum ersten Mal ertappte sich Helena dabei, dass sie auf der Seite ihrer Cousine war.

„Und wenn ich es nicht tue?", fragte Peter, aber er klang weit weniger sicher als kurz zuvor.

Charity zuckte mit den Schultern. „Ich nehme an, ich könnte einen gut aussehenden Schornsteinfeger heiraten. Oder dem Zirkus beitreten."

Adelaide lachte. „Ich könnte dir wahrscheinlich helfen, das letztere zu arrangieren."

Graham räusperte sich. „Vielleicht solltest du dich da raushalten, *Lydia*."

Helena verstand den Scherz nicht, aber das war ihr egal. Sie war zu sehr damit beschäftigt, glücklich zu lächeln. Und als sie Baldwin ansah, stellte sie fest, dass auch er lächelte. Tatsächlich lächelten nun alle im Raum.

Bis auf ihren Onkel, der Charity böse anschaute. „Das würdest du mir antun? Deinem eigenen Vater? Obwohl ich immer nur versucht habe, dir das Beste zu bieten. Das würdest du nicht wagen!"

Charity lachte. „Stell mich auf die Probe. Du hast mich aufgezogen… glaubst du wirklich, ich würde es *nicht* wagen?"

Peters Nasenflügel blähten sich auf, während er seine Tochter anstarrte. Aber es war klar, dass er nicht darauf antworten würde. „Ein Earl", brummte er stattdessen.

„Ja." Charity lächelte. „Und zwar ein mächtiger. Und stell dir vor, wenn Helena mit einem Duke verheiratet ist, wirst du nicht nur mit einem, sondern gleich mit zwei sehr mächtigen Männern verwandt sein. Ich bin sicher, Baldwin wird dich nicht vergessen."

Baldwin nickte langsam. „Gewiss nicht."

„Das ist deine beste Option, Vater. Ich werde dich also dasselbe fragen, was du vorher den Duke of Sheffield gefragt hast. Was ist deine Wahl?"

Helena staunte, als Peters Schultern nachgaben. „Gut", stieß er hervor. „Gut. Ich kümmere mich um alles."

Ohne ein weiteres Wort drehte er sich auf dem Absatz um und

stürmte aus dem Salon, wobei er die Tür hinter sich zuschlug. Kaum war er weg, atmeten alle im Raum auf.

„Charity", sagte Helena leise, als sie den Raum durchquerte und ihre Cousine so fest umarmte, wie sie konnte. „Ich danke dir so sehr. Du hast uns gerettet."

Charity zog sich zurück und strich ihr Kleid glatt. Ihr Unbehagen über die Zurschaustellung von Zuneigung war ihr deutlich anzusehen. „Oh, bitte."

„Nein", beharrte Helena. „Du bringst ein Opfer für mich, und ich werde es nie vergessen."

Charity zuckte mit den Schultern. „Ist es ein Opfer, eine Countess zu werden? Nein. Um ehrlich zu sein, mag ich den Earl of Grifford sehr. Er ist schneidig. Und ich werde ihn überleben und zweifelsohne eine skandalumwobene Witwe werden."

„Nun, du bist in unseren Kreisen sehr willkommen", sagte Emma, als sie nach vorne trat. Sie ergriff Charitys Hände. „Du warst sehr mutig."

Charity wurde puterrot. Sie fuchtelte mit den Händen. „Oh, das ist zu viel des Lobes. Ich muss nun zu meinem Vater. Ich werde ihn aufmuntern gehen und euch allein feiern lassen." Sie lächelte Helena an. „Du hast dir einen Duke eingefangen, Helena. Das hast du raffiniert angestellt."

Charity lief aus dem Raum. Als sie weg war, brach Gelächter aus, und die ganze Gruppe trat nach vorne, um Helena zu umarmen und Baldwin auf den Rücken zu klopfen. Helen beobachtete Baldwin dabei, beobachtete, wie ruhig er war, während er die Glückwünsche lächelnd annahm.

„Wir sollten Champagner zum Essen trinken!", rief Charlotte. „Die Verkündung einer Verlobung sollte immer mit Champagner begossen werden. Mama und ich werden alles arrangieren."

Baldwin nickte. „Ja, natürlich. Es gibt eine Menge zu feiern."

Charlotte hüpfte förmlich, als sie zur Tür ging. „Kommt alle mit! Ich werde die Hilfe aller bei der Planung brauchen, und so verschaffen wir Helena und Baldwin einen Moment trauter Zweisamkeit."

Alle folgten ihr, mit Ausnahme der Duchess of Sheffield. Mit einem Lächeln wandte sie sich an das Paar. „Ich wollte euch beiden etwas sagen."

Helena erstarrte, denn sie wusste, dass Baldwins Mutter sich für ihren Sohn etwas ganz anderes vorgestellt hatte. Sie hatte keine Ahnung, ob die Duchess sie wirklich akzeptierte.

„Was ist los, Mama?", fragte Baldwin leise.

„Ich habe immer nur das Glück meiner Kinder gewollt", sagte sie, während sie Baldwins Hand sanft drückte. „Dieser Wunsch hat mich nachts wach gehalten, weil ich dachte, dass du keine Liebe finden würdest, wie sie deine Schwester gefunden hat. Dein heutiger Entschluss war mit viel Ärger und Sorgen verbunden, aber nun freue ich mich sehr für euch beide." Sie ging auf Helena zu und berührte ihre Wange. „Willkommen in unserer Familie, du liebes, süßes Mädchen."

Helena atmete erleichtert aus, als die Duchess sie kurz umarmte. Baldwins Mutter wischte sich die Tränen von den Wangen, als sie Helena mit einem Lachen losließ. „Und nun muss ich dafür sorgen, dass deine Schwester nicht deine ganze Hochzeit plant, ohne dass du etwas davon mitbekommst."

Sie winkte kurz, bevor sie den Raum verließ, und schloss die Tür fest hinter sich. Als sie weg war, holte Helena tief Luft und wandte sich wieder Baldwin zu.

„Na gut, raus damit. Was ist los? Ich sehe, dass du beunruhigt bist. Sag es mir. Hast du deine Meinung schon geändert?"

~

Baldwin starrte Helena an. Sie stellte ihm die Frage in einem leichten, neckischen Tonfall, aber er konnte echte Besorgnis in ihren Augen sehen.

Er ergriff ihre Hände und zog sie zu sich. „Sieh mich an, Helena.

Ich liebe dich, und ich kann es kaum erwarten, dich zu heiraten. Daran hat sich nichts geändert."

Sie seufzte vor Erleichterung, bevor sie den Kopf hob. „Was ist es dann, das dich davon abhält, vollkommen glücklich zu sein?"

Er presste seine Lippen aufeinander. „Ich hatte geschworen, dich zu beschützen. Aber ich habe versagt. Deine Cousine hat es getan, trotz aller Widrigkeiten."

Helena schien einen Moment lang darüber nachzudenken. „Zu meiner großen Überraschung *hat* Charity tatsächlich die Rolle der Retterin übernommen. Aber ich halte nicht weniger von dir. Du hast meinem Onkel die Stirn geboten und erklärt, dass du ihm erlauben würdest, deine Welt zu zerstören, damit du mich heiraten kannst. Glaubst du wirklich, ich wüsste nicht, dass du es ernst gemeint hast? Dass du wirklich alles für mich geopfert hättest?"

Er zuckte mit einer Schulter. „Ich hätte mit Freuden alles für dich gegeben, Helena."

„Aber das war nicht nötig", sagte sie. „Und dafür bin ich dir sehr dankbar. Die unerwartete Freundlichkeit meiner Cousine hat es vielleicht etwas leichter gemacht, aber *du* hast mich gerettet."

Er schüttelte den Kopf, als er auf sie herabblickte, diese Frau, die er so tief und so innig lieben gelernt hatte. „Nein, meine Liebe. *Du* hast *mich* gerettet. Von dem Augenblick an, als ich dich fand, wie du die Sterne zähltest. Da hast *du* mich gerettet."

Sie erhob sich auf die Zehenspitzen und drückte ihre Lippen auf seine. „Wir werden einen Kompromiss schließen und sagen, dass wir uns gegenseitig gerettet haben", sagte sie leise. „Und wir werden versprechen, das weiterhin zu tun, jeden Tag, jede Nacht, für den Rest unseres Lebens."

„Für den Rest unseres Lebens", stimmte er zu und eroberte ihre Lippen.

KAPITEL 23

Sechs Wochen später

„Sie sehen wirklich glücklich aus", sagte James, als er Helena ein Glas Wein reichte und sich dann neben Baldwin stellte. Gemeinsam sahen die drei zu, wie Charity zum ersten Mal mit ihrem neuen Mann, dem Earl of Grifford, auf die Tanzfläche stolzierte.

Helena hob ihr Glas in stillem Gedenken an ihre Cousine. „Sie wird den armen Mann wahrscheinlich in den Ruin treiben, bevor die ersten fünf Jahre um sind. Aber ja, sie scheint ihn zu mögen."

„Dann ist es ein Happy End für alle", seufzte Baldwin. „Obwohl ich behaupte, dass wir beide an unserem Hochzeitstag ein viel glücklicheres Paar abgegeben haben."

Helena blickte zu ihm auf und erinnerte sich an den schönen Tag vor zwei Wochen. „In der Tat. Viel glücklicher."

James drehte sich mit einem Lächeln zu ihnen um. „Und wir sind alle überglücklich für euch beide. Unsere kleine Gruppe von Dukes hat ein interessantes Jahr hinter sich, nicht wahr? Fünf Eheschließungen in etwas mehr als zwölf Monaten."

„Wir werden alle gezähmt", gluckste Baldwin.

„Ich wollte eigentlich mit dir über etwas Bestimmtes reden", sagte James.

Sein Blick wanderte zu Helena, und sie schaute Baldwin an. „Soll ich gehen?"

„Nein", sagte er. „Ich bin sicher, dass James uns beide über seine Angelegenheiten in Kenntnis setzen kann. Keine Geheimnisse mehr. Ich habe meine Lektion gelernt und weiß, was sie anrichten können."

Sie drückte sanft seine Hand. Sie wusste, wie schwer es für Baldwin seit den Ereignissen in Sheffield vor über einem Monat gewesen war. Als er seinem gesamten Freundeskreis von seiner finanziellen Notlage erzählte und von seinen eigenen Handlungen, die dazu beigetragen hatten, hatte sie seine bodenlose Scham und seinen Herzschmerz gespürt.

Natürlich hatten seine Freunde sich bereit erklärt zu helfen. Sie war stolz darauf gewesen, wie sanft und freundlich Baldwin sie abgewiesen hatte. Die Zehntausend, die ihr Onkel ihr widerwillig in die Ehe mitgegeben hatte, hatten ihr zwar sehr geholfen, aber sie wusste, dass ihr Leben nicht einfach sein würde.

„Siehst du den Gentleman, der dort drüben steht? Mit der hübschen dunkelhaarigen Lady in Blau?", fragte James.

Helena und Baldwin folgten seinem Blick, und sie nickte. „Ich erkenne die Lady. Rosalinde Danford. Ich habe sie bei einem von Charlottes Teekränzchen kennengelernt. Sie und ihre Schwester sind reizend."

„Ihr Mann ist Grayson Danford", sagte James. „Er ist der Bruder des Earls of Stenfax."

„Ich glaube, ich bin ihm schon ein paar Mal über den Weg gelaufen", sagte Baldwin, während er den Mann aus der Ferne musterte. „Scheint ein anständiger Mann zu sein."

„Ich glaube, das ist er", sagte James zustimmend und sah den Mann genauer an. „Er ist auch ein gewiefter Geschäftsmann. Ich habe ihn letzte Woche bei Whites getroffen, und wir haben uns über

Kanäle unterhalten. Und über Dampfmaschinen. Sowie über eine Menge anderer Dinge, in die der Mann verwickelt ist."

„Du willst investieren?", fragte Baldwin.

James warf ihm einen Blick zu. „Ja. Und du auch. Fünftausend Pfund."

Helena spürte, wie Baldwin sich an ihrer Seite versteifte, und sie klammerte sich fester an seinen Arm, damit er ihre Stärke verspürte, wenn seine eigene schwankte. „Ich glaube, ich habe mit dir bereits über dein Wohlwollen gesprochen. Ich weiß den Wunsch aller zu schätzen, mich retten zu wollen, aber wenn ich jemals wieder in den Spiegel schauen will, muss ich mich selbst retten."

James nickte. „Ich weiß. Deshalb ist das auch kein Geschenk. Es ist ein Kredit. Ich werde dir sogar Zinsen berechnen. Aber ich sage dir, die Möglichkeiten, von denen Danford hier spricht… könnten sich zehnfach auszahlen. Zwanzigfach."

Helena blickte zu Baldwin auf. „Das Zwanzigfache? Das wären dann hunderttausend. Genug, um…"

„Ja", hauchte Baldwin fassungslos.

Sie konnte sehen, dass er noch unsicher war. Offenbar erkannte James das auch. Er legte eine Hand auf Baldwins Schulter. „Das Leben ist nicht einfach, mein Freund. Und es ist nicht immer fair. Ich glaube, das wissen wir alle nur zu gut. Aber wir können uns wieder aufraffen, wenn wir nicht zu stur sind und gute Gelegenheiten beim Schopf packen."

Baldwin schaute zu Helena hinunter und sie lächelte ihn aufmunternd an. Er nickte langsam. „Nun gut. Ich würde es zu schätzen wissen, wenn ich die Gelegenheit bekäme, alles wieder aufzubauen."

James' Gesichtsausdruck wurde weicher. „Ausgezeichnet. Komm morgen zu mir nach Hause, und ich lasse meinen Mann den Papierkram erledigen. Wir können Danford gemeinsam besuchen, und du wirst sehen, was ich meine. Aber nun gehe ich erst einmal mit meiner Frau tanzen, bevor sie vom Warten müde wird. Helena."

Sie lächelte. „James."

Als er weg war, wandte sie sich Baldwin zu und suchte nach einer Spur von Erniedrigung, Wut oder Verärgerung. Sie fand nichts. Sie sah nur echte Freude in seinen Augen.

„Es macht dir doch nichts aus, oder? Dass ich zugestimmt habe, eine weitere Schuld auf uns zu nehmen?"

„Das klingt nach einem spannenden Projekt", sagte sie. „Ich denke, es war ein gutes Geschäft."

Er atmete erleichtert aus, und sein Blick war nur noch auf sie gerichtet. „Was auch immer passiert, ich möchte, dass du weißt, dass der wirkliche Neuaufbau meines Lebens mit dir begann und mit dir enden wird."

Sie lächelte ihn an, überglücklich über ihre gemeinsame Gegenwart, gespannt auf ihre Zukunft. Und als er sich vorbeugte, um sie zu küssen, verlor sie sich in diesem Moment und in ihm. Denn sie war genau an dem Ort, an den sie hingehörte.

AUSZUG AUS „DER GEHEIME DUKE"

Lucas spannte alle seine Muskeln an, als die Kutsche abbog und er gegen eine Wand geschleudert wurde. Jede Faser in seinem Körper protestierte gegen den Schmerz und er drückte seine geballten Fäuste gegen den ledernen Kutschensitz, um nicht aufzuschreien.

Wie sehr er es hasste, verletzt zu sein. Schwach zu sein. Wie sehr er es hasste, dass sich das alles für ihn nun so alltäglich anfühlte. Schmerz war zu einem festen Bestandteil seines Lebens geworden.

Die Kutsche kam zum Stehen, und er schaute aus dem Fenster, als die Diener kamen, um ihm zu helfen. Es war ein kleines Cottage, zu dem sie gefahren waren. Es sah aus wie jedes andere Cottage in Garygreen, einem Teil von London, in dem er noch nie gewesen war. Dank seiner Arbeit kannte er die schlimmsten Stadtteile, und dank seiner Erziehung auch die besten.

Er hasste sie beide gleichermaßen. Aber dieser Ort lag irgendwo dazwischen. Nicht zu erhaben und imposant, aber sauber und ordentlich, gut gepflegt. Anonym.

Die Tür öffnete sich und die Männer, die Stalwood beauftragt hatte, ihm zu helfen, traten näher. Ihre Gesichter waren grimmig, als einer sagte: „Bereit, Euer Gnaden?"

Lucas zuckte zusammen, sowohl über die Erkenntnis des bevorstehenden Schmerzes als auch über den Klang des Titels, mit dem er angesprochen worden war. „Ja", stieß er hervor, und seine Stimme war rau, als er sich auf die ihm zugestreckten Arme stützen wollte. Er taumelte vorwärts und versuchte vergeblich, sein qualvolles Stöhnen zu unterdrücken, als man ihm aus der Kutsche half.

Die Männer sahen weg, als sie ihn die Treppe hinauf zur Tür der Hütte führten. Sie waren Spione, genau wie er, und wurden mit dieser niederen Aufgabe betraut, weil sie die einzigen waren, denen man das Geheimnis seines Aufenthaltsortes anvertrauen konnte. Er wusste, was sie sahen, wenn sie ihn anblickten – ihre eigene Zukunft. Und sie waren nicht erpicht darauf, also wandten sie sich von ihm ab.

Die Tür zur Hütte stand bereits offen, und die Männer halfen ihm hinein. Ohne zu zögern, trugen sie ihn eine weitere schmale Treppe hinauf und einen Flur hinunter zu einer weiteren offenen Tür. Lucas glaubte, dass das alles vorher abgesprochen worden war. Er wusste noch nicht einmal, wer sich während seiner Zeit hier um ihn kümmern würde. Stalwood hatte von einem Heiler gesprochen, aber mehr nicht.

Ein Heiler. Er lachte fast. Er war bereits von so manchem Mann, der sich so nannte, gepiekt, geschlagen und gequält worden. Das Ausmaß der darauffolgenden Heilung war lächerlich. Er war gebrochen, vielleicht unwiederbringlich, und das löste in ihm eine Welle der Wut und des Schmerzes aus, die stärker war als alles, was er je körperlich erlitten hatte.

„Lasst mich los", schnauzte er, taumelte aus den Armen seiner Helfer und fiel fast gegen die Bettkante.

Die Männer schienen von seiner schlechten Laune unbeeindruckt zu sein. Alle bis auf einen ließen ihn los. Der letzte hieß Simmons. Lucas blickte ihn an. Er hatte diesen Jungen vor Jahren ausgebildet, und nun starrte er ihn an, als sei er ein Dummkopf, der seine Jugend und seine Nützlichkeit verloren hatte.

„Kann ich noch irgendetwas für Euch tun?", fragte Simmons, und in seinem traurigen Ton schwang Mitleid mit.

„Nein“, sagte Lucas mit zusammengebissenen Zähnen, während er sein Gesicht abwandte. „Geh einfach.“

„Das ist aber nicht die feine Art, mit jemandem zu reden, der Euch hilft!“

Lucas drehte sich beim Klang der scharfen, weiblichen Stimme um, die diese harschen Worte gesprochen hatte. Eine Frau stand in der Tür und starrte ihn an, als sei er ein Ungeheuer. Nicht nur eine Frau, sondern eine Göttin, wie es schien. Sie hatte dunkles Haar mit tiefroten Strähnen, ein fein geformtes Gesicht und volle Lippen. Ihre Augen waren von dem leuchtendsten Grün, das er je gesehen hatte. Wie Jade, gestohlen aus fernen Ländern, von denen er nun nur träumen konnte.

In diesem Moment waren diese grünen Augen verengt und voller Zorn, als sie die Arme verschränkte und den Kopf schüttelte. Ihr Tadel löste in ihm ein seltsames Gefühl von… Scham aus. Ein seltsames Gefühl, das er nur selten empfand. Er hatte es schon vor langer Zeit abgeschüttelt.

„Mr. Simmons, nicht wahr?“, fragte sie und wandte sich an den anderen Mann im Raum.

„Ja, Miss“, sagte Simmons, und sein Blick huschte über ihre Begleiterin. Lucas erkannte das Interesse, das in seinen Augen aufleuchtete. Dasselbe spürte er in seinem eigenen Bauch.

Aber der jüngere Mann hatte wahrscheinlich bessere Chancen bei ihr als er selbst in seinem derzeitigen Zustand.

„Ich danke Euch für Eure Hilfe. Ich glaube, ich kann die Angelegenheit ab hier selbst in die Hand nehmen. Bitte lasst Lord Stalwood wissen, dass wir uns geeinigt haben.“

Simmons blickte zu Lucas und dann wieder zu der Frau. „Natürlich, Miss. Ich werde eine der Wachen sein, die hier stationiert bleiben. Wenn Ihr Probleme habt oder etwas *braucht*, stellt eine Kerze ins Fenster, und ich komme sofort.“

Die junge Frau nickte und schien Simmons’ Blick nicht zu bemerken, als sie in Richtung des Flurs wies. „Ich weiß Ihre Freundlichkeit zu schätzen. Schönen Tag noch.“

Simmons zuckte nur leicht mit den Schultern und ging. Als er weg war, drehte sich die junge Frau zu Lucas um, die scharfen Augen immer noch mit leichtem Abscheu gefüllt und anklagend.

„Guten Tag", sagte sie und trat weiter in den Raum. „Ich hoffe, die Kammer wird Euch gefallen, auch wenn sie Euren Ansprüchen nicht gerecht wird."

Lucas stützte sich mit seinem unverletzten Arm auf dem Bett ab, vor allem, weil er nicht sicher war, ob er sich allein aufrecht halten konnte. „Ich habe keine Ansprüche, fürchte ich. Da könnt Ihr jeden in meinem Bekanntenkreis fragen."

Sie schürzte die Lippen, scheinbar verärgert über seine Bemerkung, und ging auf ihn zu. „Lasst mich Euch helfen."

Er wich zurück, als sie die Hand ausstreckte. „Ich kann mich selbst ins Bett legen."

Sie legte die Stirn in Falten, und als ihr Blick über ihn glitt, spürte er ihre Abschätzung noch deutlicher. Sie blickte in sein Gesicht und zuckte mit den Schultern. „Wie Ihr wollt. Dann lasse ich Euch allein. Ich werde in einer Stunde wiederkommen, um Euch etwas zu essen zu bringen und nach Euren Wunden zu sehen."

Sie sagte nichts weiter und wartete auch nicht auf seine Antwort. Sie drehte sich lediglich auf dem Absatz um und verließ den Raum, wobei sie die Tür hinter sich zuzog.

Als sie weg war, sackte Lucas auf die Matratze, zu erschöpft und gequält, um auch nur zu versuchen, wenigstens seine Stiefel auszuziehen. Er hatte keine Ahnung, wer die Frau war und welche Rolle sie in den nächsten Wochen seines Lebens spielen würde. Vielleicht war sie die Frau oder die Tochter des Heilers. Vielleicht war sie auch eine Dienerin. Er nahm an, dass er es bald herausfinden würde.

Wie auch immer die Antwort ausfiel, ihre Anwesenheit, so beglückend sie auch war, änderte nichts an den Tatsachen seines Lebens. Er wollte nicht hier sein, und er würde alles in seiner Macht Stehende tun, um diesen Ort so schnell wie möglich zu verlassen.

ÜBER DIE AUTORIN

USA Today-Bestsellerautorin Jess Michaels hat eine Vorliebe für geekiges Zeug, Vanilla Coke Zero, und alles, was mit Kokosnuss zu tun hat. Darüber hinaus mag sie Käse, flauschige Katzen, Feinhaarkatzen, einfach alle Katzen, viele Hunde und Menschen, die sich um das Wohl ihrer Mitmenschen kümmern. Sie hat das Glück, mit ihrem Lieblingsmenschen verheiratet zu sein und lebt im Herzen von Dallas, Texas, wo sie versucht, all die tollsten Gerichte der Stadt zu probieren.

Wenn sie nicht zwanghaft ihre Schritte auf Fitbit überprüft oder neue Geschmacksrichtungen von griechischem Joghurt ausprobiert, schreibt sie historische Liebesromane mit heißen Alphamännern und frechen Ladies, die alles tun, außer zu warten, um zu bekommen, was sie wollen. Sie hat für zahlreiche Verlage geschrieben und ist jetzt komplett unabhängig und liebt jeden Moment davon (naja, fast jeden Moment).

Jess liebt es, von ihren Fans zu hören! Also zögern Sie bitte nicht, sie unter Jess@AuthorJessMichaels.com zu kontaktieren.

Jess Michaels verlost JEDEN MONAT einen Geschenkgutschein an Mitglieder ihres Newsletters, also melden Sie sich auf ihrer Website dazu an:
http://www.AuthorJessMichaels.com/

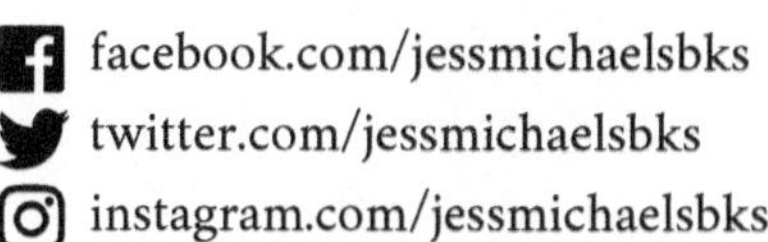

www.ingramcontent.com/pod-product-compliance
Lightning Source LLC
Chambersburg PA
CBHW050841190726
48286CB00007B/2175